謹訳 源氏物語 五

改訂新修

林 望

目次

装訂　太田徹也

蛍《ほたる》

源氏三十六歳

玉鬘を悩ませる源氏の行状

源氏も今は太政大臣《だいじょうだいじん》の重々しい身の上となり、政務も取り立てて多忙ではなく、また、あちこちお忍びの恋なども沙汰《さた》止みとなって、万事静かに落ち着いた生活ぶりであった。そのため、源氏を頼みとして過ごしている六条院の女君たちも、身分や暮らしぶりはそれぞれであったけれど、皆思いのまま暮らしも定まって、心に不安の影もなく、女君の暮らしとしてもっとも望ましい姿で過ごしている。

東北の院、西の対《たい》の姫君、玉鬘《たまかずら》ばかりは、そういうなかでただひとり、厭《いと》わしくも思いがけない苦悩に際会《さいかい》して、どうしたものかと、つくづく思い悩んでいるとみえる。

苦悩といっても、かつて筑紫《つくし》で大夫《たゆう》の監《げん》に迫られたときのような苦痛とは並べて考えることはできないことなのであった。なにしろ、みな源氏は父親として優しく接しているのだと思い込んでいるなかで、じつは、女として口説きかかってきているなど、誰一人想像すらできないことであったから、玉鬘は、すべてを自分の胸ひとつにしまって、〈……まさか、こんなことがあっていいものだろうか、ほんとに厭《いや》なこと〉と源氏を疎《うと》ましく思っている。といって、もう二十二歳にもなって、男と女のこともなにもかも知らぬという年ごろでもなし、今までに自分が過ごしてきた、辛《つら》いことばかりの日々が、今またあれこれ思い出されてくる。

〈それにしても、母君がいてくださったら、こんな思いはせずにすんだのに……〉と、そのこともまた改めて思い起こしては、ただただそれが惜しまれもし、また悲しみを新たにもするのであった。

源氏もまた、あのようにひとたび本心を打ち明けてしまったのちは、かえって悶々《もんもん》たる日々を送っている。人目を憚《はばか》って、そうそう馴《な》れ馴れしい態度もできぬことゆえ、些細《ささい》なことでも気軽に言葉をかけるということはなりがたい。これは源氏にとっては苦しいかぎりであったから、足しげく西の対のほうへやってきては、たまたまあたりに人気《ひとけ》のない折々を見すまし、やおら様子を変じては一人の男となって言い寄るのであった。

そのたびに、玉鬘は胸のつぶれる思いに心乱れるのだが、といって、そうそう露骨に無情な応接もできぬゆえ、ひたすらに「見て見ぬ振り」をしてやり過ごしている。

玉鬘という人は、もともとほがらかで親しみやすい人柄であったから、こういう状況のなかで、一生懸命に愛想無しを心がけ、できるだけよそよそしくしてはいるのだが、それでもおのずから、そのふんわりと愛嬌《あいきょう》のある様子は隠しおおせない。

兵部卿の宮、真剣に求愛す

兵部卿《ひょうぶきょう》の宮などは、大まじめな懸想文《けそうぶみ》をしきりとよこす。まだ、そのように恋の骨折りを開始していくらも経《た》たないというのに、はやくも物忌みの季節、五月雨《さみだれ》の候《こう》になってしまったことを嘆き愁《うれ》える手紙をよこした。そこに、

「……すこしでもお側《そば》近くに参上することをお許しいただけますなら、私の思いの片端《かたはし》でもお打明けして、この心の苦しみを晴らさせていただきたいのです」

など、つらつらと書いてあるのを見て、源氏は、

「なるほど。なんの差し支えもあるまい。この君のような方が、こうして懸想をしてこられるとなれば、そこはそれ、さぞ見るべきところがあろう。それにつけては、そうそうよそ事のようなおもてなしをされぬがよろしかろう。お返事をときどき差し上げておくようにせねばな……」

とて、自《みずか》らいちいちの文言《もんごん》を口移しにして返事を書かせなどするのであったが、そんなことをされればされるほど、玉鬘としては、ますますいやでいやでたまらない。しまいには、気分がすぐれないので、と申し立てて返事を書こうともしなくなった。

玉鬘付きの女房どものなかに、取り立てて家柄や声望の重々しいような出自《しゅつじ》の者は、ひとりもいない。ただ、あの亡き夕顔《ゆうがお》の叔父に、参議《さんぎ》程度の身分であった人があったが、その娘が、さすがに一通り賤《いや》しからぬ嗜《たしな》みを身につけていた。この人が、世に落ちぶれて残っていたのを、なんとか探し出してきて、宰相《さいしょう》の君と呼んで仕えさせていたのだが、字なども まずまず上手な書きようで、全体にしっかりと大人びた人であったから、しかるべき折々のお返事などは、この者に書かせることにしていた。そこで、源氏は、やむを得ず、この宰相の君を呼び出し、口移しに文言を言い聞かせつつ兵部卿の宮への返事を書かせた。

すると、その文面は、なにやら、宮のお通いを誘っているような風情《ふぜい》……、誘われてきた宮が、どんな様子で玉鬘に言い寄るのか、そのあたりを見てみたいものだと源氏はひそかに思っているらしい。

ところが玉鬘ご本人は、源氏に言い寄られて以来だんだんと辛くなる一方の日常のなかで、たまさか、この宮が、しんみりと心を込めて文をよこされたりする折には、すこし真剣に目を留めて見ることもある。いや、それはなにもこの宮に特に思いを寄せるということではなく、ただこのうんざりするような源氏の振舞《ふるま》いを見ずに過ごす方便はないものか、〈……いっそこの宮に身を任せてしまったら、そのほうが女としてはまだしも……〉と、いささか世慣れた心からそう思っているに過ぎないのであったが……。

兵部卿の宮、お忍びでやって来る

源氏は、兵部卿の宮の振舞いを見てみたいなどという、もとより筋違いなことにわくわくしながら宮を待ち受けている。

それとも知らず、宮は、玉鬘から、珍しくも脈のありそうな返事が来たのを嬉《うれ》しがって、前駆《さきが》けなど大げさにせず、たいそうお忍びらしい様子でやってきた。

西の対の西南の隅にある開き戸から、宮をなかに招じ入れると、廂《ひさし》の間《ま》に御座《おまし》の敷物を差し出したので、宮はそこに着座する。余人《よじん》ならば、簀子《すのこ》から物を言い入れるのが筋であろうに、これはまたずいぶんと厚遇したものであった。しかも、玉鬘は、その廂の間に近いところに几帳《きちよう》を置いて、それだけを隔てとして、ごく近々《ちかぢか》としたところにいる。これも源氏の差しがねであった。

源氏は、万事をそのように差配しつつ、ふと奥床しく匂《にお》いが届く程度に薫物《たきもの》をくゆらして、その場の雰囲気を演出している。まことの親でもなく、ああやってとんでもないふるまいをする源氏ではあったが、それでも、こういうところは至らぬ隈《くま》なき行き届きかたであった。

そして源氏は、この一部始終を物陰に潜んで見ている。

宰相の君は、宮がなにか言うのに対して玉鬘が答えるところを、源氏の見ている前で取り次ぐというのもなんだか恥ずかしい心地がして引っ込み思案をしていると、源氏は、

「これ、なにをしておる。お取り次ぎいたせ」

と抓《つね》ったりするので、どうしたらいいか弱ってしまっている。

もう日は落ち、やがて月のさしのぼってくる時刻になっても、さて曇りがちの空ははっきりせず、なにやらしんみりとした宮の様子も、それはそれでたいそう艶《つや》っぽい風情に見える。母屋《もや》の奥のほうからかすかに漂ってくる香の匂い……、そこに、すぐ近く隠れてい

る源氏の衣のさらに芳《かんば》しい薫物の香が添うて、部屋いっぱいにすばらしい香りが満ちている。これには、逢《あ》う以前に想像していたよりは遥《はる》かに奥床しい玉鬘の様子だと、宮は、心のうちにしっかりと思いを留《とど》めた。

宮がなにか言いかけることばが途切れ途切れに源氏の耳にも届く。宮はさかんに思いの丈《たけ》を口にしているようだが、それも、さすがにしっくりと落ち着いた口調で、そうそう好色めいた風情でもなく、まことにそこらの男とは違ったものであった。

源氏は、〈ふむふむ、さすがにな……〉と、物陰からほの聞いている。

源氏、蛍を放つ

しばらくして、玉鬘は、廂近い几帳のあたりを去って、母屋の東がわに設けた帳台《ちょうだい》へ寝に行ってしまった。

また宮がなにか言うのを取り次ぐために、宰相の君が帳台のあたりへ躙《にじ》り寄るのに事寄せて、源氏は、ずいっと茵《しとね》近くまで寄ってきた。

「この夏の夜というに、さような奥まったところに隠れてしまうとは、あまりに暑苦しいもてなしでありましょうぞ。万事は、臨機応変に振舞われるのが、よろしかろうというもの、そうそう子どもっぽく拗《す》ねたりすべきお年ごろでもなかろうに。これほどの宮様をまでも、そのように遠いところに置いて、他人行儀な女房取り次ぎにて物を言うべきではありませぬ。直接にご自分の声で話をするとまではいかずとも、せめてもっと近いところに出られたがよい」

源氏は、そんなふうに窘《たしな》める。

玉鬘は、まったく進退谷《しんたいきわ》まる思いがする。源氏は、こんなことにかこつけて閨《ねや》の中までも這い入ってこようという人ゆえ、源氏に入られても困るし、といって宮のところへ出て行くのもいやだし、なにもかも悲観的な思いに打ちのめされながら、ついに意を決して帳台を滑り出ると、母屋の端近いところに置いてある几帳のあたりに、じっと臥《ふ》せってしまった。

宮は、これでもかこれでもかと、せいぜい言葉を尽くして口説きかかるが、そのいちいちに答えることもせず、ただ躊躇《ためら》っている玉鬘に、源氏はするすると近寄ってくると、傍らの几帳の垂絹《たれぎぬ》を一枚だけひらりと引き開けて横木《よこぎ》にうちかけた、その刹那……。

あ、ぽっと、光るものが……。

まさか……、だれかが紙燭《しそく》でも差し出したのかと、玉鬘は息を呑んだ。

蛍、だった。蛍が光っているのだ。

源氏は、この夕方に、たくさんの蛍を捕まえて光が漏れぬよう薄い帷子《かたびら》に包んでおいたのを、さりげなく、玉鬘の身の回りの世話でもするようなふりをして、突然に空中に放ったのであった。

あまたの蛍は、呼吸を合わせるように、ふーっと光を明滅させる。その明るんだ瞬間、玉鬘は動転して思わず扇で顔を隠そうとしたが、間に合わない。

几帳のむこうに、蛍の青白い光に照らされた玉鬘の真っ白な横顔が浮かび上がる。

たいそう美しいその面差《おもざ》し……。

これこそまさに源氏の思うつぼであった。

〈……こういうふうに突然の光が見えたら、宮もさぞびっくりして覗《のぞ》き込まれるにちがいあるまい。ああしてただ私の娘だというだけの根拠で、ここまでねんごろに口説き寄っているのであろうまでで、じっさいの人柄や容貌《ようぼう》も、ここまでなにもかも揃《そろ》っているとは、やわかご推量も及ぶまい。ふふふ、こうして美しい姫を目の当《ま》たりにお見せしたなら、それこそ身も世もあらぬ恋慕をされるに違いないぞ〉と、源氏はそういうことをたくらんで、こんな趣向を構えておいたのであった。

これがもし正真正銘自分の姫君であったなら、かかるよけいな世話焼きもすまいに、ますます呆《あき》れ果てた源氏の心がけだと申さねばなるまい。

こんな仕掛けをまんまとしおおせて、源氏は、そっとその場を抜け出し、方角違いの戸口から引き上げていった。


宮はこんなことが企《たくら》まれていようとは思ってもいなかった。ただ、廂の間にあって、〈姫のいるのはあのあたりだな〉と、推量していたところ、なにやら近々としたところへ姫が寄ってきた気配がする。かくては、胸もときめいて、二人の間を隔てる几帳の垂絹、それも素晴らしい薄物の合間《あいま》から中を覗き込んでみたのだ。

すると、ここの柱から一つ隣の柱まで見渡せるあたりに、思いもかけぬ光がいっせいに光ったのを、宮は、〈おお、美しい……〉と思って見ていたのだが、さすがに、近侍《きんじ》の女房たちが、すぐに袖に包みなどして、その光を隠してしまった。

蛍のほんのりとした光は、恋歌のやりとりの素材にもなりそうなありさまで、そのほのかな光のなかに、一瞬だけ、宮は玉鬘の姿を見た。

すらっとした体つき、それがおっとりと臥《ふ》せっている。

〈なんという美しい姿態であろう。もっと近寄って、心ゆくまで物語などしてみたいものだが……〉などなど、いかにも飽き足りないものを覚えて、まさに源氏の思う壺《つぼ》、玉鬘の存在は宮の心の奥深くに、じんわりとしみ込んだのであった。

宮はさっそく、歌い入れる。

「鳴く声も聞こえぬ虫の思ひだに
人の消《け》つには消ゆるものかは

あの蛍のように声もなく思いを燃やしている虫、その「おもひ」という火だって、さて人が消そうとして消えるものでしょうか。消せるわけもないではありませんか。ましてや、人々がいかに取り隠し、消そうとなさっても、私の胸の火は、決して……


思い知られましたか、私の胸のうちを」

こんな歌を詠み掛けられて、すぐに深い思いを込めた返事をするのもいかがなものかと思うゆえ、ともかく口早《くちばや》なのだけを取り柄として、玉鬘はあっさりと歌を返した。

声はせで身をのみこがす蛍こそ
言ふよりまさる思ひなるらめ

声にも出せずにただただ身を焦がしている、あの蛍こそは、思いを口にできる人よりもきっと深く激しい「おもひ」の火を燃やしているのでしょう

まずは「音《おと》もせで思ひに燃ゆる蛍こそ鳴く虫よりもあはれなりけれ（声も立てずにただ、おもひの火に身を燃やしている蛍こそは、ちゃらちゃらと鳴いている虫よりも思いが深いのであろうな）」という古歌を仄《ほの》めかしつつ、即座に言い返して、玉鬘自身は、さっさと奥へ引っ込んでしまった。

こうなっては取りつく島もない。宮は、かくもよそよそしくあしらわれてしまったことを索漠《さくばく》たる思いで受け取ったが、これ以上拘泥《こうでい》するのは、いかにも好色めいていかがかと思われるゆえ、そのまま夜を明かすこともなく、かつは軒の雫《しずく》も冷たいこととて、その雫と涙に袖《そで》を濡《ぬ》らしながら、まだ真っ暗なうちに引き上げていった。

……おそらくこんな夜は、「五月雨《さみだれ》にもの思ひをれば時鳥《ほととぎす》夜深く鳴きていづちゆくらむ（こうして五月雨のしとしと降る夜を物思いに過ごしていると、ほととぎすが夜深く鳴いて渡ってい

く、あれはいったいどこへゆくのであろう）」という古歌のごとくに、ほととぎすなどもさぞ鳴き渡ったことと思われ、またそのほととぎすを材料になにやかやと歌の贈答などもあったかもしれぬが、あまり煩わしいので、そのあたりは聞き留《とど》めることもしなかった。

「あの宮様のご様子ご気配は、たいそうよく源氏さまに似ていらっしゃるわね」

などと女房たちは、口々に讃《ほ》める。

昨夜、あんなふうにまるで女親めいていあれこれ玉鬘の世話を焼いた源氏の様子を、女房たちは、まさかけしからぬ下心があってのこととは知る由もなく、

「お心の行き届いたなされかた、ほんにもったいないこと……」

などと、ありがたそうに言いあっている。


玉鬘は、こんなふうに親ぶったことを言いながら、その実、密《ひそ》かに言い寄ったりする源氏の振舞いを、我が身の上の辛いさだめなのだと思う。

〈……源氏さまの娘だなんて偽りの身の上でなくて、実の父君にもちゃんと娘として認知され、大臣家の姫君として一人前に扱われて……その上で、もしこんなふうに源氏さまに思いを懸けられたのだったら、べつに不似合いということもなかったのに……。でも、現

実には、娘ということで披露されていながら、その実、求愛を受けるなんて、そんな変なこと聞いたこともないし……もし万一このことが漏れたら、どれほど面白ずくの語りぐさになって世に喧伝《けんでん》されることでしょう……〉と、玉鬘は明け暮れに思い悩む。

とはいえ、源氏も、ついには自分の愛人にしてしまおうなどと、感心せぬことばかりを思っていたわけではなかった。〈いずれはしかるべき男に縁付けて……〉と、そう思ってはいたのだ。いたのだが、しかし、源氏の心の癖として、美しい女に対してどうしても色好みの心が蠢動《しゅんどう》してしまうというところがあって、それで、あの秋好む中宮などに対してさえも、つねに礼儀正しくのみはしていられなかったものだ。なにかの折に触れて、けしからず色めいた気配を見せては、女心を騒がせてみたりしたこともあったが、いかにしても、相手が中宮という高貴な身分となっては、しょせん手の届かぬ人、ことは決して容易ならぬことゆえ、それ以上本気になって露骨な口説き文句などを言い寄ったりはしなかったのだ。

が、この玉鬘の君は、もともと人柄が親しみ易くあまり古風に畏《かしこ》まった様子でもないところから、ついつい恋心を抑えきれぬまま、ときどき、男としてのけしからぬ振舞いに及ぶことがあったのである。もしそんなところを、女房どもが見つけたら、さぞ怪しまれるであろうようなことに違いなかった……が、さすがに今の源氏は世にも珍しいほどに隠忍《いんにん》自重《じちょう》して、紙一重のところで平静を保っている、そういう仲らいなのであった。

五月五日、宮と玉鬘、文の往来

明けて五月五日になった。

源氏は、東北《うしとら》の町に作り設けた馬場《うまば》の御殿に出かけたついでに、また西の対へやってきた。

「どうだったかな。宮はあれから夜おそくまでおいでになったのかな。……いや、あの宮は、あまり度を超えてお近づけしてはなるまいぞ。ああ見えて、なかなか面倒なところがあるお人柄なのだからね。もっとも、おしなべて申せば、女に口説き寄って、結句《けっく》女心を傷つけ、過ちをしでかしたりすることのない安全な人など、めったといるものではない」

活かしたり殺したり、上げたり下げたりして、教訓する源氏の様子は、しかし、限りなく若々しくすっきりとして見える。艶といい色といい、こぼれるばかりの見事な袿《うちき》の上に、薄い地に淡々《あわあわ》と地紋を織り出した縹色《はなだいろ》の夏の直衣《のうし》を重ね着ている。いったいぜんたい、どこから普通の衣とは格別に違った美しさが醸《かも》し出されるのであろう、まるでこの世の人が染めたとも見えぬ。が、色からすれば、常に変わらぬ縹の色、そこに季節柄の文様《あやめ》とて、菖蒲《あやめ》の文を織り出してある。これも菖蒲の節句の今日はひときわ見事に眺められる。また馥郁《ふくいく》と香る袖の薫香《かおり》も菖蒲の花の香りに紛れ、どこまでも美しい男ぶりではあるが、〈……ああ、もしこれで、あの怪しいお振舞いさえなかったなら、それこそほんとうにすばらしいご様子だといえるのに……〉と玉鬘は思うのであった。

また宮から文が届けられる。

白い薄様《うすよう》の紙に、手跡《しゅせき》はいかにも由緒ゆかしく見事に書きあげてある。この文の見てくれこそたいそう趣があったけれど、さてその内容をここに書き綴《つづ》ろうとすれば、どうということもない文面なのであった。

今日《けふ》さへや引く人もなき水隠《みがく》れに
生《お》ふるあやめのねのみ泣かれむ

五月五日の菖蒲の節句の今日になっても、引いてくれる人もなく、ただ水面下に隠れている菖蒲の根（ね）のような私は、ただ音（ね）をあげて泣いております

こんな歌が、世の語りぐさにもなろうというほど長い長い見事な菖蒲の根に結びつけてあった。源氏は、これを一瞥《いちべつ》すると、

「今日は菖蒲の節句ゆえ、かならずお返事をしておくように」

と、教え促《うなが》しつつ、部屋を出ていった。

女房たちは、誰もかれも、

「お気に染まぬかもしれませぬが、それでもやはり、お返事ばかりはなさいませ」

と口々に言うので、玉鬘自身どう思ったかは分からぬけれど、ともかく、

「あらはれていとど浅くも見ゆるかな
　あやめもわかず泣かれけるねの

そのようにあらわにお泣きになるとは、お心のたいそう浅く見えることでございます。菖蒲《あやめ》の根（ね）が、水の下に隠れてながれていいるように、分別《あやめ》もなく泣かれていいるその泣く音（ね）ゆえに

ずいぶんと御歳《おんとし》にも似合わぬことにて……」

とだけ、うっすらとした墨で書いて返したと見える。これでは、なにぶんとも風雅の方

面には長《た》けた宮ゆえ、〈今少し筆に味わいがほしいな〉と物足りない思いを以て見たことであろう。

節句のこととて、薬玉《くすだま》などもそれはそれは見事に作られたものが、あちこちから到来している。かつて西国《さいこく》に流寓《りゅうぐう》して思い沈みがちであった苦難の日々のことなど、今は跡形もない幸福な暮らしぶりで、玉鬘の心のなかに少なからずゆとりのようなものも生まれてきたのだが、そうである分、〈……もしこれで源氏さまにあんなことがなくて、万一にも悪い評判が立つようなことがないままに終わればいいのだけれど……〉と、どうしても思うのであった。

騎射《きしゃ》を催す

御殿の東の対に住む花散里《はなちるさと》のもとへも、源氏は、ちらりと顔を見せる。そして、「今日の左近衛府《さこんえふ》の騎射《きしゃ》のついでに、息子の中将《ちゅうじょう》が部下の男どもを引き連れて来て、こちらの馬場《うまば》でも腕前を見せると申しておったから、そのつもりでな。おそらくはまだ明るいうちにやってくるものと思う。どういうものかな、私としてはできるだけ内輪に内輪にと思っているのだけれど、不思議にあの兵部卿の宮などの親王《みこ》たちが聞き付けて見物に来られる。それでどうしても、なにかと大げさなことになってしまうわけだね。まあせいぜいそのつもりでご用意なさい」

などと指示を出す。

その騎射を見せるという馬場《うまば》の御殿は、この花散里の住む東の対の廊からは、すぐ近いところに見える。

「よいか、若い女房どもも、この渡殿《わたどの》の戸を開けてせいぜい見物するがよいぞ。左近衛府には、たいそう見どころのある若い官人《かんにん》もたくさんいるゆえ、な。近衛《このえ》府の役人だからとてばかにしたものではない、なまなかの殿上人《てんじょうびと》にもおさおさ劣らぬ男ぶりだから、せいぜい心して見物せよ」

などと思わせぶりなことを源氏は女房どもに言い聞かせる。こう聞いては、若い女房たちは、なんとしてもその騎射の見物をしてみたいものと、わくわくせずにはいられない。

西の対の玉鬘のところからも、女《め》の童《わらわ》などが見物に渡ってきて、廊の戸口に御簾《みす》を青々と掛け渡し、上は白く下に行くにつれて藍《あい》色にぼかし染めた華やいだ垂れ絹を掛けた几帳

を

ずっと立て並べ、女の童や下仕《しもづか》えの女どもがあちこちうろうろしている。菖蒲襲《そうぶがさね》(表は青、裏は濃い紅梅)の衵《あこめ》(下着)の上に更に紅《くれない》と藍で二度染めにした薄物の汗衫《かざみ》を重ね着ているのは、西の対の女の童と見える。またいかにも好ましく馴れた物腰の四人の女は、楝《おうち》の花を思わせる薄紫をぼかしに染めた裳《も》(裾長の女袴)に撫子《なでしこ》の若葉の色をした唐衣《からぎぬ》(上着)のお揃いを着ている。これらは、いずれも今日の菖蒲の節句に合わせた装いである。

いっぽう、東の対の花散里側の女の童たちは、濃い紅の単衣《ひとえ》を二枚重ね着て、その上には、撫子襲《なでしこがさね》(表は紅梅、裏は青)の汗衫を鷹揚《おうよう》な風情に着こなしている。いずれも我《われ》劣らじとおしゃれを競いあっているのは、まことに見どころがある。

これにには、若々しい殿上人など、ついつい目を引かれて、さかんに秋波《しゅうは》を送ろうかというありさまである。

未《ひつじ》の時(午後二時ころ)、源氏が馬場の御殿にやってきてみると、果たして、思ったとおり親王がたもかれこれ詰めかけていた。

宮中で催される「手結《てつがい》」という公式騎射とは事変わり、私邸での催しゆえ、近衛府の中将少将たちも連れ立って参加し、いっぷう変わった趣向で派手やかににぎやかに遊び暮らした。

女たちは、こうした武人《ぶじん》たちの騎射などについては、菖蒲（あやめ）の節句の行事で、なにの仔細（あやめ）も知らぬことながら、それはそれなりに楽しんでいる。なにしろ、近衛府の舎人《とねり》と呼ばれる武人たちも、平生《へいぜい》の装束《しょうぞく》とは異風《いふう》の、緋色《ひいろ》の絞り染めにした狩衣《かりぎぬ》めいた服の上に、甲形《よろいがた》とて甲冑《かっちゅう》を象《かたど》ったものを着け、その華やかなこと、女の目にはいかにも珍しく、しかもそういう正装の若い武人たちが、一世の晴れ姿とて、一命を抛《なげう》って騎射に打ち興じているのも、めったとない見《み》ものであった。

馬場は、この東北《うしとら》の町から、東南《たつみ》の町まで打ち抜きで続き、ずっと向こうまではるばると見通される。されば、ここ夏の御殿だけでなく、春の御殿のほうでも同じように若い女房たちは、興味津々で、この騎射のありさまを見物している。そうして、左近衛府がたが勝てば『打毬楽《たぎゅうらく》』、右近衛府がたが勝てば『落蹲《らくそん》』という楽《がく》を、それぞれ奏《そう》したり舞ったりする。それも勝った負けたと、勝負の付くごとに、それぞれ笛や太鼓やの大音声を上げて奏するので、その賑《にぎ》わしさは一通りでない。

こんな風に、大騒ぎのうちに面白い一日は過ぎて、やがて日が暮れてなにも見えなくなってしまった。参加した舎人たちには、それぞれ褒美の俸禄《ほうろく》や品物を賜る。そうして、たいそう夜が更けたころになって、やっと皆々退出していった。

源氏、東北《うしとら》の町に宿る

源氏は、その夜、東北の町の花散里のもとに宿った。

あれこれと世間話などするついでに、源氏は、こんなことを言う。

「兵部卿の宮は、お人柄が、ほかの人々よりも一段と勝っておいでだ。ご容貌などは、まず優れているとも申しがたいが、なにしろ、行き届いた心配りをなさるかただし、お振舞いもさすがに優美で、いったいに魅力のある君だね。そなたも、きょうはこっそりとご覧になったかな。……みな、あの宮を良いと誉《ほ》めるようだ。まあ、私が見るところでは、今一つというところがあるけれど……」

花散里は落ち着いた口調で、こう応《こた》える。

「宮のほうが弟君ではございますすけれど、あなたさまよりも、ちょっと老成した感じに拝見いたします。こういう催しの折々などには、かならずお渡りになって睦《むつ》まじくなさっているとは伺ってはおりましたが、じつは、わたくしは、昔内裏《だいり》にお勤めしていた時分に、ちらと拝見したきり、その後はずっとお見かけすることもございませんでした。きょうは、久しぶりに拝見しましたが、ご容貌など、いよいよ御立派になられたように感じましたこと……。それに比べては、あの帥《そち》の親王《みこ》さまなどは、同じ弟君とは申しながら、ご風采《ふうさい》こそはそれなりによい御風采ながら、お人柄はだいぶ見劣りがいたしますね。まず、親王さまと申しますよりは、ご皇孫……とでも申し上げたほうが相応《ふさわ》しいような、そんな御風格でございましょうかしら」

ずいぶんと忌憚《きたん》なく批評したものである。源氏は、〈なるほど、ちらりと一瞥《いちべつ》した程度で、よく見抜いたものだな〉と思いつつ、さすがに苦笑《にがわら》いして、その他の人々については、善いとも悪いとも口にしない。そもそも、人のことを難じたり、また貶《おとし》めたりするようなことを言う人を、源氏は厭わしく思っているので、たとえば、髭黒《ひげくろ》の右大将《うだいしょう》などについても、世人はとかく心憎く立派な人だなどと評判するのを聞くにつけても、〈あの右大将など、いったい何ほどのものであろう。あんな程度の男を玉鬘の夫として近親者の列に置いて見るというのは、いかにもつまらぬことではなかろうか〉と、内心にはそう思っているのだが、それを源氏が口に出してあらわに言うことはない。

花散里と源氏の関係は、いまでは、ほんとうにさらりとした親しみかたで、夜の御座《おまし》なども、それぞれまったく別々に寝るのであった。それにつけては、さすがに〈どうしてこれほどにまで恋しさを離れた関係になってしまったものであろうな〉と、源氏はいささか気の毒がってもいる。花散里という人は、おおかた、やかましい焼きもちなども焼くことなく、もう何年と、こういう時節がらの催しの遊びなども埒外《らちがい》に置かれていて、ただ人づてに聞いているばかりだったので、今日は、珍しく自分の住む御殿でこれほどまでに盛大な行事を源氏が催してくれたことを、この東北《うしとら》の町にとってはまばゆいほどの名誉として、ありがたく思っているというほどのことなのであった。

花散里は、おっとりとした声で歌を詠みかける。

その駒もすさめぬ草と名に立てる
汀《みぎは》のあやめ今日や引きつる

その、馬も食べない草だと評判の、岸辺の菖蒲《あやめ》のようなわたくしを、五月《さつき》の節句に菖蒲の根を引い遊ぶように、今日は引き立てて下さったのですね

歌としては特にどうということもないような詠みぶりではあったけれど、さすがに、花散里の優しい真心のようなものを感じて、源氏は、はっと胸を衝《つ》かれる思いがした。

さっそく源氏は、歌を返す。

鳰鳥《にほどり》に影をならぶる若駒は
いつかあやめに引き別るべき

いつも夫婦つがいで影を並べている鳰鳥《カイツブリ》と同じように、菖蒲は食わぬと仰せの若駒のような私ながら、菖蒲だと謙遜されるあなたと、これから先も菖蒲の根を引くように引き別れるなんてことがあるものでしょうか。そんなことは決してございますまい

なんとまあ気がねもない歌の贈答ぶりよ……。

ともあれ、こんな歌どもを詠み交わしてから、源氏は、半分冗談めかしつつ、しかし、花散里の穏やかな人柄を見込んで、こんなことをしんみりと話しかける。

「朝夕には、こうして別々の閨に寝るのではあるけれど、こんなふうに親しくお目にかかることができるのは、私にとっては、なにより心丈夫なことなのだよ」

花散里は、みずからの帳台の床《ゆか》を源氏の寝所《しんじょ》として譲ると、几帳を間《あいだ》に引き立てて、そのまま眠りについた。もはや、それ以上の、男と女としての親密な方面は、今では不似合いなことのように女君は思い定めているので、源氏も特に自らの閨へ花散里を呼んで共寝

をしようとも思わない。

源氏と玉鬘、物語論を闘わす

この年は、五月雨《さみだれ》が例年にも増して降り続いて、空も晴れず心も曇りがちに、所在なく過ごしているので、六条院の女君たちは、絵物語などを、読んだり描いたり繕《つくろ》ったりして、そんなことをせめてもの心やりにしつつ、明かし暮らしている。

明石《あかし》の御方は、そういう方面のことにも雅味《がみ》豊かな手腕があって、なかなか見事に仕立てなどしては、姫君のところへ届けてくる。

西の対の玉鬘ともなれば、田舎育ちで、絵物語などはろくろく見ずに育ったことゆえ、今さらながら、見るもの読むもの珍しくて、明け暮れ、書いたり読んだり、一心に励んでいる。また、そういうことに秀でた手腕をもった若い女房たちもたくさん仕えている。

〈こうして、いろいろな物語を読んでみると、ほんとうにさまざまに数奇《すうき》な身の上の人がある……本当にあったことか、作り話かは分からないけれど、こうさまざまな人の身の上を見聞するなかでも、私自身のように波乱万丈な話はやっぱり見当たらないものね〉と思っている。

あの『住吉物語《すみよしものがたり》』の主人公の姫君の評判は、昔《そのかみ》もたいそう素晴らしいものだったかもしれないが、今だって誰もが特に誉めるように思われる。〈……でも、この主計頭《かずえのかみ》って老人が、あと一歩のところまで迫ってくるところなんか、あの大夫《たゆう》の監《げん》そっくり、ああ、くわばらくわばら〉と、あの危機一髪であった時のことを、思い比べている玉鬘であった。

源氏は、そんなふうにそちこち物語絵などが取り散らしてある邸《やしき》うちの景色を目にしては、ついつい苦笑せざるを得ない。

「やれやれ、まったく困ったものだ。女というものは、面倒とも思わずに、自分から好き好んでこういう作り話にだまされたいと思って生まれてきたものと見えるな。こうたくさんな物語どものなかに、本当のことなどはまったく寥々《りょうりょう》たる数に過ぎぬと、かたがた承知していながら、こんな根も葉もないようなことにうつつを抜かして、まんまとだまされては、この暑苦しい五月雨（さみだれ）に髪の乱（みだ）れもものかわ、せっせと書いていることよな、はっはっは」

こんなことを言ってからかいながら、なおも、

「いや、もっとも、こんないにしえの物語がなかったら、まったく、どうしてこの気晴ら

しのすべもない長雨の所在なさを慰めることができようかな。さてもさても、この偽りの話のなかに、なるほどそうもあろうと心に沁《し》みるところを見せ、いかにもまことしやかに言葉を連ねたりなどする……、これはまた、かりそめの作り事とは承知していながら、それでもやたらと心を動かしてしまう。たとえば、とかく、いたいけな姫君が辛い物思いに沈んでいる場面などを見ると、心の片端《かたはし》を動かされてしまうものな。また、まさかこんなことがあるわけはない、と思いながら見てゆくにつれて、そのおどろおどろしい語り口に、ついハッとしたりしてね、……それで、心を静めて二度目に聞いてみれば、なんだたわいもないことであったと憎たらしくもなるのだが、しかしその最初に聞いた当座は、ふと心を打たれるところが上手に書かれているというようなこともあるだろう。近ごろ、明石の姫が、女房などにときどき読ませているのを立ち聞きしてみれば、さても世の中には、うまいこと言い回す者もあるものだと感心したりする。この分では、よほど日ごろから嘘八百のつき放題で、そういう口だからこそこんな風に上手に言いくるめるのであろう、などと思うことさ。そうではないかね」

などと批評して見せる。玉鬘は面《おもて》を改めて言葉を返す。

「まことに、日ごろより偽りばかり口にし慣れている人は、そのように裏の裏まで酌《く》み取ってお考えにもなれましょう。けれども、わたくしなどには、ただただ真実まことのように思われることでございますのに……」

そう言いざま、玉鬘は、毅然《きぜん》として手許《てもと》の硯《すずり》を向こうへ押しやった。

「おっと、これはつい不躾《ぶしつけ》に物語どもを酷評してしまった。いや、考えてみれば、あの日本紀《にほんぎ》などの真《まこと》らしい史書《ふみ》にしてからが、あれで社会のほんの一面を書き綴《つづ》ったにすぎないのさ。そこへいけば、この物語などのほうにこそ、単に事実を述べるということから一歩進んで、人情の機微《きび》にまで細《こま》やかに書き至るということがあるだろうな」

源氏は、そう言いながら、ふと笑みを浮かべ、さらに論じ進める。

「思えば、物語というものは、だれそれの人の身の上について、ありのままままっすぐに書くということはないかもしれないが、善いことでも悪いことでも、この世に生きている人のありさまを見聞するにつけて、つくづく心を動かされたり、またなんとかしてこの思いを後の世の人にも伝えたいと思ったり、……そんなあれこれの事どもを、胸のうち一つには収めておくことができずに、つい言い置くことになる、……とそんなふうにして物語というものは始まったのであろう。その際、立派な人の行跡《ぎょうせき》については、それをできるだけ良く伝えたいと思うあまりに、とりわけ良いことばかりを選び出して物語るということになるだろうし、また、鬼面人《きめん》を驚かすようなことを言い連ねて、人の気を引こうということだってあるだろう。それらはいずれも、良いものはより良く、悪いものはより悪く、現実を誇張してみせたばかりで、まったく世に無いことを捏《こ》ね上げたというわけではあるまいぞ。異朝《いちよう》のことは、才学のありようも、文《ふみ》の作りようも違っているのだからさておいて、ことは同じ大和の文《ふみ》のことだ、もっとも……昔と今とではなにかと違ったこともあるだろうし、正史《せいし》のように厳密厳格に文章を書く場合と、物語のように浅薄《せんぱく》に作る場合との違いもあるだろうけれど、だからといって、物語すべてを、まるっきりの作り事だと決めつけてしまうのも、さてどうだろうか。それは、物語というものの本質を弁《わきま》えぬ考えというべきではあるまいかな。たとえば、あの仏の教えにしてからがそうだ。仏が、たいそう立派なお心を以て説き置かれた御法《みのり》にしてからが、方便《ほうべん》の教えということがあって、仏は人を見て法を説かれたために、一見すると相互に矛盾するようなことを説かれたところもある。それを凡愚《ぼんぐ》の目からは、こことここでは食い違っているじゃないか、などと不審を立てるようなこともあろう。法華経《ほけきよう》や華厳経《けごんきよう》などの経典のなかには、そういう方便を以て説かれた教えがいろいろと多いけれど、しかし、それもよくよく考えてみれば、結局は大きな悟りというところに帰一《きいつ》するのだ。そこでは、煩悩《ぼんのう》といい菩提《ぼだい》といい、世俗では全然反対のように思っていることも、なに、仏の広大な知恵や悟りからすれば、しょせんは一つの事柄に過ぎぬ。だから、それは物語の世界で、方便のために、人の善《よ》き悪《あ》しきを誇張して言っているようなものであって、つまるところは、すべてどんなことだって、無意味だということはないのだということになるわけだ」

と、源氏は、とうとう物語をよほど重要な意義のあるもののように論じてのけた。

源氏、玉鬘に躙《にじ》り寄る

「さて……」

源氏は、思いもかけないほうへ、話を転じる。

「ところで、こういう古物語のなかに、私のように実直一方《じつちよくいつぽう》の愚かな男の物語など、あるだろうかね。それはそれは素《そ》っ気《け》ない姫君の物語でさえ、そなたのように知らん顔の、空《そら》惚《とぼ》けた主人公だなんてのは、世に絶えてあるまい。さあさあ、いっそ私たちの仲をそういう類例なく珍しい物語にでも作って、世に語り伝えさせようかな」

そんなことを囁《ささや》きながら、源氏は、じりじりと玉鬘に躙《にじ》り寄ってくる。玉鬘は、顔を衣《ころも》の襟《えり》に隠すようにしながら、せめても言い返した。
「わざわざ物語にして語り伝えなどおさせにならずとも、こんな世にたぐいもないことは、いずれ世間の語りぐさになりはせぬかと見えますけれど……」
「ほほう、そなたもたぐいなきこととお思いか。ならば、私も同じ思い……こんなふうに人を恋しく思うなど、それこそたぐいのないことだという思いがするのだよ」
源氏は、そんなことを言いざま、また一段と姫に寄り添ってじっとしている。その様子は、まことに情欲的であった。
やがて、玉鬘を腕のなかに捉《とら》えると、源氏は耳元に囁き入れる。
「思ひあまり昔のあとをたづぬれど
親にそむける子ぞたぐひなき
思いのあまりに、昔の物語をあれこれと探してみたけれど
親に背く子など、それこそ類例がないことだよ
親不孝などということは、仏の道にも厳《げん》に戒《いまし》めてあるではないか」
しかし、どうあっても玉鬘は顔を上げることもしない。源氏は、その黒髪を掻《か》き撫《な》でな

がら、ひたすら怨みごとをたたみかける。玉鬘は、辛うじて歌だけを返した。

ふるき跡《あと》をたづぬれどげになかりけり
この世にかかる親の心は

いくら古物語の世界を尋ね回っても、なるほどそんなのはございませんわ。
この世に、娘を口説こうなんていう奇態な親心なんて……

こう返されては、さすがの源氏も、いささか心に恥ずかしいところがあると見えて、それ以上みだりがわしい振舞いまでは進まない。

さてもさても、こんなことでは、これから先どうなってしまう二人の仲なのでありましょうや。

紫上と物語をめぐって語り合う

紫上も、明石の姫君のために誂《あつら》えるという建前もあって、物語は捨てがたいものと思っている。

『くまの物語』の絵巻など、源氏も、

「これはとてもよく描けている絵だね」

など言いながら見ている。見れば、その絵は、まだ幼い女君が、屈託なく昼寝をしているところを描いてある。紫上は、自分自身の幼かった時分のことを思い出しながら見ていた。すると、源氏が言う。

「こんな子供どうしでも、こんなことをするとはねえ、ずいぶんませていたものだね。そこへいくと、私などは、まるで違っていたじゃないか。世の語りぐさにでもなろうかというくらいに、たいそう気長にそなたの成長を待っていたのだからね」

などと、紫上の子供時代のことを引き合いに出すのであった。

いやはや、世にたぐいないような風変わりな恋ばかり好んでしてきた源氏の既往《きおう》であったから、たしかに世の語りぐさにもなろうというものでございましたろう。

「よいか、こんな好色めいた物語は、姫君の前では決して読み聞かせたりすまいぞ。密かに恋心を抱くようになった娘の身の上の物語に、すぐに心惹かれもすまいけれど、ただ、こんなことも世にはあるのね、などと思って、それが当たり前だと考えるようになったら一大事だからね」

などと、これはまたばかに真面目な親心を出して教訓している。こんなところを玉鬘が見聞きしたら、〈血のつながった姫君とそうでない自分とでは、とんでもない違いがある……〉と思って、さぞ心の隔てを置くようになったことであろう。

紫上は言う。

「物語を聞いて、そういう思慮の浅い人の真似などするのは、見ていて決して良い感じはしませんものね。といって、あの『宇津保《うつぼ》物語』の藤原君《ふじわらぎみ》の姫の貴宮《あてみや》なんかは、たいそう思慮深くて、人柄もしっかりと、過ちなどはなさそうに見えますけれど、あまりにも単刀直入な言葉の返しかたなど、女としての良さがさっぱりないようにも見えますのが、いささか過ぎたるは及ばざるがごとしとやらにて……」

「ああ、まったくだね。実際のところ、だれも人にはそういうふうな傾向があるように見える。ひとかどぶっておのれのやり方を墨守《ぼくしゅ》するのはいいが、とかく程の良さということを弁《わきま》えないのが困る。親はそれなりに立派な人なのに、その親どもがしっかりと心を込めて育て上げた娘が、なんとしたことか、ただ子供っぽくおっとりしてるというのだけが取り柄で、なにかと見劣りすることばかり多いというようなのは、いったいぜんたいどうやって育てたのであろうかと、その親の育児法まで思いやられる。まずお気の毒な次第だ。そなたは貴宮のことを、そんなふうに言うけれど、その娘がいかにもしっかりしていて、なにをやらせても、その人らしい個性が見えるなどというのであれば、親もさぞ育てた甲斐《か い》があって面目も立ったというべきであろうな。また、人が言葉を尽くして決まりが悪くなるほど誉めちぎっていたところが、いざその娘の言行をよくよく観察してみれば、いっこうに感心すべきところが見えず、また評判もよくなかったりすると、それこそまるで見劣りするということになる。だから、生半可《なまはんか》な人間に娘を誉められたりはしたくないものだね」

源氏は、ただただこの明石の姫君が人から無用の批評を蒙《こうむ》らぬように、周到に思い巡らしては、こんなことを言う。

物語どものなかには、継母《ままはは》が底意地悪く継子《ままこ》いじめをするような話も多かったので、そういうところが露骨に見えては紫上が嬉しくないだろうと憚って、源氏は、よくよく内容を吟味しつつ、美しく清書させ、また絵を描かせたりするのであった。

源氏の中将（夕霧）と明石の姫君

子息の中将の君については、継母の紫上との間に万一にも間違いがあっては困ると用心して、こちらの御殿にはできるだけ疎遠になるように過ごさせているが、ただ、明石の姫君ばかりは、さまで遠ざけることもなく、むしろ実の兄妹として親しみ過ごすようにさせている。自分の目の黒いうちは、親しかろうと疎《うと》かろうと、どちらでも同じようなものだが、しかし、死んでの後《のち》のことを思いやると、やはり姫君にとってもっとも頼りになる後ろ楯は中将に違いないから、今から見慣れ親しんでいるほうがよろしかろうと、源氏は思うのである。そこで、中将の君は、東南《たつみ》の御殿の南側の御簾内《みすうち》、廂の間までは自由に出入りすることを許されていた。が、その奥の台盤所《だいばんどころ》の女房たちの間に立ち交わることは許されない。

そもそも源氏には数多からぬ子供たちのこととて、中将も明石の姫君も、それはそれは大切に愛育してきた。

中将は、日ごろから心構えもしっかりしているし、真面目そのものの若君ゆえ、源氏としては安心して妹姫を任せておけると思っているのである。

今年はまだ八歳ばかりで、なお幼げな人形遊びなどする様子を見るにつけても、中将には、あの雲居《くもい》の雁《かり》といっしょに人形遊びなどして過ごした日々のことが、真っ先に思い出される。そうして、人形の御殿での宮仕えごっこなどをせっせとしながら、折々涙ぐんだりしているのであった。

年齢から言っても立場から言っても、中将が親しくするのに相応《ふさわ》しい女もあって、そういう所へは、かりそめに言い寄りなどして軽くつきあうということも、少なからずあるのだけれど、将来を頼りにされるような深いつきあいかたはしない。こういう女たちのなかには、妻として世話をしてもよかろうというふうに心に留《と》めてもよさそうな人もいたのだが、そこを強いて、なおざりなつきあいかたに留《とど》めておく。かつて、雲居の雁の乳母《めのと》から、「たかが六位風情《ふぜい》が」、と見下《みくだ》された悔しさを、立派に出世して見返してやりたいと思う気持ちが、なによりも重大なこととして、中将の心を占めていたからである。

いや、無理押しにまとわりついて、どうしてもどうしてもと願ったならば、しまいには根負《こんま》けして許されたかもしれない。しかし、あんなふうに生木《なまき》を裂くように別離を強いられた折に、なんとかして内大臣にも事の道理を弁えてもらいたいと思っていたことが、今に忘れられないのである。

ただ、雲居の雁自身に対しては、いまも消息を欠かさず、みずからの真心あるところをよくよく知らせながら、表面《うわべ》には焦らず騒がず穏やかに過ごしている。この妙に落ち着いた態度には、雲居の雁の兄君たちも、小面憎《こづらにく》い奴だと思わずにはいられない。

いっぽう、西の対の姫君玉鬘のありさまに、内大臣の子息右中将《うちゅうじょう》は、たいそう深く執心《しゅうしん》して、なんとかして懸想文《けそうぶみ》を贈りたいと思うけれど、その仲立ちを頼む者とてはいっこうに頼りにもならない女の童《めわらわ》みるこしかいないので、源氏の子息中将になんとかしてくれないかと嘆き寄る。けれども中将は、

「そう言われても……あなただって人の恋の仲立ちともなると、ずいぶんもどかしいことだったですよね」

と、つれない返事ばかり。かつて雲居の雁への仲立ちを頼んだ時に右中将が言うことを聞いてくれなかった意趣《いしゅ》を、こうして今返しているのである。こういうところは、昔、それぞれの父、源氏と頭中将《とうのちゅうじょう》がいつも張り合っていたのとよく似ている。

内大臣、夕顔腹の姫を想う

　内大臣には、あちこちの腹々《はらばら》に子供たちがたいそう多かったのだが、その生母の出自《しゅつじ》声望《ぼう》や人柄にしたがって、それぞれ相応しく、思うとおりの声望や権勢の者として取り立てられている。女君はそれほどたくさんいたわけでもないが、弘徽殿女御《こきでんのにょうご》も、入内《じゅだい》して立后《りっこう》を望んだにもかかわらず、源氏の推した秋好む中宮との競争に負けて思うようにはならなかったし、雲居の雁もまた、東宮妃《とうぐうひ》にと父は望んだのに、源氏の子息の中将と恋仲になってしまうなど、まことに口惜《くちお》しいことばかりだと思っている。

　そういうなかで内大臣は、昔、あの夕顔に生ませた撫子《なでしこ》の姫を忘れることはなかった。〈……あの雨夜《あまよ》の品定めの折にもついつい問わず語りをしてしまったけれど、その後どうなったのだろう、今はどうしてるのだろうな〉と思う。〈思えば、あの母親は、いっこうに頼りにならないような女だったから、そういう親の心に引きずられて、あんなにいたいけな子を、行方《ゆくえ》知れずにしてしまった……。とかく女の子というものは、決して決して目を離してはなるまじきものだったが。……あられもなく落ちぶれながら、勝手に、自分は内大臣の子だなどと吹聴《ふいちょう》してさすらっていはすまいか。どんな形であれ、申し出て来てくれたならなあ……〉としみじみ心にかけて思っている。

そこで子息の君たちにも、

「もしそういう名乗りをするような者があったら、かならず耳に留めて知らせよ。むかし、若気《わかげ》の至りの遊び心のままに、あまり誉められない女とのあれこれも多かったのだが、しかし、この姫の母親という女は、決してそういう凡百《ぼんひゃく》のつまらぬ女ではなかったのだ。私としては、しかるべき身分で世話をしたいとまで思っていたのだが、その女は、わけもないことを憂《うれ》え果ててな……行方知れずに……それで、そもそも少ない実の娘の、大切な一人を失ってしまった。それが残念でならぬ」

と、いつもこんなことを言い言いするのであった。

実際には、その後しばらくの間《あいだ》は、それほど切実にも思っていたわけでもなく、いわばこの娘のことなど忘れていたのだけれど、やがて源氏があの姫、この姫と、次々に女の子を大事に世話して入内させなどするのを見るにつけても、自分のほうは、なかなかそううまくいかぬままに、もう入内させるような姫君の種も尽きたことを不本意極まるものと思っているようであった。

が、内大臣は、ある夜、不思議な夢を見た。

そこで、その夢を、夢判断の達人を召して判じさせたところ、こういうふうに解いた。

「もしや、長いことご心中に失念しておられた女の子を、他人の子に為《な》して、そのことをすでに耳にしている、ということがございますまいか」

こんな夢判断であったので、

「さてさて、女の子を他人の子に為す、などということは、どう考えてもあり得ないが……しかしこれはいったいどういうわけであろうか」

など、近ごろ、しきりと不審がっては口にしているようである。

常夏《とこなつ》

源氏三十六歳

源氏、子息たちと東南の御殿の釣殿で納涼

たいそう暑い日であった。

東の釣殿《つりどの》に出て源氏は涼んでいる。子息中将も同席している。また親しい殿上人《てんじょうびと》たちもたくさん集まって、京の西、桂川《かつらがわ》から献上してきた鮎《あゆ》、すぐ近くの川からは、石伏《いしぶし》（注、ハゼ科の小型淡水魚）とやらいうような川魚、それらをみな御前《おまえ》で調理して参らせる。

内大臣の子息がたも、中将のいるあたりを探し当ててやってきた。

「おお、これはこれは。ちょうど手持ちぶさたで眠たいところへ、折よくお出でになられたな」

源氏はそう言うと、上機嫌で酒を一献《いっこん》参らせ、暑気払いに氷水を運ばせて、また飯《めし》の水《み》漬《づ》けなどあれこれ、みなわいわい言いながら食う。

風はよく吹きとおるのだが、いかんせん一天雲なき夏の空に、やがて西日がかんかんと照りつけて、蟬《せみ》の声などもひどく暑苦しく聞こえてくる。

「水辺のここなら多少は涼しいかと思ったのだが、これでは池水もまるで役立たずの暑苦

しさであったな。いやはや、とんだ失礼を致した、この罪はお許し願えますかな」

源氏は、そんな申し訳を口にすると、柱に寄りかかって半ば横になった。

「まことにこうも暑くては、管弦の遊びなどもつまらぬし、なにをしても過ごしがたいのが弱る。これで畏《かしこ》まって宮仕えなどしている若い人々は、さぞ堪《た》えがたいことであろうな。まさか役所で帯紐《おびひも》をくつろげるというわけにもいかんだろうし……。せめて、この邸《やしき》では、さあさ、ぐっと楽にして、どうだ、ひとつ近ごろの世間の出来事で、少し珍しく、眠気もいっぺんに覚めるような面白い話を語って聞かせてはくれまいか。このごろでは、なんとなく老い込んだ気分がして、世間のこともすっかり縁遠くなってしまったからな」

と、そんなことを源氏は言うのだが、急に珍しい話を聞かせよと言われても、ただちに思いつくこともないので、ただただ畏まった様子で、皆黙って涼しい勾欄《こうらん》に背中を凭《もた》せ掛けてぼんやりしている。

近江の君を話題にのぼせる

源氏は、ふと思いついて口を開いた。

「おお、そうそう。近ごろ珍しい話を耳にした。内大臣どのが、どこかの女に生ませた娘を探し出して、いませっせと世話をされている……とか、そんなことを申している人があったが、さて本当だろうか」

そういって、内大臣の次男弁《べん》の少将《しょうしょう》に問いかける。

「いいえ、さようにことごとしく云々《うんぬん》すべきほどのことではございませんので……。じつは、この春のころでございましたか、父が奇妙な夢を見たとかで、その夢判断をさせましたことがございます。それで私ども息子たちにも、しかじかのことがあったゆえ、知らぬところで育っている落とし胤《だね》の娘の噂《うわさ》など聞いたら知らせよと、そう申しつかったことでございました。ところへ、その話をどこぞで人伝《ひとづ》てに聞きかじった女が、『自分こそは、どうしても申し上げなくてはならないことがあります』と、こう名乗り出てまいりました。兄右中将の朝臣《あそん》が、このことを聞き付けまして、本当にそのように睦《むつ》み親しんだという証拠があるのかと、探し出して問い糾《ただ》してございます。詳しいことまでは、わたくしはよくも承知いたしておりませぬが、まことに、この頃の珍談として世の語りぐさになっているようでございます。いずれにせよ、こういうことこそは、父にとっては、家門《かもん》の名折れともなるようなことでございまして……」

源氏は、はたと膝《ひざ》を打って、〈さては、その噂はまことであったか〉と思う。

「内大臣は、もともとあちこちにたくさん儲《もう》けておいでのように見えるお子たちが、ずらりと並んでいるというに、その列に一羽だけ後れた雁《かり》のような子を、なおも強いて探《し》し出そうというのだから、まことに欲張りというものじゃぞ。私のほうは、子供の数も乏しいことゆえ、そういうような子の胤《たね》をぜひとも見付けたいものだが、わざわざ名乗って出るのも面倒だとでも思うのだろうか、いっこうにそんな話はない。が、さて、内大臣のことゆえ、まるで見当外れということもないのであろう。なにしろ、昔は、あっちやらこっちやら、めったやたらとお忍び歩きなどなさっておられたようだからね。さるなかに、心底清らかに澄んだ気持ちで住んでもおられなかったはず……、そういう濁り水に宿る月影は、どうしたってすっきりと曇りなく輝いているというわけにもいくまいな」

どこまで知っているのか、源氏は、にやりにやりとしながら、そんなことを言う。

中将の君（夕霧）も、内大臣の長男右中将あたりから委細を聞いて知っていることゆえ、ついついにやりと含み笑いが漏れる。

弁の少将も、その弟の藤侍従《とうじじゅう》も、これはまた痛いところを突かれた、と思っている。

「これ朝臣や……」

と、源氏は子息中将に話しかける。

「……ひとつそういう落とし胤の姫君でも拾ってはどうかね。親の許しなき人を妻に望んで断わられたりすれば、まったく体裁の悪い評判が後世まで残ることになろう。それよりは、むしろ、どうせ同じ血筋を引いているのだから、そっちの姫君くらいで我慢しておくのに、何の不都合があろうかの」

などと、からかうような口吻《こうふん》で言う。

万事がこんな調子で、源氏と内大臣は、うわべこそ仲良さそうにしているけれど、そのじつ、昔からさすがにゆき違いのある二人の心であった。

まして、自分の嫡男《ちゃくなん》の中将に、ひどくみじめな思いをさせて、どれほど世を悲観させてくれたか、その内大臣の情《なさけ》知らずな仕打ちを腹に据えかねている源氏は、いまこうして自分が内大臣の行状についてチクチクとあてこすっているのを漏れ聞いて、せいぜい悔しがるがいい、と底意地悪く思っているのであった。

こういう話を耳にするにつけても、源氏は、内大臣の落とし胤、西の対の玉鬘のことを思い浮かべる。

〈さても、もし内大臣に、あの姫を見せてやったら、どんな反応をするだろうか。これはこれで、軽々しい扱いなどはきっとしないことであろうなあ。なにぶん、あの大臣は、なにごともはっきりとしなくては気の済まぬお人、また功利《こうり》を重んずるところのある性格だ。物事の善し悪しなどのけじめも、いい加減というのでは済まさない、黒か白かと明確にせずには置かぬ……まして貶《おとし》め軽んずるとなったら、これまた人並みな行きかたでは済まさないのだからな。まず、私がこんなに美しい玉鬘を掌中にしていると知ったら、さぞ不愉快に思うに違いない。さればこそ、あの男が想像もしていないような形で、この落し胤の姫君を差し出してやりたい。そうしたら、それはそれで、決して軽んじては扱われまい。……さてさて、そうなると、これからますますあの姫を、どこへ出しても恥ずかしくない立派な女になるように、厳しく訓育《くんいく》せねばなるまいな〉などと、源氏は思い巡らしている。

源氏、若者らと共に玉鬘のもとへ

夕方が近づくにつれて、吹き出した風はひとしお涼しく、このまま帰りたくないと、若い人々は思っている。

「おお、そろそろ気楽に一休みして涼むことにしようか。だんだんと、こういう若い人たちのなかにいては嫌がられる歳にもなってしまったかな、ははは」

そんなことを言いながら、源氏は、つと立って、玉鬘の住む西の対に渡っていく。若い公達《きんだち》は、みな見送りに立って従った。

折しもたそがれ時のぼんやりした光のなかに、紅《くれない》と藍《あい》で染めた夏の直衣《のうし》を皆一様に着ているので、誰が誰とも見分けがつかぬ。

源氏は、やおら玉鬘に近づいてくると、

「そう奥に引きこもっていないで、廂の間《ひさしま》まで出て外を見るといい」

と促しながら、いちだんと声を潜めて言った。

「弁の少将、藤侍従などの若君たちを、きょうはお連れしてきた。あの方々も、そなたの評判を聞いて、空を翔《かけ》ても来たいような素振りであったが……。なにしろ中将があまりに堅物で、いっこうに彼らの願いを聞いてやらぬらしい。連れてきて上げればいいものを、人情というものを弁《わきま》えないから、中将《あれ》は。この若君たちは、みな恋の下心があるにきまっている。さしたることのない家の娘だとて、深窓《しんそう》に養われている令嬢と聞けば、それぞれの家柄に応じて心を惹《ひ》かれると見えるから、そなたにそれほどまでのご執心とあれば、わが家の声望《せいぼう》も相当なものかと思われる。実際のこのごたごたした家内《かない》の割には、まるで分不相応なほどご大層な家だと思ってくれているらしい。……この邸のうちには、おおくの女君がたがおいでかもしれぬが、それでも、ああいう若君がたが色好みの心で言い寄るというようなことに相応《ふさわ》しい御方はおられまい。私は、若い公達が恋をするのに、その心の深さ浅さなど、なんとかして見てみたいものだと、退屈紛らし程度に願い思っていたけれど、いま、そなたが来てくれたことによって、この永年の願いが叶《かな》う心地がするぞ」

などなど、源氏は、御簾《みす》越しに庭の公達を見やりつつ、ひそひそと玉鬘の耳元で囁《ささや》く。

御前《おまえ》の植え込みには、あれこれ雑多なものを植えさせるということはせず、ただ撫子《なでしこ》の花ばかり色々に咲き競わせている。唐渡《からわた》りのや、大和《やまと》のや、くさぐさの撫子の咲く周囲には、籬《まがき》を趣味よく結び渡して、もう暗くなった庭に、ただその花のあたりばかりにわずかな夕映えの残光が差しているのは、すこぶる美しい。

公達はみなこの近々《ちかぢか》としたところまで立ち寄ったというのに、せっかくの美しい撫子の花を、我が手に折り取ることができないのが、なんとしても飽き足りない思いで佇《たたず》んでいるように見える。

源氏は、その様子を目にしながら、また玉鬘に囁く。

「あの若君たちは、いずれもなかなか見識があると見える。こうした折々の心の用いようも、それぞれに見苦しからぬものだ。……なかでも、内大臣の嫡子右中将は、とくに心の落ち着いたところがあって、こっちが恥ずかしくなるくらいの気配がある。この右中将の君からは、折々消息などございましょうかな。ああいう立派な人に対しては、面目をつぶすような冷淡な応対はしてはならぬぞ」

こうした公達のなかに置いても、源氏の嫡子中将の君は、すぐれて風采《ふうさい》もよく、さっぱりと美しい。その中将に視線をやりながら、源氏はまた、こうも言う。

「うちの中将を、内大臣がお嫌いになる、というのは、それこそ不本意極まる。内大臣のお家柄は、藤原家のなかの藤原家というような混じりっ気のない名家とて、あちらの若君たちが世に燦然《さんぜん》たる光輝《こうき》を放っているなかに、中将《こちら》はいわば大君《おおきみ》の身分、つまりは一介の皇孫に過ぎぬから、それでなにかぱっとしない者だとでも思っているのであろうかな」

源氏がこう言うと、玉鬘は、すぐに答える。

「そんなことはございませんでしょう。大君の身分だとて、古い歌に『来まさば』と歌われているように、婿に迎えようという人だってありましょうから」

なるほど、と源氏は思う。催馬楽《さいばら》に、

我《わ》家《いへ》は　帷《とばり》帳《ちやう》も垂れたるを
大《おほ》君《きみ》来ませ　聟《むこ》にせむ
御《み》肴《さかな》に　何よけむ
鮑《あはび》　栄螺《さだを》か　石陰《か》子《せ》よけむ
鮑栄螺か　石陰子よけむ

我が家には、帷も帳も立派なものが垂れてあるぞ
大君もお出でなされ、聟にしようほどに
ご馳《ち》走《そう》の品には、何が良いだろう
鮑か栄螺《さざえ》か、それとも貽《い》貝《がい》がよかろうか

と歌ってあるとおり、大君の身の上だとて、世の中には大歓迎するのが当たり前だものな、と源氏は思う。

「いやいや、その、大君が聟に来たら鮑やら栄螺やらでご馳走しようなどと、そんな大騒ぎを願っているわけではない。ただな、幼馴《なじ》染みどうしが、ずっと恋心を結びあっていた

ものを、無理やりに仲を裂いて悲しませるようなことをして、長いこと引き離しておくような仕向けがいかにもひどいと思うばかりさ。中将はまだ位も低い、それはたしかだが、だからといって世間体《せけんてい》が悪いなどと思われるのなら、万事《ばんじ》見て見ぬふりでもして、私に任せてくれたら、なにも案ずるようなこともなかろうにな」

そういって源氏は、苦々《にがにが》しくため息をついた。

〈……そうか、源氏さまと父君内大臣とは、こんなふうに内心に隔てのある間柄だったわけなのね〉と、玉鬘は源氏の述懐《じゅっかい》を聞いていた。〈果たして、こんな調子では、実の父君に事実を知ってもらえるのは、いったいいつのことやら……〉と思うにつけて、玉鬘は嘆かわしく待ち遠しい思いに打ちひしがれる。

夜、和琴を論ず

折しも月末《つきずえ》、空には月も見えぬ時分ゆえ、軒の釣り灯籠《どうろう》に油火《あぶらび》が灯《とも》される。

「どうも、こんな近々としたところに火を入れたのでは、暑苦しくていかん。庭に篝火《かがりび》を焚《た》いたらよかろう」

こんなことを言って、源氏は近侍《きんじ》の者に命ずる。

「篝火の台を一つ、こちらへ持ってまいれ」

それから、そこにあった優美な作りの和琴《わごん》を引き寄せると、ためしに搔《か》き鳴らしてみる。

不思議に、律《りち》の調子によく調《ととの》えられている。音色も申し分なくよく鳴る。

源氏は、すこし弾き遊《すさ》んだ。

「こういう音楽などは、あまりお気にも召さぬのではあるまいかと、じつは今まで、この方面については、そなたをいささか軽く見ていたことだったな……。が、秋の夜の、月影のひやりと涼しい時分に、それほど奥深い曲を弾くのではなくて、ただ虫の音《ね》に合わせてそろそろと搔き鳴らしなどしてみると、いかにも親しみ深く当世風の音楽だ。もっとも、なにか正規の儀礼などに奏でるには、扱いがきちんとしていないところがある。しかし、この和琴という楽器は、そのままで多くの楽器の音色や拍子などを奏することができる、この点は、なにしろ感心せざるを得ぬ。大和製の琴《こと》、などと称して、唐《から》の正規な楽器に比してはまるでつまらぬ物のように見せていながら、どうしてどうして、どんな楽音だって出すことができるんだから大したものだ。おそらくは、広く唐楽などを学ぶことのない、女のための楽器でもあろうかと思われる。

いや、同じ習うなら、心して他の楽器とも合奏してお稽古《けいこ》なさい。唐渡りの本格的な楽器に比べれば、それほど奥深い秘伝などがあるわけでもないけれど、それでも、じっさいには真実上手に弾きこなすとなると、やはりなかなか難しいこともあろう。で、今の世には、あの内大臣の右に出る弾き手はいない。ただ、さりげなく弾く、当たり前のすがい、がき奏法の響きのなかに、あらゆる楽器の音が籠《こも》り通《かよ》って、筆舌《ひつぜつ》に尽くしがたく朗々たる音《おと》が響き昇《のぼ》るものだね」

とこんなことを語り出す。玉鬘は、田舎育ちゆえ、ようやくこのごろになって楽器の稽古などもし始め、すこしばかり弾けるようになって、なんとかして上達したいと思っているところであった。だから、この源氏の音楽談義は、もっともっと聞きたいと思う。

「この御殿で、しかるべき御遊《おおんあそ》びなど催される折などに、内大臣さまのご演奏を聴かせていただく機会などございますか。唐渡りのご立派な楽器とはことかわり、和琴と申す物は賤《いや》しい山人《やまびと》などのなかにも、見よう見まねで弾き覚えているものがたくさんおりますように聞いております。されば、おしなべて和琴の演奏などは、それほど難しいことではないのかと勘違いしておりました。……それでは、やはりこの道も優れた人の演奏は、そこらの生半可なものとは雲泥の違いがあるのでございましょう」

玉鬘は、なんとしても聞いてみたい、という表情になり、そのことを切実に心に念じている。

「さようさ。和琴を、『あずま』などと呼んで、いかにも品下《しなくだ》る楽器のように言うけれど、宮中の御前演奏の折なども、まずは楽器や書籍《しょじゃく》預かりの女官を召して、秘蔵の和琴を真っ先に演奏させるというのは、異国のことはまず置いて、わが国では、この和琴を以て楽器の元祖と考えているからであろう。決してばかにしたものではないぞ。そのなかにもまた、弾き手の筆頭とも目される内大臣の御手《おんて》ずからの演奏を聴いて学び取ろうかというようなことは、また格別に結構なことに違いない。この邸などでも、しかるべき折には、きっと内大臣の演奏なども聞く機会があるかとは思うのだが、ただし、この和琴を弾くについて、秘伝口伝《くでん》の奥までも、残らず手の内を明かして弾くというようなことまでは、まずむずかしかろう。和琴に限らず、それぞれの道の名人上手と言われるような人たちは、とかくどの道でも、そうそう心安く奥の奥までは手の内を見せぬものと見えるからな。しかし、あきらめずにいつも心がけていれば、いつかはきっと、残らず聞き尽くすということもあることであろう」

源氏は、そんなことを物語りながら、みずから少しばかり曲を爪弾《つまび》いた。その音色といい弾ずる姿といい、また世にたぐいなく華やかで面白い。

〈こんなに素晴らしい音色……、でも父君内大臣さまの演奏だったら、もっと素晴らしい音が出るのでしょうね、きっと……〉と、玉鬘は、音楽への希求に親恋しさも立ち添うて、〈こんな、たかだか和琴の奏法程度のことでさえ、いつになったら、正式に親子の名乗りをして、なんの隔てもなく打ち解けて秘技《ひぎ》を残らず弾いて下さるのを聞くことができるだろうか……〉と、考え込んでいる。

貫河《ぬきがは》の瀬々《せぜ》の　やはら手枕《たまくら》
やはらかに　寝《ぬ》る夜《よ》はなくて
親《おや》さくる夫《つま》　……

貫河の瀬々（せぜ）はあれど、私にはいとしい背（せ）の君の　柔らかな手枕で
柔らかに　寝る夜はなくて、
こうして親が邪魔をするから逢《あ》えぬ夫よ……

源氏は、和琴を弾き遊《すさ》びながら、こんな催馬楽を歌った。その「やはらたまくら」の

「た」のところで美しく声を揺らして長く引きながら、良い声を聞かせる。それから、「親さくる夫」のところでは、下心に何を思うてか、にやりにやりと妖《あや》しい微笑みを浮かべている。そうして、ここのところで、さりげなく、くだんのすがき奏法を縦横に響かせ聞かせた。これには、さすがに玉鬘もついついポーッとなってしまって、ただただその面白い演奏と素晴らしい歌に聞き耽《ふけ》っている。

「さあ、こんどはそなたが弾くがよい。芸能の才は、人前を恥ずかしがっていては上達などおぼつかぬぞ」

源氏は、そう言って玉鬘に和琴を勧める。

「……そうは言っても、あの『想夫恋《そうぶれん》』ばかりは、女の身として、さすがに歴々と人前で弾くのを恥じつつ、ただ内心弾きたいと思うに留《とど》め、紛らわしてしまう人もあったことであろうけれどな。他の曲であれば、恥ずかしさなど忘れて、誰彼選ばずに合奏するのが上達の道ぞ」

こうして、しきりに弾かせようとするが、玉鬘は肯《がえ》んじない。九州の片田舎で、辛うじて京の人だと名乗った皇族筋の女が教えてくれたのがせいぜいのところだったので、間違いなどもありはしないかと気が臆して、和琴に手も触れようとしない。

〈源氏さまが、もう少し弾いてくだされればいいのに。そしたら、聞き取って知ることがあるかもしれない〉と、飽き足りない思いがして、玉鬘は、ただただこの楽器への興味ゆえ、源氏のすぐ側まで躙《にじ》り寄っていった。

「ああ、どういう風が吹き鳴らすのでしょう。こんなに素晴らしい音を響かせるなんて……」

そう言いながら小首を傾《かし》げている、その様子は、ゆらゆらする灯火《ともしび》に照らされて、たいそうかわいらしく見える。「琴の音に峰の松風通ふらしいづれのをより調べそめけむ（琴の音に峰の松風の響きが似通って聞こえる。さてはどの尾根（おね）あたりからこの琴の緒（お）を弾き初めたのでしょうか）」と、そんな古歌が玉鬘の脳裏に去来している。

そんな様子を見て源氏はふふっと笑った。

「そなたの耳がこうも頑《かたく》なでさえなければ……、もっと身に沁《し》みて風の響きも琴の音も聞こえるはずであろうにな……」

自分の思いを受け入れない玉鬘の頑《かたく》なさを、こんなふうに、ちくちくと刺《そし》りながら、源氏は、手を止めて琴を向こうへ押しやってしまった。〈また、そんな嫌らしいことを……〉と思って、玉鬘の心は曇る。

源氏、玉鬘と歌を交わす

近侍《きんじ》の女房たちの手前、源氏は、いつものような悪い冗談なども言わず、

「やれやれ、あの公達がたは、我が庭の撫子を心ゆくまで見もせずに、立ち去っていったようだな。なんとかして、内大臣にも、この撫子の花園を見せて差し上げたいものだ。いずれ無常の風に吹かれる世の中、人生など一瞬の間だからね。思い起こせば、昔、ふとしたついでに内大臣がそなたのことを問わず語りしたことがあったが、ああ、それもこれもつい昨日のことのように思える」

とて、あの雨夜の品定めの折のことを、すこしばかり述懐《じゅつかい》しなどするにつれて、しんみりとした空気が充《み》ち満ちる。

「撫子のとこなつかしき色を見ば
もとの垣根を人や尋《たづ》ねむ

この撫子の異名を常夏（とこなつ）という通り、その常懐（とこなつ）かしい……いつもいつ

も心惹かれる姿を見たなら、きっとあの人は、その撫子《とこなつ》の花の咲いていたもとの垣根……その母親のことを尋ねるであろうな

この一事を追及されることの煩わしさに、なかなかそなたを内大臣に披露することもなりがたい。あの『たらちねの親の飼ふ蚕《こ》の繭《まゆ》ごもりいぶせくもあるか妹《いも》に逢はずて（親たちが大事に育てているので蚕《かいこ》が繭に籠っているように深く守られているおまえに、なかなか逢えないのは憂鬱なことだな）』という古歌さながらに、我が家の奥深くに引きこもることを余儀なくされているそなたのことは、心苦しく思っているのだよ」

源氏のこんな述懐に、玉鬘は、泣きながら、

山がつの垣ほに生《お》ひし撫子の
もとの根ざしをたれか尋ねむ

こんな山家者《やまがもの》の垣根に咲いた撫子の、
もとの根がどうであったかなど、いったい誰が尋ねるものでしょうか

と、自らをつまらぬ者のように答えるその様子は、なるほど、たいそう心惹かれる若々

しい感じなのであった。

「ああ、こんなところへ来なければよかった……」

源氏は、なにか歌うように独りごち、玉鬘に対する恋心は、いよいよますます募るばかり、その苦しさに、どうしても耐え忍ぶことができなくなりそうな思いがするのであった。

玉鬘への悩ましい思い

西の対に渡ってくることがあまりにも頻繁で、女房たちが怪しむかもしれぬと思われる時には、いささか良心の呵責《かしやく》を感じて思いとどまる。その代わり、なにかもっともらしい用事を考え出しては、しきりと文など通わしている。今の源氏には、ひたすら、この姫君のことばかりが、明け暮れ心にかかっている。

〈ああ、なんだってまた、こんな道に外れたことをして、悶々《もんもん》とした物思いをするのであろう、……といって、思い切って心の欲するままに行動したら、こんどは世の中の人の謗《そし》り、軽々しい噂が千里を奔《はし》るに違いあるまい。いや、自分の評判などはどうでもいい。ただあの姫のために、それはあまりにもかわいそうだ。……それに、いかに恋しい気持ちが限りないといっても、紫上に対する愛情と比肩《ひけん》すべきものかと自問してみれば、それはあり得まいな〉と、源氏は思う。

〈……それに、もし仮に玉鬘を妻に迎えたとしても、いわば一段劣ったもてなしということになる。そんなことでは、なんの甲斐《かい》があろうか。私自身の身分を言えば、太政大臣《だいじょうだいじん》として人並みならぬ地位に昇った。だからといって、わが数多い妻たちのなかで、末席に居る程度のことでは、世の覚えはどれほどのものであろうか。むしろ、当たり前の納言《のうごん》程度の身分の男で、妻一筋に暮らしているというような者の妻であったほうが、よほどましに違いない〉

そしてまた、

〈つまるところ、それはあまりにも気の毒というものだ。そんなことなら、いっそ、兵部《ひょうぶ》卿《きょう》の宮にでも、あるいは髭黒《ひげくろ》の右大将にでも、縁付くことを許すことにしようか。……それで、もうすっかり婚家のほうへ身を移してしまうなら、私のこの恋心も断ち切ることができようか……さてさてどうしたものであろう。面白くもないけれど、いっそそうしてしまおうか……〉

源氏は、自問自答のあげく、そう思う折もあるのであった。

それでも源氏は、西の対に渡ってきて、玉鬘の姿を目の当たりにし、今はお琴を教えるという格好の口実にことよせつつ、間近に馴《な》れ寄るようになっている。すると、姫君も、初めのうちこそ源氏が恐ろしく、疎ましく思っていたけれど、これほどまでに穏やかな態度で接するのに馴れてみると、〈怪しい野心などはなかったのかもしれない……〉と、段々に馴れ親しんで、そうそう疎ましくも思わぬようになった。

さてそうなると、源氏が、なにかにつけて歌を詠み掛けたりするのに対して、馴れ馴れしくない程度にきちんと返歌をしたりして、案外とよい感じにやりとりしている。源氏から見ても、見るたびにそのかわいらしさもまさり、美しさも一段と闌《た》けてくる。もうそうなっては、やはりおめおめとよその男にやってしまうのはもったいないと思い返す。

〈それならば、結婚させても相手の邸へは移しやらずに、この邸にそのまま置いて大切に世話しながら、男を通わせるのはどうだろうか〉と、源氏は、虫の良いことを思う。

〈そうしておいて、人目のないところを見澄まして、そっと自分も通っていって、思いの丈を打明けて心を慰めるというのはどうだろう。現在のように、まだ男女の仲らいについて良くも知らぬ間には、無理に言うことを聞かせるのもわずらわしく、心苦しいことではあるけれど、人の妻となって、その夫の関守《せきもり》の監視がどんなに強かろうとも、男と女の情のあわいを知り初めるようになってくれれば、こちらももう娘分に思いをかけるというような腰の引けた物思いもなくていいのだから、あの「筑波山端山繁山しげけれど思ひ入るにはさはらざりけり（筑波山は里近い山やら繁り合う山やらある、そのようにどんなに人目が繁かろうとも、恋しい人に逢うのに障害となりはせぬことよ）」と古歌にある如く、どんなに人目が繁《しげ》かろうとも、そんなことは必ずしも障りにもなるまいな……〉などと、思いついたりもする。

なんとまあ、けしからぬ考えであろうか。

とはいえ、玉鬘を結婚させたからといって恋心の失《う》せるはずもなく、ますます悶々たる思いで恋い渡ろうというのも苦しかろうし、といって、ほどほどにして諦《あきら》めることなど、どう考えてもできそうもない、これはまた世にたぐいなく解決困難な二人の仲らいなのであった。

内大臣、源氏に敵愾心を燃やす

いっぽう、内大臣は、くだんの新しい娘御《むすめご》のことを、家中《かちゅう》の人々もとうてい姫君としては許しがたいとばかにして言うし、世間でも、アホウなことをしたものだと悪し様《あざま》に評判しているということを耳にもして困惑している。子息弁の少将は、なにかのついでに、

「太政大臣さまが、『かくかくしかじかと耳にしたが、それはほんとうかね』と、お尋ねでしたよ」

と話題にのぼせると、

「ああ、その通り。我が邸では、今まで噂にも立つことのなかった山賤《やまがつ》の娘を迎え取って、なんとかものにしたいと育てているのだが……。源氏の大臣《おとど》は、ふつう人の悪口などは決して口にされない方だが、我が家のことになると、どうも聞き耳を立ててなにかと仰せになるようだね。大臣にそこまで関心を持ってもらえればむしろ名誉至極といわねばなるまいがな」

と、口をとがらせる。すると弁の少将が言う。

「あの源氏邸の西の対に住まわせている姫君は、どこといって瑕瑾《きず》もないような様子に見えるかたのように聞きます。それで、兵部卿の宮などは、あれでずいぶんとご熱心に恋い渡っておられるようですが、なかなか色よい返事がもらえないとか。そうすると、おそらく並大抵の美人ではないのだろうと、みなみなそう推量しているようでございますよ」

内大臣は、苦々しい表情で言い返す。

「いやいや、それはな、あの源氏の大臣の令嬢だと思うだけで、もう誰もが無条件に素晴らしい美人だと思い込んでいるだけのこと。人の心などは、みなそうしたものさ、それが世の中の習いと見える。まあ、実際になったら、それほどのこともあるまい。もしその娘御が人並みの家柄の生まれつきならば、もうとっくに噂になっていても不思議はなさそうなもの。惜しまれることには、あれほどの大臣の、誰もが悪くは言わぬ、この世には過ぎたほどの御身のご声望なのに、肝心の御方の腹にお子がない。これが、もし娘御があって、それを大事に大事に生《おお》し立てたのであれば、それこそはなにも瑕瑾のないところで、まことにめでたい次第だけれど、残念ながら、そうはいかないようだな。そもそも、どういうものか、あの大臣にはお子が少なく、これでは行く先はさぞ心もとないように見える。身分の劣る御方ながら、あの明石の君の生んだ姫君は、周知のごとく世にたぐいもなく素晴らしい宿命を以て生まれ出たらしいから、そこにはよほどなにか謂《いわ》れのあることだろうと思われる。しかしな、その、今そなたが口にした西の対の姫君とやらは、もしかすると、源氏の大臣の実の子ではないかもしれぬぞ。それでも、あの大臣は、一筋縄ではいかないようなところもあるお人ゆえ、なにかしかるべき仔細《しさい》あって、その姫を養育しているのではあるまいかな」

とて、ずいぶん見下《みくだ》したような物言いに終始する。

「さてさて、結局のところ、その姫の縁付き先をどのように定められるおつもりであろうかな。私が思うには、あの兵部卿の宮が最終的にはその姫君を手なずけて我が物にされるのではあるまいか。なにぶん、あの宮と源氏の大臣はとりわけ仲が良いことだし、人柄も優れていて、釣り合いが取れていようし……」

こんなことを口にするにつけても、内心には、雲居《くもい》の雁《かり》を東宮妃にと願っていたにもかかわらず、源氏の若君中将とわりない仲になってしまっていたことが、今さらながらに悔しく思い出される。あの姫を、ちょうどこの源氏のところの姫君のように、誰もが気になってしかたないような育てかたをして、「内大臣のところの姫君はいったい誰を婿《むこ》にとるのであろうか」と、男たちの心を惑わし、またその帰趨《きすう》が人々の興味をそそるようにしてみたいものだったと、そこが口惜《くちお》しくてならぬ。それだから、くだんの中将については、〈しかるべく昇進して官位も自分の家柄にふさわしい人士《じんし》にならぬ限りは、どうしたって許すものか〉と、内大臣は思っているのであった。

とはいえ、〈これで、源氏の大臣までが、重ね重ね口添えなどしておいでになるなら、その時は、根負けしたような形で、二人の仲を認めても良いのだが……〉と、思わぬでもないのだが、若君のほうは、いっこうに悠揚迫《ゆうようせま》らぬ様子なので、そこがまた内大臣としては面白からぬところなのであった。

内大臣、雲居の雁に教訓

こんなことをあれこれと思い巡らしているうちに、内大臣は、ふと思い立って身軽に雲居の雁の居室へやってきた。弁の少将もお供についてくる。雲居の雁は、折しも昼寝の最中であった。その薄物の単衣《ひとえ》を着て横になっている様子は、いかにも涼しげで、またとてもいたいけに、ほっそりとして見えた。肌は透き通るようで、たいそうかわいらしい手つきで扇を持ったなりのまま、腕を枕にして臥《ふ》せっていて、その黒髪はさらりと枕辺《まくらべ》に放たれている。そうそう長く豊かな髪というのでもないが、その末広《すえひろ》に放たれた髪つきは、なんともいえず素晴らしい。

お付きの女房たちは、几帳《きちょう》などを隔てた後ろに寄り寄り臥して休んでいる。

内大臣たちが入ってきても、雲居の雁は、にわかには目を覚まさない。しかたなく、内大臣は、扇をぱちりと鳴らして起こしやると、なんの屈託もなく見上げたその目許《めもと》もかわいらしげで、頬《ほお》のあたりが少し赤らんでいる。親の目から見れば、ただただかわいい、と眺められるばかりであった。

「うたた寝などはせぬように、いつも言っているのに、どうしてまた、そのように無防備な様子で眠っているのだね。しかも、女房どもも、お側《そば》に控えてもいないのは、いかがであろう。よいかね、女というものは、みずからの身をいつでも注意深く守る心がけでいないといけない。そんなふうに、のんきに、無造作な様子でいるのは、いかにも品が悪いというものだよ。といって、ばかに利口そうに身を固めて、不動明王《ふどうみょうおう》の陀羅尼《だらに》なんぞを読誦《どくじゅ》しつつ印《いん》なぞ結んでいるような調子では、それまた困ったものだがね。また、いかに品格が大切だといってもな、現実の誰彼に対して、あまりにも他人行儀に疎遠な様子をしてお高く止まっているのは、これまた面憎《つらにく》く、かわいげのない心がけだといわなくてはなるまい。太政大臣が、いずれはお妃に立たれようかという姫君に、つねづねお教えなさる教訓というのは、まず第一に、どの技芸分野についても、まんべんなく修めて、どれかの技に突出して優れているとかそういうことがないようにということ。第二に、なにも知らずにぼんやりしていることがないように……、とそんなふうにゆるゆると教え躾《しつ》けられるということだ。なるほど、それはもっともなことながら、人間というものは、心にも、また技にも、取り立ててこのことが好きだという傾きがあるものだから、いずれご成長の後は、おのずからの才能なども明らかに見えてくるだろう。この明石の姫君とやらが、やがて成人した暁《あかつき》に、入内《じゅだい》させなさるだろうときの様子を、ぜひ見たいものだね」

などと言い、さらにまた、

「そなたのことだって、私はしかるべく入内などのことを考えていたのだよ。しかし、そういうことは、……もはや叶わぬ筋となったが、御身のことは、なんとかして人に笑われるようなことにならぬよう、ちゃんとしてあげたいと思っている。けれども、いろいろな人の身の上を見聞きするたびに、この先どうなるのだろうかと、思い乱れることばかりだ。よいか、そなたの心を惹きつけようと思って、なにかと親切ごかしなことを言ってくる男の訴えごとなど、当面、決して聞き入れてはなるまいぞ。私には私の考えがあるのだからね」

内大臣は、雲居の雁がかわいくてしかたがないという風情で、源氏の中将の君のことを言外に諷《ふう》しつつそう教訓するのであった。

雲居の雁も、こんな父内大臣の言葉を聞けば、おのずから思うところがある。

〈昔は、なにごとも、あまり深くは考えることもなかった。なにも知らなかったし。……あの中将さまとの、われながらとんでもないことをしてしまったのに、さしあたっては却《かえ》って恥ずかしいとも思わないで、平気な顔をして父上に対面していたものだったこと……〉と、今になって思い出すにつけて、胸の塞《ふさ》がる思いがして、ひどく恥ずかしい。

祖母大宮からも、このごろは顔も見られずにいることの不安さを恨めしく思う消息がしばしば届くけれど、なにぶんとも父内大臣が、こんなことを言うのであってみれば、なかなか憚られて三条の邸へ顔を見せに行くこともできない。

近江の君の身のふり方

内大臣は、今は自邸の北の対に住まわせている新しい姫君を、すっかり持て余している。

〈やれやれ、こいつはどうしたものであろう。ついつい分かったつもりで、こんな者を引き取ってしまって、人々がこれほどに謗《そし》るからといって、では、返そうかなどという軽々しいこともできぬし……。ほんとうに困り果てた。といって、このまま閉じこめておけば、あんな代物《しろもの》を本気で養い立てるつもりなのかと、ますます世間では物笑いにするだろう……それもいまいましいし……。いっそ、手許《てもと》を放して、弘徽殿女御《こきでんのにょうご》のところで宮仕えなどさせて、みんなの笑い者にしてしまうほうがましかもしれぬ。人がとかく不細工だのなんだのと貶《けな》しているらしい容貌《ようぼう》だって、実物は、そんなにさんざんに言い募るほどひどくもないと思うしなあ……〉

とこう思って、弘徽殿のところへ戯れ半分に申し入れる。

「あの新参《しんざん》の姫をな、そなたのところへ遣わそうかと思う。なにかと見苦しいこともあるかと思うが、そこは、老い惚《ほう》けた女房にでも申し付けて、遠慮なく教育させたらどうであろうな。そのうえで、なにかと使い回したらよい。ただし、若い女房たちの笑い草にしてはなるまいぞ。そんなことをすれば、噂は千里を走るゆえ、いかにも私が浮ついた者のように言いそやされるというものだ」

「どうして、さように、ことのほかに愚かしい姫などということがございましょう。おそらくは、探し出してきた右中将などが、これこそまたとない立派な姫君だと思い込んで吹聴したことにはいささか及ばない現実だったというほどのことでございましょうに。それを、皆々いろいろに騒ぎ立てるのを、ご自分では不本意だと思われるのでしょうし、またかたがた、恥ずかしさのあまり緊張して失態を重ねるのではございませんかしら」

弘徽殿女御は、父内大臣が恥ずかしくなるほど、落ち着いた態度で思いやり深く答える。

この弘徽殿女御の容姿をいえば、なにもかも道具立てに不足なく整った美人というのではなく、いかにも貴《あて》やかで澄み切ったような容貌ながら、決して冷たい感じはせず、心惹かれるような優しさがあり、喩《たと》えていえば、美しい梅の花が、そっと開《ひら》け初《そ》めた早朝の風情、とでも言ったらいいだろうか。それが、なにもかも言い尽くすのではなく、まだ言い残したことがありそうな様子で、にっこりと微笑むというようなところが、いかにもそこらの人とは格別に優れている……と、そんなふうに内大臣は眺めている。

「右中将は、たしかにこの上ない姫君だなどと言うていたが、まだまだ心が未熟で、考えが足りぬところがあるな」

などと内大臣は、息子を批判する。まったくお気の毒なる新参の姫君の評判であった。

内大臣は、それからすぐに、くだんの姫君の部屋のあたりへ立ちよって、しばし佇みながら覗《のぞ》いてみていると、なんということか、御簾《みす》が外に向かってむっくりと押し曲げられるほど、平気で寄りかかっているらしい。そうして、五節《ごせち》の君と呼ばれるお茶目な女房と向かい合って双六《すごろく》を打っている。ちょうど相手が賽《さい》を振る番らしいのだが、姫君は、一生懸命に両手を押し擦《す》っては、

「小さい目、小さい目」

と、大声で祈っている。なんとまあはしたない大声の早口なのであろう。

〈ううむ、これはひどい……〉と内大臣は思って、もうお供の者が前駆《さきが》けの声を上げているのを手で制して、いましばし、開き戸を細めに開けた隙間《すきま》から、障子がたまたま開いているところを、ぐっと覗き込んだ。

すると、相手をしている五節の君とやらも、また、同じように頭に血が上っていると見えて、

「ええい、お返しよ、お返しよ」

などと叫びながら、賽子《さいころ》を入れた胴《どう》をひねってガラガラやっては、なかなか打ち出さない。古歌に「さざれ石の中に思ひはありながらうちいづることのかたくもあるかな（火打ち石の火は石の中から打ち出されるものながら、小さな石では、なかにどんな思ひという火があったとしても、打ち合わせてそれが外に出ることが難しい、そのように、私の小さな胸の思ひの火は、うちに燃えていても、外に顕わすことができません）」とあるから、ああも打ち出さずにいるのは、さぞ心のなかに思ひがあるのであろうか、どんな思ひやら呆《あき》れたものだが、いずれにしても、たいそうあさはかな物腰なのであった。

その容貌はいかにも下衆《げす》じみてはいるものの、どこかに愛敬《あいきよう》があって、髪ばかりは美しいところを見ると、前世からの因縁はさまで悪くもないらしい。ただし、額《ひたい》が妙に狭いのと、声や言葉遣いが軽躁《けいそう》なのとで、せっかくの美質も台無しになっているように見える。器量からいえば、取り立てての美人とも言われないが、といって、鏡のなかの自分の顔といかにも通じ合う相貌を見れば、父親が他の男だろうとも強いて主張しにくい。まことに、前世からの宿縁がなさけなく思われる。

内大臣は、思い切って部屋のなかへ入って言葉をかけた。

「どうかね、こうやってこの家で暮らすのは。落ち着かず、なにかと勝手が違うということはないかね。私はどうも仕事が忙しくて、なかなか来てあげることもできぬのだが」

するとくだんの新参の姫君が、またもやべらべらとまくし立てる。

「いいえ、こうしてこちらにおりますのは、なんの不満の種がございましょうか。ただし、もう何年と、父上様はどんなお方か知りようもなく、ただただお目にかかりたいと、ひたすら思っておりましたお顔を、いつも拝見できませぬことばかりが、まるで、双六でなかなか良い手を打たぬときの気分にさも似てますけれど」

内大臣は鼻白《はなじろ》んだ。

「そうか、なるほどな。私の身近に召し使う女房がさっぱりいないので、いっそそういう立場でいつもそばにいてもらおうかと、以前は思っていたのだが、じっさいにはなかなかそういうわけにもいかないことであった。おしなべての侍女《じじょ》であれば、しょせんは大勢のなかの一人に過ぎぬことゆえ、多少の欠点や瑕瑾《きず》があろうとも、さまで人が耳目《じもく》をそばだてて覚えているというわけでもないから、気楽なものだが、そうだとしたって、仮にそれがなにがしの娘やら、あの人の子やらと知られるほどの出自《しゅつじ》の者であれば、あまりにふつつかなのは、親兄弟の面目丸つぶれということになろう。ましてや……」

とそこまで言いさしたところで、内大臣がいかにも恥ずかしげにしているのもまるで気にかけず、くだんのふつつかな姫君が差し出て口を開く。

「そんなの、なんでもないわ。宮仕えなんて大げさに考えておつきあいすると思うからこそ、身の置き所もない感じがするんです。あたしなんか、たとえ厠《かわや》のお壺《つぼ》の掃除番だって平気の平左《へいざ》ですもの」

この口のききかたも呆れたものだが、それればかりか、いかになんでも、こんなときに便壺のことなど……、内大臣は内心ぎょっとする。

「それは、そなたには似つかわしくないお役目であろうぞ。こうしてたまさかに逢えるだけの親に孝行をしようという心がけがあるなら、その、せわしなく喋《しゃべ》るのをやめて、もうすこし穏やかに静かにお話しなさい。そしたら、多少は寿命も延びるというものぞ」

とて、内大臣は、いささかおどけたところのある人柄ゆえ、こんなことをにやりにやりとしながら諭《さと》すのであった。

「この早口は、生まれつきの舌の本性《ほんしょう》でございましょう……。幼かった時分にも、今は亡き母が、このことを苦にしては教訓したものでした。近江《おうみ》の国で生まれましたもので、妙法寺の別当《べとう》のエライお坊さまが、安産祈禱《きとう》のため、あたしの生まれた時に産屋《うぶや》に控えて早口に祈り上げておりました。さような関係で、その早口にあやかってしまったことと、母はいつも嘆いておりましたのでありましたが……。さてさて、どうやったら、この早口を直せるものでしょう」

近江生まれの姫君は、妙な言葉づかいでそんなことを言って、おろおろとしている。その様子も、考えてみれば親に恥をかかせまいという孝行の心ゆえ、内大臣は、〈ああ、かわいそうに〉と思いもする。これより、この姫を近江の君と呼ぶことにしよう。

「うむ、さては、その産屋近くに控えていたとやらの坊さまこそ、とんだ無用の長物であったな。おそらくその者が、前世でよほど悪い罪でも犯していたとみえる。口が利《き》けないのやら、吃《ども》るのやらは、法華経を謗《そし》った罪の報いにも数えられているからな」

内大臣は、そんなことを呟《つぶや》きながら、内心は困惑を極めている。

〈しかし、我が子ながらこちらが恥ずかしくなるほど人柄の立派な、あの弘徽殿女御に、かかるふつつかな異母妹を目通りさせるのは、どうも恥ずかしい限りだ。『いったいぜんたい、どこをどう調べて、こうまで無知蒙昧《むちもうまい》な様子を見極めもせず迎え取ったものか』と、女御も思うだろうし、近侍の女房たちも、会う人会う人、その下世話《げせわ》なありさまを言い触れまわるであろうしなあ……〉と、そう思って、内大臣は、やはりこの姫の宮仕え案を撤回してしまった。とはいうものの、

「女御がこの邸へ里下がりしている折々にでも、おそばへ参上して、女房たちの挙措動作《きょそ》、礼儀作法、万端見習ったらよい。どということのない凡人でも、しかるべき人たちと交わり、しかるべき立場になれば、それらしくなれるであろう。まず、そういう心づもりで、女御にお目通りしてみる気はないか」

と、こんなふうに言ってみる。

近江の君は、内大臣の困惑など、どうやらまったく意に介しないらしい。

「たいそう嬉しいことでございます。ただね、なんとしても、どうしても、女御さまはじめ、ご当家の姫君方の一人として、人数に数えていただけますことだけを、あたしは、寝ても覚めても思っておりましたので、そのほかのことは、もう年来ずっとなにも念願していたわけではございません。ええ、ですから、もし宮仕えのお許しだけでも頂戴《ちょうだい》できましたなら、あたしは、水汲《みずく》みの雑役だろうとなんだろうと、喜んでさせていただきたいと思っておりますから」

ますます早口になって、べらべらとまくし立てる。内大臣は、この口のききかたを見ては、もう何を言ってもしかたがないと思わずにはいられない。

「なに、そのように仏道の修行者でもあるまいし、自ら薪《たきぎ》を拾うようなまねをせずともいいから、ともかく参上されたらよかろうぞ。ただな、その早口のあやかりの坊さまだけは、くれぐれも近づけぬようにな」

内大臣は、いささか冗談めかして、その早口をやめるように諭すけれど、いっこうに応《こた》えないらしい。大臣がたのなかでも、この内大臣という人は、たいそう風采《ふうさい》がりっぱで、また風格があって、しかも華やかな姿をしているので、そこらの人間はなかなか気後《きおく》れしてお目にも掛かりがたいほどの人とも分からず、近江の君は、平気でまたずけずけと言う。

「それじゃ、いつ、その女御殿のところへ参上いたしましょうか」

内大臣は、呆れ果てた。

「まず、そなたの場合は、吉日を選んで、などと言うてもむだであろう。もうよい、さような七面倒なことを云々《うんぬん》するまでもあるまい。行きたければ、今日にでも、好きに行くがよいぞ」

吐き捨てるようにそう言うと、内大臣はぷいっと立ち去ってゆく。

その後に付き従って、四位五位《しいごい》などの立派な身分の官人《かんにん》たちが、うやうやしく随従してゆく。ちらりと身を動かす程度でも、そのように厳《いか》めしいたたずまいとなる内大臣の威勢であったが、それを見送りながら、近江の君は独りごちる。

「やあやあ、なんとまあすばらしい我が親だよなあ。こんなご立派なお胤《たね》なのに、あたしは、わけの分からないような小家に生まれ出てきたものさ」

そばにいた五節の君が、

「あまりにも、すばらしすぎて、こちらが恥ずかしくなるほどでいらっしゃいますね。もっとそこそこの身分の親であって、大事に育ててくれる人、そういう父君に見いだされたらようございましたのにね」

と、そのように語りかけたが、そんなことを言っても、しょせんは無駄というものである。

「ねえ、ちょっと、あなたは、あたしの言うことに口出ししてぶち壊しにするんだから。ほんと、頭に来ちゃう。これからはさぁ、そんな馴れ馴れしくくちばしを入れないでくれるっ。なにがどうでも、あたしがいまこうなったのには、それなりの因縁があったんだろうと見えますからね」

近江の君は、こんなことをまた早口にまくし立てて、ぷっと膨れっ面をしている。その顔つきはしかし、親しみがあって愛敬たっぷり、怒っていてもどこか戯《たわむ》れめいた気配があるので、なんだか憎めないのであった。ただ、その生まれつきからして、ひどく田舎びて、訳も分からぬ下世話な者どものなかで育ったために、きちんとした言葉遣いも知らないということなのである。

思うに、それほどたいした意味のない言葉でも、声をのどかにつかって、ぐっと静かな調子で口にすれば、ちょっと聞く耳にも格別な趣を感じ、つまらない歌のやりとりをする場合でも、声の遣いかたが内容に相応しく、しかも言外の情たっぷりに思わせて、上の句下の句ともに、あからさまに隅々まで歌いわたるのでなくて、ふーっと途中までで声を引き取ったりしつつ誦《ず》んじたりすると、歌の意味深いところまで考えずに、ただちらりと聞く程度のことであれば、いかにも面白いなあと耳にも留まるものである。

しかし、この近江の君という人は、逆に、内容は、いかにも深いことを言っていても、せかせかした早口でまくしたてるので、なにか良いことを言っているような感じには聞こえない。せわしない声つきでものを言う、その言葉も姫君らしからずごつごつしていて、言葉に訛《なま》りがひどくて、幼時に乳母《めのと》の懐で、好き勝手言いたい放題をしていたころのように、いまも無礼な口調でものを言うものだから、じっさいの人柄よりも数段劣って見えるのであった。けれども、まったくどうしようもなく無智な山出し娘というのでもなくて、三十一文字《みそひと》は三十一文字ながら、上の句と下の句がちぐはぐな歌などを、これも平気で、口早に何首も詠み続けたりもするのであった。

近江の君の奇妙な文や歌

「では、父君が女御殿《にようごどの》のところへ参上せよと仰せでしたから、ここで渋々にお仕えするようでは、父上がお気を悪くなさるにちがいないわ。さっそく、今夜にでも参りましょう。父大臣《ちちおとど》が、天下一思ってくださっても、このお邸うちの姫君がたから、すげなくされたのでは、身の置き所がないから……」

近江の君は、そんなことを言う。こんな調子では、この君の邸内での声望などはひどく軽々しいことであろう。

そこでまずは、女御のもとへ、文を差し上げることにした。

「葦垣のま近いところにおりますのに、今まで、影踏《かげふ》むばかりのお側《そば》に参上するだけの機会もございませんでしたのは、勿《な》来《こそ》の関……来る勿《なか》れという関所を据えておられたものか、知らねども武蔵野といへばかしこけれど……まだお目にもかかっておりませんのに、武蔵野の紫のゆかりある御方と思えば、まことに恐れ多きことながら、あなかしこ、あなかしこ」

などと、ごつごつした真四角な字で書き連ねてある。「人知れぬ思ひやなぞと葦垣のま近けれども逢ふよしのなき（人知れぬ恋など、いったい何ほどのものか。葦で編んだ垣根の間が近いように、二人は間近いところにいたって逢うことができぬとあっては）」といい、「立ち寄らば影踏むばかり近けれど誰《たれ》か勿来の関を据ゑけむ（立ち寄ればあなたの影を踏むばかり近いところにおりますのに、こうしてお目にかかれずにいるのは、いったい誰が勿来《なこそ》の……来ること勿《なか》れという関所を据えたのでしょうか）」といい、また「知らねども武蔵野といへばかこたれぬよしやさこそは紫のゆゑ（よくは知らないところだけれど、武蔵野、と聞くとなんだか恨みごとを言いたくなる。えいままよ、それはその野に生えている紫草の故だから）」といい、こればかりの文を綴《つづ》るのに、これはまたなんと大仰に引き歌を鏤《ちりば》めてよこしたものか、呆れるばかりの文面であったが、しかもそれを、一点一画ひねりつけるような武骨《ぶこつ》な字で躙《にじ》り書き、さらに、紙の裏面にも、なにやら書いてある。曰《いわ》く、

「そうそうそれから、今日の暮れ方にでも来ようと思い立ちましてございまするは、厭ふにはゆる……厭《いと》われるとますます思いがまさるということでございましょうか。さてもさ

ても、ふつつかなる筆は、なにとぞ水無瀬川にて、お見許し願わしく」
と。ここにもまた、「あやしくも厭ふにはゆる心かないかにしてかは思ひやむべき（訳の分からぬことにあなたが私を厭えば厭うほど、私の心はいっそう生き生きとしてまいります。されば、どうしたらこの思いを止めることができるのでしょうか）」といい、「あしき手をなほよきさまにみなせ川底の水屑《みくづ》の数ならねども（へたくそな字を、それでも良い字だと見なせ……ではないけれど、水無瀬川（みなせがわ）の川底の塵芥《ちりあくた》のような物の数でもない、つまらぬ者でございますが）」といい、引かでもの歌を、これでもかこれでもかと引いてうっとうしく書いてあった。
そしてさらに、その一番奥のところに、
「草若み常陸《ひたち》の浦のいかが崎
いかであひ見む田子《たご》の浦波
まだ萌え初めた草の未熟さに、あの常陸の浦のいかが崎ではございませんが、
いかにしてお目に掛かることができましょうか、田子の浦の波のような私は
『大川水の』」
と、なにがなにやら首尾ちぐはぐな腰折れ歌が書きつけてある。しかも「大川水の」と

はなんであろう。たぶん、「み吉野の大川のべの藤《ふぢ》なみのなみに思はば我が恋ひめやは（み吉野のあの大川の岸辺の藤波ではありませんが、人並み程度に思っておりますのなら、こんなにも恋しく思うでしょうか）」という古歌を覚え違えているのでもあろうか。言う心は、どうやらお慕い申しておりますということでもあるらしい。

こんな埒《らち》もない文を真っ青な一重《ひとえ》の色紙に、万葉仮名をやたらと多用して、ごつごつと肩肘《かたひじ》張ったような筆に書いてあるのは、いったい誰の流儀を引くものとも見えぬ筆法で、まずいい加減な書きかたとでもいうべく、その文字の形も、下ばかり長く伸ばす筆癖があって、妙に曰《いわ》くありげな感じがする。しかも、一行の端のほうはひん曲がり、そのまま倒れてしまいそうに傾いて見えるのを、ご本人は、にんまりとしながら、〈これでよし〉とでも思っているのであろう、そのまま女文らしく細く小さく巻き結んで、なんと似つかわしくもない真っ赤な撫子《なでしこ》の花に結びつけた。で、これを選《よ》りにも選って便壺《おつぼ》掃除の女《め》の童《わらわ》を以て文の使いとしようというのである。この女の童は、物慣れた感じで外見は悪くないのだが、出仕してまもない新参者なのであった。

童は、女御の御方の女房たちの詰め所、台盤所《だいばんどころ》に立ち寄って、

「これを女御さまに差し上げてくださいませ」

と言う。そこに勤めている下仕《しもづか》えの女が、この童をよく見知っていて、

「おやまあ、これは北の対に侍《はべ》っている童だわねえ」

と言いながら、文を取り入れる。それから大輔《たゆう》の君という女房が取り次いで、女御のもとへ持参し、文を引きほどいて女御のお目にかける。

女御は、苦笑のていで、この文を下にうち置いたが、それを中納言《ちゅうなごん》の君というお側仕えの女房が、近いところから、ちらりと目にした。

「これはまた、ずいぶんと洒落過ぎたお手紙の様子でございますね」

中納言の君は、そんなことを言いながら、その文の中身を読みたそうな表情になる。女御は、

「こういう万葉仮名の文字は、よく読み取れないせいでしょうか、どうもこの歌は首尾がちぐはぐなように見えますね」

と言いつつ、これを中納言の君に下げ渡した。

「お返事は、このお手紙の趣に倣って厳《いか》めしく由緒ありげに書かなくては、無教養だと思って軽蔑《けいべつ》されるかもしれませんよ。私はとても書けませんから、中納言、そなたが書きな

され」

女御は、そんなことを言いながら、返事一切を中納言に譲る。

いかに無教養な手紙でも、ことは女御の妹君に当たるのだから、そうそう露骨に嘲笑《ちょうしょう》するわけにもいかぬ。若い女房たちは、内心可笑《おか》しくて可笑しくて、堪《こら》えきれずくすくすと笑った。

文の使いの便壺洗いの童が、しきりとお返事を乞うので、中納言はしかたなく筆を執ったが、さすがにぼやかずにはいられない。

「趣深い引き事の方面にばかりご熱心のようにお見受けいたしますゆえ、とてもとてもお返事を申し上げにくいことでございます。でも、宣旨《せんじ》を書くときのように下の者の代筆然としていてはお気の毒でございましょうね」

など言いながら、中納言は、いかにも女御の自筆文のように装って書く。

「ま近きところにおいでになりますのに、なかなかお目にもかかれませぬこと、恨めしく存じます。

常陸なる駿河《するが》の海の須磨《すま》の浦に

波立ち出でよ筥崎《はこざき》の松

常陸の国の、駿河の海の、須磨の浦に波が立ち出でるように、
どうぞこちらへお立ち出でください、筥崎の松のように待つ私でございますゆえ」

中納言は、こんな途方もない歌を書いて読み上げた。これを聞いては女御もびっくり、

「あれあれ、なんてひどいんでしょう。こんなひどい歌を、もし本気で私が書いたなどと吹聴《ふいちょう》されたらどうしましょう」

とて、いかにも迷惑千万という表情になった。が、中納言は平然としている。

「いかになんでも、さようなことはございますまい。これほどひどい歌を書きつけておきましたら、これを聞いた人は、女御さまの御詠ではないとすぐにも識別いたしましょうほどに……」

かくて、そのまま上包《うわづつみ》の紙に包んで、童に手渡してしまった。

この返事を、近江の君が見て、

「なんて風情のあるお口ぶりでございましょう。嬉しいことに、ここに『待つ』と仰せに

なっておられるもの」

と単純に喜んで、さっそく参上の準備にとりかかる。

まず、お目文字に備えて、装束に香を焚《た》きしめたが、その甘ったるく露骨な香りをば、何度も何度も過剰に焚きしめている。それから、紅《べに》というものを、真っ赤っ赤になるほど頬先《ほおさき》に付け、髪を梳《くしけず》って身なりを整える。それはそれなりに、にぎやかな装いといえばその通りで、愛敬たっぷりに見える。

この分では、女御との対面の折には、さぞ差し出過ぎた振舞いなど、無礼の数々があったことであろう。

篝火《かがりび》

源氏三十六歳

近江の君について、源氏と玉鬘が思うこと

近ごろ貴族たちの間の話の種とては、かの内大臣の今姫君……近江の君のことで持ち切りで、なににつけかにつけ、この呆《あき》れた姫君のことを言い散らしている。

源氏の大臣《おとど》は、これを聞いて、

「その姫とやら、どんな人柄にもせよ、そもそもが人の目につかないように籠《こも》っていたものであろう。さような娘を、仮にその子が内大臣のご落胤《らくいん》だと言い立てたからとて、あれほど大騒ぎをして引き取った上に、よせばいいのに女房などに取り立てて人目に曝《さら》したりするから、こんな物笑いの種になる。まったく理解しがたいことじゃないか。あの内大臣という人は、とかくものごとの黒白《こくびやく》をはっきりつけたがる性癖がある。それでついつい勇み足をして、詳しい実情をろくに調べもせずに尋ね取り、結局、気にくわないからといって、こういう中途半端な持て扱いをする……。それこそ、なにごとも、取り扱いいかんで、もっと穏当な始末だってつけようがあったように見えるが……」

と、その今姫君の身の上を気の毒がるのであった。

玉鬘も、この噂《うわさ》を耳にした。そうして、自分はよくぞこの源氏の手に引き取られたものだと、胸をなで下ろすところがある。

〈……もし、いかに実の父君だとはいえ、あの内大臣さまに引き取られて、音信不通に過ごした年来のお心がけなども存じ上げぬままに馴《な》れ睦《むつ》ぶことがあったとしたら、きっとあの今姫君のような恥をかかされる結果になったかもしれない〉と、つくづく思い知る玉鬘であった。

右近《うこん》もまた、このあたりのことどもを、よくよく教え聞かせている。

されば、源氏には、あの色好みめいた嫌な心こそあるけれど、さりとて、無理やりに言うことを聞かせようというわけでもないし、ただただ深い愛情が募りゆくばかりのことであったので、やっと過剰な警戒心を捨てて、源氏に懐《なつ》き打ち解けなどするようになった。

初秋のある夜、源氏、玉鬘と篝火の歌を詠み交わす

秋になった。

初風が涼しく吹き出して、「初風のすずしく吹けばわがせこが衣のすそのうらぞ寂しき

（初風が涼しく吹いてくると、わが夫の衣の裾《すそ》が裏返（うらがえ）って、その心（うら）の寂しさが見える）」という古歌も偲《しの》ばれる心地がする。秋は人恋しさも一段の季節ゆえ、源氏は堪《こら》えきれずに、頻々と西の対に渡っていって、日がな玉鬘とともに過ごしては、和琴《わごん》などの稽古《けいこ》を付けてやったりしている。

　五日六日の夕月は、早々と出てはたちまち没し、しかも少し雲の陰に隠れる風情《ふぜい》、折しも荻《おぎ》の葉音も次第に物悲しく聞きなされて、かの「さらでだにあやしきほどの夕暮に荻吹く風の音ぞ聞ゆる（そうでなくたって、なんだか不思議なほどに寂しい秋の夕暮だのに、そこへ更に荻の葉をそよがせて吹く風の音までが聞こえてくる、その一入《ひとしお》の寂しさ）」の歌なども思い寄せられる、そういう折節《おりふし》であった。

　源氏は、琴を枕に、玉鬘と添《そ》い臥《ぶ》ししていた。

〈ああ、いったい、こんな珍しい男女の仲らいなど、他に類例があるだろうか〉

　そんなことを内心に嘆きながら、源氏は、ひたすらため息をつきつき、夜更かしをしている。そうはいっても、このまま一夜をともにしなどすれば、それはそれで女房どもの怪しみ咎《とが》めることにもなるだろうと思うゆえ、夜の明けぬさきに引き上げようとして、ふと、御前の篝火が少し消えそうになっているのに気付き、随従していた右近衛府《うこんえふ》の大夫《たいふ》

（将監で五位に叙せられた官人）を呼びつけて、薪《たきぎ》に火を焚《た》きつけさせなどする。

たいそう涼しげな遣水のほとりに、独特の風情を見せて広く枝を繁《しげ》らせた檀《まゆみ》の木がある。その木の下に、打ち割った松の薪を、目に立たぬように用意してある。そうして篝火は、間近ではなく、いくらか退いたあたりに灯《とも》してあるので、玉鬘の部屋のあたりは、火《ほ》影《かげ》も涼しげにほんのりとして、女君の様子はまことに見るに甲斐《かい》のある美しさであった。その髪に触ってみると、手にひやりとして、いかにも貴《あて》やかな感じがする。玉鬘は、源氏に髪など触られては、また身を固くせずにはいられないのだが、その心《こころ》恥ずかしく思っているらしい様子が、なんとしても労《いたわ》ってやりたいような風情に見えるのであった。源氏は、どうしてもなかなか帰りがたい思いにかられては、いつまでもそこにぐずぐずしていた。

「よいか。あの篝火には、絶えず誰か付いていて、火の消えぬように焚きつけよ。夏のように暑苦しい、こんな月もない時分に、庭になんの光もないのは、まことに薄気味悪く、心細いものだからな」

そう、源氏は命じる。

「篝火にたちそふ恋《こひ》の煙《けぶり》こそ
世には絶えせぬ炎《ほのほ》なりけれ

あの篝火に立ち添う恋（こひ）の煙、
それこそは、決して絶えることのない炎のような私の思いなのですよ

そなたは、いつまで私に耐え忍べというのだろうか。もう私の気持ちはそなたに打ち明けたのだから、『ふすぶる』というわけではないけれど、それでも、胸苦しいまでの『下燃え』なのだよ……」

「夏なれば宿にふすぶる蚊遣火《かやりび》のいつまでわが身下燃えをせむ（夏だからとて、家にくすぶっている蚊遣火ではないけれど、あんなふうに思いを燃え上がらせることもできず、いつまでこうやって、ただただくすぶるように下心に焦がれてばかりいることだろうか）」という古歌を引き事にして、源氏は、苦しい思いのほどを、玉鬘の耳元にそっと囁《ささや》き入れる。

玉鬘は、なんとしても納得し難い二人の仲らいだと思うゆえ、

「行方《ゆくへ》なき空に消《け》ちてよ篝火の
たよりにたぐふ煙《けぶり》とならば

ああして行方もしれぬ大空にその煙をお消しくださいませ。君のお気持ちが篝火に立ち添う煙だと仰せになるならば、その篝火の煙が大空に立ち消えていきますように……


こんなこと、人々がみな怪しく思うことでございましょうほどに」

と、歌い返して困却している。源氏は、

「さようならば……」

と言いながら、渋々立ち去っていく。

源氏と内大臣家の若君たちの遊楽

その時、東の対のほうで、すばらしい笛の音が箏《そう》の琴《こと》と合奏しているのが聞こえた。子息の中将が、つねづね一緒に遊ぶ内大臣家の子息たちと管弦の遊びをしているのであった。

「あの笛は、頭中将《とうのちゅうじょう》（右中将）が吹くのであろうかな。聞けば聞くほど格別に吹き響かせている音色よな」

源氏は、帰る足を留《とど》めて、この楽の音に聴き入っている。それから、思いついて彼らに知らせてやる。

「この西の対のほうに、たいそう涼しげな火影《ほかげ》の篝火を焚いているので、つい立ち去りがたく留められています」

そんなことを東の対のほうへ言い送ると、源氏の中将、内大臣家の頭中将と弁の少将、三人打ち連れて、西の対へやってきた。

「風の音がいかにも秋になったなと、そんなことを思わせるような笛の音が聞こえたので、やむにやまれぬ思いがしてな」

「秋来ぬと目にはさやかに見えねども風の音にぞおどろかれぬる（秋が来たなと目にははっきりとも見えないが、夜分の秋風の通う音にはっと目がさめたことだった）」という名高い古歌を下心に込めて言いながら、源氏は、和琴をとり出すと、また腰を据えてしみじみと心惹かれるほどに弾き聞かせた。これに和して、源氏の中将は、盤渉調《ばんしきちょう》に、たいそう風趣豊かに笛を吹きすさんだ。頭中将は、すぐそこに玉鬘がいるらしいことに気を兼ねて、ついつい歌い出しにくそうにもじもじしている。すると、源氏から声がかかった。

「歌、遅いぞ」

あわてて弁の少将が拍子を打つと、それに合わせて頭中将はそっと歌い出した。その声の玲瓏《れいろう》たる美しさ、まさに鈴虫（今の松虫）の音《ね》にも紛うばかりであった。二度繰り返して歌ったところで、源氏は、和琴を頭中将に譲って、こんどは頭中将が和琴を弾き鳴らす。さすがに血は争えぬ。あの名手父内大臣の爪音《つまおと》におさおさ劣らぬほど、輝かしい音色で弾き鳴らすのもまたたいそうすばらしい。

「どうかな、そこの御簾《みす》のうちに、楽の善し悪しを聴き分けることのできる姫君がおいでのようだ。されば……今宵は、盃などくれぐれも差し過ごさぬように心にかけられよ。盛りを過ぎた私のような老い人は、酔うと涙もろくなって、ついつい言ってはいけないことまで口にしてしまうかもしれぬゆえな」

源氏はこんなふうに、玉鬘の風雅を解する人柄を、それとなく皆に語り聞かせる。言ってはいけないことを口にする……などと際どいことを聞いても、玉鬘と実の兄弟に当たる頭中将には、なんのこととも思い当たらぬ。

御簾のうちで聞いていた玉鬘は、頭中将の爪弾く琴の音を聴きながら、〈なるほど、ほんとうにすばらしい響き……〉と、感じ入りながら、かたがた源氏の思わせぶりな言いかたに、はらはらした思いも抱いている。そうして、決して絶つことのできない姉弟《きょうだい》の縁が、おろそかなものではないからであろうか、玉鬘は、この君たちを、御簾の蔭から密《ひそ》かに目にも留め、また耳にも聴き覚えた。けれども、頭中将のほうは、さような縁があろうとはかけらほども思わぬゆえ、ただただ心の限りに思いを傾けては、恋慕の情を募らせている。されば、こんなに近くまで来た機会に、なんとか思いの丈《たけ》を打ち明けたいものだと、もう堪《こら》え切れぬ心地がするけれども、さすがにうわべはよく取り繕って平然とした風を装い、いかにも規矩準縄《きくじゅんじょう》な弾奏《だんそう》の態度を崩しはしないのであった。

野《の》分《わき》

源氏三十六歳

西南の町の秋、野分来襲

秋好む中宮の御殿、六条院の西南《ひつじさる》の町の御前《おまえ》の庭には、秋の花をとりどりに植えさせてあったが、今年はまた常の年にもまさって見所《みどころ》多く、あらゆる色あいの花が咲きそろっている。そこへ、風情《ふぜい》豊かな籬垣《ませがき》を結《ゆ》い交ぜてあるのだが、それも樹皮のままの野趣ある垣、皮を剝いて艶《つや》やかに仕立てた垣と、一様ではない。それゆえ、同じ秋の花と言っても、その枝ぶり、姿、そこに宿る朝露夕露《あさつゆゆうづゆ》の光まで、まるでこの世のものとは思われず、玉かと疑うばかりに輝いている……、かほど見事に作り上げた野辺《のべ》の色を見ると、今度はまた、かの東南《たつみ》の町のすばらしかった春の山の景色もつい忘れてしまうほど、その涼しく面白い佇《たたず》まいには、見る者みな呆然《ぼうぜん》として魂《たましい》も奪われる見事さであった。

春と秋といずれが勝るかという争いは、昔から秋に軍配を上げる人が数の上では勝るのが通例だったが、かの東南の町の御前の花園の春景色に心を寄せていた人々も、また手のひらを返したように心を変えること、常ならぬ世のありさまにも似ている。

「色見えでうつろふものは世の中の人の心の花にぞありける（表面にははっきりみえないま

まにいつの間にか色褪《あ》せていくものは、世の中の人の心のなかの花……恋の思いであったことよ……)」と、古歌にも歌うてあるけれど、なるほどと頷《うなず》かれる。

この景色を朝に夕に眺めるのを楽しみとして、中宮はこの里邸《さと》に下がってきている。できれば、ここに管弦の御遊《おおんあそ》びなどがあればもっと良いのだけれど、生憎《あいにく》に、八月《はづき》は中宮の亡き父君、故皇太子のご忌月《きづき》に当たっているゆえ、音曲《おんぎょく》ご遠慮で、そういうわけにもいかない。ただ、しだいに秋の花の盛りが過ぎていくのを心もとなく思いながら、この邸に明かし暮らしていると、庭の秋草は次第にその色を増し、〈ああ美しい〉と見とれている折しも、野分《のわき》が例年よりもおどろおどろしい勢いでやってきた。

空の色は真っ黒に変じ、恐ろしい風が吹き出してくる。

これでは、この今を盛りと咲いている秋草の花どもも、吹き倒されてしまうだろうと、日ごろはそれほど秋草に思いを寄せていない人でも、〈ああ、なんてやるせないこと……〉と、安からぬ思いに駆られずにはいない。

ましてや、もとよりこの秋を好まれる中宮は、草むらの露の玉が吹き落とされて散り散りになるのを見ては、心も惑い乱れようかという心配ぶりであった。

「大空におほふばかりの袖《そで》もがな春咲く花を風にまかせじ（ああ、この大空全体を覆ってしまうような巨大な袖がほしいものだ。あの春咲く桜花を、風が蹂躙《じゅうりん》するに任せぬように……）」と古歌に歌ってある「大空におほふばかりの袖」は、春ではなくて、むしろこの秋の空のほうに欲しいもの、とそんな感じさえする。

やがて日が暮れていくほどに、風はますますひどくなって、なにも見えぬ闇《やみ》のなかをごうごうと吹き荒れ、たいそう不気味であったので、御殿の蔀戸《しとみど》をすっかり下ろしてしまった。が、そうなると外がまったく見えぬぶん、中宮の気掛かりはますます募って、なんだかたまらない思いが胸を締めつけ、ひたすらに花たちの安否を気づかって思い嘆くのであった。

中将の君（夕霧）、紫上を垣間《かいま》見る

東南《たつみ》の御殿でも、ちょうど庭前《ていぜん》の植え込みを手入れさせている最中であったけれど、そこへ、この嵐《あらし》が吹き来たって、まるで古歌に「宮城野のもとあらの小萩露を重み風を待つごと君をこそ待て（宮城野の、根元の辺りがすっかり葉を散らしてしまった小萩が、残った葉に置いた露の重さに耐えかねて、はやく風がやってきて露の玉を吹き散らしてくれないかと思っている……、そのように、私はあなたが通ってきてくれるのを待っています）」と歌われている、庭の「もとあらの小萩」どもが待ちに待っていたような、ひどい風の気配であった。

この、枝も折れ返り、露もたまらず吹き散らされる嵐の様子を、紫上は、すこし端近《はしぢか》に座って見ている。

源氏は、ちょうど明石の姫君のところに行っていてこちらにはいなかったが、そこへ子息の中将がやってきて、東側の渡殿《わたどの》の丈の低い障子ごしに、寝殿の簀子《すのこ》と廂《ひさし》の間《ま》を隔てる開き戸が開いているのに気付くと、何心《なにごころ》もなく、その隙間《すきま》から中を覗《のぞ》き込んだ。そこには女房たちの姿がたくさん見える。〈おや、あれは……〉と、中将は、立ち止まって、そっと息を潜《ひそ》め、音も立てずに見ている。屏風《びょうぶ》も、風に吹き倒されるのを恐れて、みな畳んで片方に寄せて置いてあるから、内外を隔てるものとてもなく、室内がすっかりあらわに見通せてしまうのであった。

その寝殿の廂の間に、座っている人、紫上……それはなんと紛れもなく、気高く、純粋な美しさが、あたりに光り輝くばかりの心地がして、あたかも、春の曙《あけぼの》の霞《かすみ》のあいだから、彩り美しい樺桜《かばざくら》が残りなく咲き誇っているところを見るような……そんな気分であった。

こなたから垣間見《かいまみ》しているだけでも、どうにもならぬほど、その人の愛らしい美しさはあたり一面に照り輝いて、こなたのおのれの顔にまで移り匂《にお》うのではなかろうかとさえ、中将は思った。

世にたぐいもないほどの、その人の魅惑的美貌《びぼう》に、中将は呆然となった。

すると、折しも御簾《みす》が風に吹き上げられたのを、女房たちが慌てて押さえている。いったいなにをどうしたのであろうか、その人がにっこりと笑っている。その笑顔の魅力的なことは、またどうもならぬ。

まさか中将が垣間見ているとも知らず、紫上は、嵐に吹き乱される花々をかわいそうに思って、なかなか見捨てて奥に入ってしまうこともできない。その御前に侍《はべ》っている女房たちのなかにも、とりどりに美しげなる人々が見渡されるけれども、どうしてどうして、目移りするような姿の人は見当たらぬ。

〈ああ、そうであったか。父上が、この辺りへは決して私を近づけぬようにしておられたのは、こういうことであったか……。あの方は、こんなふうに一目でも見たならば、だれも平静ではいられない、まったく、これほどの美しいお姿であったればこそ、深く用心されて、万一にもこんなことが出来《しゅったい》しては一大事だと思って、それで私を遠ざけられていたのであろうなあ〉と思うと、見てはいけないものを見てしまったという、恐れ多い気持ちがして、中将は、そっと立ち去っていく。

その刹那《せつな》、寝殿西側のほうから、母屋《もや》を東西に隔てる障子を引き開けて、源氏が戻ってきた。

「どうにもこうにも、おちおちしていられないほどの風と見える。されば、その格子戸を、すぐにみな引き下ろせ。男どもの目もあろうに……、こんなことではあまりにも露《あら》わだといわねばなるまいぞ」

源氏が、そんなことを言っている声が聞こえる。

中将は、一旦《いったん》帰りかけたのを、また引き返し障子のそばに寄って、見た。

すると、源氏がなにか言葉をかけては、にこやかに微笑んで紫上を見ているのが目に入った。中将の目には、それこそ実の親だとも思えぬほど、若く、爽《さわ》やかな美しさに輝いて、なんとも言いようのないほどの源氏の盛りの容貌《すがたかたち》であった。対する女君もまた、女盛りに非の打ち所もなく整って、どこにも不満足なところのない二人の様子を、中将は、胸にじんわりと沁《し》み入るような思いで見ていたが、その時、また一陣の風が渡殿の格子戸を吹き開けて、垣間見している姿が露わになってしまった。こんなところを源氏に見付かっては一大事である。中将は恐ろしくなって、急ぎそこから立ち退《の》いた。

それから、中将は、あらためて今やってきたという思い入れで、わざとらしく咳払《せき》いなどしながら、簀子のほうへ歩み出てきた。源氏は、はっとする。

「ふーむ、これは……。もしや、中を見られたかもしれぬ」

そう思って、その開き戸のほうを見やると、案の定、開いたままになっているのを、源氏は疑わしい思いで見咎《みとが》めた。

中将は、しかし、内心しみじみと嬉《うれ》しく、

〈いままで、ずっとこんなことはなかったものを……まったく『風は大岩をも吹き飛ばす』という諺《ことわざ》のとおりであったな。あれほど注意深く用心しておられた二人のお心を騒がして、でも、ほんとうにあり得ないほど嬉しい目にあったことだなあ〉

と思わずにはいられぬ。

源氏、三条の大宮を気遣って中将を遣わす

やがて、家来どもがやってきた。

「いやはや、たいそうな風でござりましたな」

「東北《うしとら》の方角から吹いてまいりましたほどに、こちらの御殿はいくらか静かでございましたが、風上《かざかみ》がたの馬場《うまば》の御殿や、南の釣殿《つりどの》などは、すんでのところで吹き倒されるところでございました」

などロ々にののしり騒いで、みな修繕に余念がない。

「これは中将、そなたは、いずこより参ったかな」

源氏は、中将を見咎めて尋ねる。

「は、三条のお邸《やしき》の大宮さまのところにおりましたが、風がひどく吹くに違いないと、皆の者が申しますので、こちらの御殿が気遣《きづか》わしく、いそぎ参上いたしました。されば、大宮さまは、まして心細く、今では風の音も、まるで子供のように怖《お》じ気《け》づかれるようでございますので、まことに気にかかってなりませぬゆえ、こちらの御殿はこれにて失礼させていただきます」

「ああ、そうするがよかろう。いそぎ大宮さまの御許《おんもと》へ参上するがよいぞ。老いゆくままに、また子供のようになるなど、世にあるはずもないことだが、しかし、たしかに老い人は誰も子供のように心細がるものであろうな」

などと源氏は、大宮の身を思いやっては労《いたわ》しさを覚えて、中将に伝言を託した。

「このような大風にて、大宮さまにも、さぞ静心《しずごころ》なきことと拝察申し上げますが、この中将がおそばに参候《さんこう》仕《つかまつ》りますので、この朝臣に万事は任せることにさせていただきます」

こんなことを言付けて、源氏自身は三条のほうへは行かない。


外へ出ると、道はどこもここも激しく風雨が吹き荒れて容易なことではない。

中将は、もともとものごとをきちんとしないと気が済まない性格なので、三条の大宮のところと六条の院とに参って、祖母大宮と父源氏に目通りしない日とてもない。たまたま、内裏《だいり》の御物忌《おんものい》みなどの公式行事のために、どうしても籠《こも》らなくてはならぬというような、やむを得ない日以外は、どんなに忙しい公的政務、あるいは節会《せちえ》などの儀式に時間を取られ、多事多端《たじたたん》な折節《おりふし》でも、まずはこの六条の院に参り、それから三条のほうへ回って、そこから参内していくというふうであった。まして、今日こんな悪天候であるにも拘《かか》わらず、風を衝《つ》いてあちこちと経巡《へめぐ》り歩くのは、いっそう心深いことのように思われた。

大宮は、たいそう嬉しく、また頼もしいことだと思って、中将を待ち受けている。

「もうずいぶんと生きてきましたが、いまだかつて、こんなに騒がしい野分には遭遇したことがありませんよ」

大宮は、そんなことを述懐《じゅっかい》しては、ただ震《ふる》え戦《おのの》き、また戦く。

やがて、庭のほうで、なにかよほど大きな枝が折れる音がした。大宮は生きた心地もしない。この分では、御殿の瓦《かわら》も、残らず吹き散らされるかと思われるほどの大嵐である。

「こんななかを、まあまあよくお出でになった」

と、宮は、戦きながらも、ようように声をかける。

かつて太政大臣が存命の頃は、あれほど重々しかったこの家の威勢も、今ではすっかり衰え果てて、ただこの中将ひとりを頼もしい人として、大宮は思い頼っているのであった。

思えばまことに、なにごとも常ならぬ世ではあった。

今も、世間一般の、故太政大臣家に対する声望はそう衰微したということもなかったのではあるが、ただ、子息内大臣の振舞いは、世評とは反対に、却《かえ》って少し疎遠になっていたのである。

嵐の夜、中将は、紫上を想い続ける

嵐の風音は、夜通し吹き募る。その夜、中将は、ぼんやりと物思いに耽《ふけ》っていた。心底恋しいと思う、あの雲居《くもい》の雁《かり》のことは意識からやや遠のき、今はただ、ついさっき目にした紫上の面影ばかりが脳裏を去らぬ。

〈ああ、いったいどうしたことだ、これは……〉と、中将は、我とわが心ながら、不審に堪《た》えない思いがする。ただ気にかかる、という程度のことではない。父の妻に対して、あってはならない恋慕の心が兆《きざ》してくる……、〈いやいや、そんな恐ろしいことを〉と自分に言い聞かせながら、中将は、なんとかして思いを紛らそうとする。あれやこれやと、全然別の事柄に強いて思いを傾けてみるけれど、それでも、ふっとあの面影が蘇《よみがえ》ってくる。

〈いままで、あんなに素晴らしい人は見たことがない。これから先だって、きっとあれほどの方はあるはずもない。……あの素晴らしい人と父君と、夫婦としての仲らいがありながら、なんだってまた、あの東北《うしとら》の町にお住まいの御方（花散里）が、しかるべき妻の一人として並び立っているのだろう。まるで比べものにもなりはしないじゃないか。

ああ、なんというお気の毒な……〉と、中将は思い続ける。そこで、紫上ほど美しい妻を持ちながら、いっぽうで花散里に対しても決して疎略な扱いはしない、父源氏の心がけの奥深さを思うと、とうてい自分には真似のできないことだと、中将は思い知る。

この中将という若君は、もとより人柄がたいそう真面目で、父源氏が藤壺《ふじつぼ》に邪《よこしま》な恋慕をしかけたような、そんな不相応なことを思い寄ることはないけれど、それでも、〈あんなふうに美しい人をこそ、どうせなら、妻に持って明け暮れ眺めて過ごしたいものだな。いずれ命などは限りのあるものだが、あんな素晴らしい妻を持ったら、いくらか寿命だって延びるに違いない、きっとそうだ〉と、なおも思い続ける。

その翌朝中将は再び六条院へ

暁の闇のうちに風も次第に静まり、やがてざあっと雨が降り出した。

「六条の院には、離れの建物がいくつも倒れましてございます」

などと人々が報告する。

この報告を耳にして、中将は、すぐに思った。

〈これほどの風が、吹きすさんでいたわけだから、広くてあんなに棟の高い感じのする六条の御殿では、さぞひどい風当たりであったろう。……しかし、父君のおいでになるあたりには、まず女房どもも数多く詰めていて心づよいことであったろうけれど、東北《うしとら》の町の御方のあたりは、人手も少なく、さぞ心もとない思いをなさったことであろうな〉と、そう思い立つと、中将はまだ夜の明け切らぬ薄闇《うすやみ》のうちに、いそぎ六条院に向かった。

その道のほど、横なぐりの雨は、車中にまで冷たく吹き入ってくる。

空には、嵐の雲が渦巻いてぞっとするような気配である。

車中に独り、中将はなにやらわが魂がわけもなく遊離してふわふわと漂っているような、不思議な気持ちになっていることを自覚する。

〈やや、いったいこれはどうしたことだ。わが心に、またもう一つ懊悩《おうのう》の種が加わった……〉と、いつしか紫上の面影を思い浮かべている自分に気付くと、中将は、〈こんなことを思うこと自体、この身には相応《ふさわ》しからぬことであったに、なんと馬鹿げた物思いだ……〉と、ああも思い、こうも考えしながら、東北の御殿の花散里のところへ、まずやってきた。

案の定、花散里は、恐怖のあまり身も心も疲れ切っていた。中将は、さっそく心を尽くして慰めながら、まず家来どもを呼んで、壊れてしまった所をあちこちと修繕するように申し付ける。

そうしておいてから、次に東南《たつみ》の御殿に回ってみると、まだ蔀戸《しとみど》も開けていない。源氏と紫上の御座所《おましどころ》のすぐ前あたりの簀子《すのこ》の勾欄《こうらん》に体を凭《もた》せ掛けて、中将はあたりを見回してみた。

庭の築山《つきやま》の木々も、今朝はすっかり風に傾き、また枝も多く折れて地面にかぶさっている。まして草むらは言うまでもなく押し倒されて、そこに、屋根を葺《ふ》いてあった檜《ひのき》の皮、瓦など、さらには所々の目隠し塀やら、竹や木の垣根などの破片らしいものが、一面に散らかっている。

折しもわずかにさし昇ってきた朝日の光に、庭いちめん露がきらきらとして、あたかもこの狼藉《ろうぜき》をば庭が愁《うれ》えて涙ぐんでいるかとも見渡される。空は、たいそう霧が立ち込めている。

中将は、我知らず、涙がぽたりぽたりと落ちるのを、袖で押し拭《ぬぐ》って、えへん、えへんと咳払いなどしてみせる。源氏は、その声を耳にした。

「おお、どうやらあの声は、外に中将が参っているようだな。まだ夜も明けてはいまいに」

　など言いながら、源氏が起き出す気配がある。

　いったいなにを言ったのであろうか、その紫上の言葉は聞こえなかったが、源氏が軽く笑う声がした。

「ふふふ、それこそ、そなたには昔から味わわせたことのないまま過ぎてきた、ほら例の『暁の別れ』というやつだよ。今になって、こうして知り初《そ》めるというのは、いかにもお気の毒だね」

　などと、いかにも睦《むつ》まじげに言葉を交わしているらしい様子に、いかにも心惹《こころひ》かれる。女君の返事は聞こえないのだが、こんな戯《たわむ》れごとを言い交わす言葉のありさまが、きれぎれにかすかに聞こえてくる。

〈ああ、ほんとうに揺るぎないお二人の仲らいなのだな〉と、中将はほのかに聞いている。

　やがて、源氏が手ずから、蔀戸を引き上げる。

　あまりに目の前に居るというのも、いかにもばつの悪い思いがして、中将は、いそぎ退《しりぞ》くと少し離れたあたりに控えた。

「おお、中将、いかがであった。昨夜は、さぞ大宮さまも心待ちにして、お喜びであったろうがな」

「さようでございます。このごろは、たわいもないことにつけても涙もろくあそばしますので、たいそうお気の毒に存じまして……」

中将のこの答えを聞いて、源氏はにっこりと笑った。

「あのお年ゆえ……もうこれから先いくばくもあるまい。せいぜい面倒がらずによくよくお仕えして差し上げるがよいぞ。内大臣は、どうやら、さほど心濃《こま》やかにもお世話していないようだ。そんなふうに、大宮さまは嘆いておられたほどにな。あの内大臣という人は、人柄がやや派手すぎるところがあって、男らしい心がやや行き過ぎるせいか親への孝行などについての濃《こま》やかな心配りなどには欠けている。それゆえ、父親の追善供養などということについても、なにやら大げさな儀礼めいたことは抜かりないのだが、それは親のためというよりも、どうも世間を驚かしてやろうというような心があるようだ。だから、まことにしみじみと人情深いところは、結局欠けている人、というわけなのだ。……とはいえな、内大臣は、心の隅々まで思慮に満ちた、それはそれは賢明な人であることは間違いない。このような末世《まっせ》にはもったいない、その才学も世に類例のない人なのだ。一分《いちぶ》の隙《すき》もない秀才ではありながら、さて人として見た時には、こんなふうに欠点が無いということはないものなのだね」

など、源氏は、内大臣の人物批評にまで言い及ぶと、そこでまた話頭《わとう》を転じる。

「さてさて、昨夜は、ずいぶんとおどろおどろしいほどの風だったが、中宮の方《かた》には、しかるべき中宮職《ちゅうぐうしき》の役人など詰めておったかな」

と、こんなことを言い、中将を使者として、見舞いの言葉を伝言するのであった。

「昨夜の風の音は、どのようにお聞きになられましたでしょうか。あのように風が激しく吹き荒れておりましたゆえ、それに当たって身中《しんちゅう》に風邪の気を引き込みまして、たいそう堪えがたい思いに、なにかと手当てなどいたしておりましたところでございます」

源氏は、そのように言づてをさせる。

中将は庭に降りると、この東南《たつみ》の町と西南《ひつじさる》の町を繋《つな》ぐ廊下を通って、秋を好む中宮のもとへ参上する。折しもほのぼのと明けてきた朝の光のなかに浮かび上がる中将の風姿《ふうし》は、たいそう美しく魅力的であった。

西南の町の東の対《たい》。

その南の角のところに立って、中将は中宮の御座所《おましどころ》のほうを見やった。すると、蔀戸を二間《ふたま》ばかり引き上げてあって、ほんのりとした朝ぼらけの頃であったが、御簾を巻き上げて女房たちが何人かいるのが見える。しかも、簀子の勾欄《こうらん》に押しかかるようにして庭のほうを眺めているいかにも若い様子の女房たちばかりが見える。

これで、ぐっと近寄って見たならば、さてどのような人であろうか、とはいうものの、この夜明けの薄明《はくめい》のなかにぼんやりと見る限りでは、さすがに色々な衣装を身に着けて、どの女房もそれなりに美しげに見える。

これは、中宮のお指図《さしず》で、童女《わらわ》たちを庭に降ろさせて、虫籠《むしかご》の虫どもに露を与えているところなのであった。童女たちの装束とては、紫苑《しおん》（表紫、裏萌黄）、撫子《なでしこ》（表紅梅、裏青）などの襲《かさね》の色目の、濃き薄き色の袙《あこめ》に、女郎花《おみなえし》（表縦糸青に横糸黄、裏青）の襲の汗衫《かざみ》などなど、時節柄に相応《ふさわ》しい装束を着て、四人五人と連れ立っては、そちこちの草むらに寄り、とりどりの彩色も美しい虫籠を持ってはさまよっている。撫子などの、それも嵐のためにすっかり折れ伏してしまったのを手に、この深い霧のなかに童女どもが見えつ隠れつする様子、これまたたいそう風情ある景色に見えた。

御殿のほうから吹いてくる香ばしい風……、ほんらい香りなど無い紫苑の花までもが一面に匂うように感じられる、その香りは、中宮が手を触れられたゆえでもあろうかと、思いやるさえ賛美の心が湧《わ》き、自然と心中に構えるところができてくる。それで、中将としては、なかなか一歩を踏み出すことができずにいる。

が、いつまでもそうしてはおられぬ。中将は、わざとらしく忍びやかな咳払いなどして、そっと歩きだした。すると、女房たちは、露骨に驚き騒ぐ様子もなかったけれど、たちまちに室内へ滑り入ってしまう。

中将は、ふと、昔のことを思い出した。

〈……あれは、中宮さまが入内なさった頃、まだ僕は子供だったから、あのお部屋のなかまでしょっちゅう入り込んでいたものだったし、女房どもだって、そうよそよそしい扱いではなかったものな……〉と、そんなことを思いながら、中将は、源氏からのお見舞いを、取り次ぎの女房に言づてさせる。

それとは別に、宰相《さいしょう》の君や内侍《ないし》などの女房どもが、御簾のうちにいる気配がある。中将は、その気配のあたりへ近寄っていくと、源氏の伝言以外にも、私事《わたくしごと》などをしのびやかに語らっている。

こちらの御殿は、また、なんといってもいかにも気品高く住んでいる、その雰囲気や気配を見るにつけても、中将の心のうちには、さまざまの物思いが交錯するのであった。

東南《たつみ》の御殿では、今やすっかり蔀戸を上げて、源氏と紫上が、荒れに荒れてしまった庭《てい》上《しょう》を眺めていた。昨夜《よべ》、紫上が見捨てるに忍びない思いで、いつまでも惜しんでいた花々だったけれど、もはや見る影もなく折れ伏してしまっている。

中将は、御殿の南面《みなみおもて》の階《きざはし》に座って、中宮からのお返事を言上する。

「荒々しい風を防いでいただけるのでしょうかと、そのことを幼き者のように心細く思っておりましたが、今こうしてお見舞いのお使いを頂戴《ちょうだい》いたしまして、やっと安堵《あんど》いたしました」

それが中宮からの返事であった。源氏も、簀子のところまで出てきて、この伝言を聞いている。

「ふむ。なにやら妙に弱々しくておいでの宮だね。さては、女たちだけでは、こういう嵐などの夜は、さぞ恐ろしくお思いだったのであろう。ほんとうにそんな夜のありさまだったからね。やはり、宮としては、疎略な扱いだとお思いだったのであろう」

そんなことを言って、源氏は、さっそくに西南の町までお見舞いに出向くことにした。

が、まずはちゃんと直衣《のうし》など着替えていかなくてはなるまい。源氏は、さっと御簾を引き上げて廂の間に入っていった。その時、背の低い几帳《きちょう》を引き寄せて、その陰で着替えるらしいのだが、そこにちらりと女の袖口が見えた。

〈あ、あの袖は……あの方の〉と、中将は紫上を思い出して、胸がドクドクと高鳴る思いがする。そんな自分を中将は不愉快に思って、強いてあらぬ方向へ視線を逸《そ》らした。

源氏、中宮を見舞う

源氏は、鏡などを見ながら、そっと言う。

「中将の、あの朝明《あさけ》の姿、どうだ、清々《すがすが》しげで美しいな。まだ今の年くらいだと、若すぎて頼りない感じがするものだが、あれでなかなか悪くないように見えるのは、ははは、例の『人の親の心は闇にあらねども……』ってやつかな」

そう言いながら、鏡のなかの己の顔を見れば、いつまでも老け込んでしまうことがなくて、若々しくてよいな、と自分で思っているようであった。そうして、ばかに深く心遣いして、

「中宮にお目にかかるとなると、これでなにかと恥ずかしい思いがする。いや、どことってこれみよがしの由緒ありげなところもない方なのだけれど、実際には、奥床しくお心遣いなさるのだからね。見たところは、おっとりとして女らしいことはその通りなのだが、それでもどこかに人とは違う品格がおありだから」

そんなことを言い言い、外へ出てくると、そこに中将がぼんやりとうつけのようになって座っていて、源氏がそこにいるのに気付きもしない。

さては、察しの良い源氏の目には、どう映ったことであろうか……。

源氏は、中将に気取《けど》られぬように、すぐ踵《きびす》を返すと、紫上に尋ねた。

「昨日、あの大風の騒ぎの紛れに、中将はそなたの姿を見たのではなかろうか。なにしろ、あそこの戸が開いていたから……」

紫上の顔がさっと赤面する。

「まさか、さようなことはございませんでしょう。渡殿のあたりに、なんの人音《ひとおと》もしませんでしたもの」

せめてそう返答するのだが、源氏は納得しない。

「うーむ、どうも妙だな」

そんなことを独りごちながら、源氏は、西南の町へ渡っていった。中将は、あわててその後にしたがってゆく。

そうして、御簾の内に父大臣《おとど》が入ってしまったのを見届けると、中将は、渡殿の戸口に女房たちが集まっているところへ寄っていって、なにやらたわいもない戯《ざ》れ言《ごと》など言ったりするのだが、心中に、悩ましいことがあれこれと屈託《くったく》しているせいであろう、いつものように快活にはいかない。

源氏、明石の御方のもとへ

そのあと、源氏は、すぐに西北《いぬい》の町、明石の御方のところへも見舞う。

すると、有能な家司《けいし》のような者の姿も見えず、ただ、もの馴れた下仕《しもづか》えの女どもばかりが、吹き乱された草のなかで立ち働いている。童女《わらわ》などは、なかなかしゃれた衵姿《あこめ》でくつろいでいて、なにやらやっているのは、おそらく、明石の御方が心を込めて丹念に植えおいた竜胆《りんどう》や、朝顔の蔓《つる》の這《は》い回っている籬垣《ませがき》や、なにもかも風に吹き散らされてしまっていたのを、草むらのなかから引き出して、これは竜胆、これは朝顔などと仔細《しさい》に調べているのであるらしい。

明石の御方は、なにがなし憂愁《ゆうしゅう》をおぼえるままに、箏《そう》の琴《こと》をぼんやりと爪弾《つまび》きつつ、廂の間の御簾ちかいあたりに座っていた。

そこへ源氏の入来を告げる前駆《さき》払いの者の声が、「おーっしーっ」と聞こえてきた。御方は、すっかり糊気《のりけ》の落ちて萎《な》え萎えとした普段着の姿でいたが、あわてて、衣桁《いこう》から小袿《うちき》を引き下ろして、さっと羽織った。源氏の前に出るのに、ひとまずみっともなくないようにけじめを見せたのである。まことに見上げた心がけである。

源氏は、端のところにちょっと座ると、風の騒がしかったことだけを、簡単に見舞って、すぐにあっけなく立ち帰ってゆく。明石の御方としては、それがいかにも物足りぬ思いであるらしかった。

おほかたに荻《をぎ》の葉過ぐる風の音《おと》も
憂き身ひとつにしむここちして

通り一遍に荻《おぎ》の葉を吹き過ぎていく秋風の音だって
心憂きわが身にばかりは、ただただじんと沁み入る心地がいたしますのに……

そんな歌を、御方は誰に聞かせるでもなく口ずさんだ。

源氏、玉鬘のもとへ

西の対では、恐ろしくて夜通し眠れなかったためなのだろうか、玉鬘は寝過ごして、今になってやっと鏡など見て身繕《みづくろ》いをしているところであった。

「大げさに前駆払いの声など立てるでない」

と命じてあったので、ここには、なんの物音もせずに忍び入ってきた。

屏風などもみな畳んで片寄せてあるし、室内はなにかと取り散らしてある様子ではあったが、折しも輝かしく射し込んできた朝日の光のなかに、しかし玉鬘は、はっとするほど清々《すがすが》しげに身繕いをした姿で座っていた。

源氏は、ふっと玉鬘の近くに座ると、またいつもながらに、あの風をさえ話の種にして、なにやら色めいたことを囁《ささや》きかける。玉鬘にしてみれば、そのように嫌らしいことを言いかけられても返答のしようとてなく、ただただ堪らなく嫌だと思って、

「こんな嫌になるようなことばかり仰《おつしや》るのなら、もういっそあの嵐の風に吹かれて、どこ

へでも飛んでいってしまいたかったくらい……」

と、不機嫌な顔で言い返す。が、源氏はいっこうに平気である。からからと面白そうに笑いながら畳みかける。

「はっはっは、風に吹かれて飛んでいくなどとは、それはまた軽々しいというものではないか。飛んでいった先には、きっとどこかに落ちて止まるところがあるのであろうな。やれやれ、だんだんと、ここから逃げて行きたいというお気持ちが身に添うてきたものと見える。まず、それも道理かもしれぬが……」

こんなことを源氏が愚痴のように言うのを聞いては、玉鬘も、〈よくも心に浮かんだままを遠慮もなく口にしてしまったもの……〉と、自分で自分が可笑《おか》しくなって、ふっと微笑んだ。その笑顔を見れば、美しい肌の色、そして頬のあたりの表情……。まるで酸漿《ほおずき》をふっくらとふくらませたようにまろやかな面差しに、黒髪が豊かにかかって、その髪の隙々《ひまひま》に白々《しろじろ》とみえる顔立ちが、いかにもかわいらしく感じられる。眉《まゆ》のあたりはすこし快活すぎるのが、やや上品さを損ねているようにも見える。が、そのほかは、どこといって難とすべきところもないほどの美しさであった。

中将、源氏と玉鬘の様子を垣間《かいま》見る

中将は、源氏がいかにも親密そうに話しているのを見れば、常々、なんとかしてこの女君の姿形を見てみたいものだと思い続けていた心から、部屋の隅の御簾あたりに近寄っていった。中には几帳が立ててあるにはあるが、昨日の騒ぎできちんとはしていない。中将は、その几帳の垂れ絹を、そろりと引き上げて中を覗き込むと、本来なら視線を遮《さえぎ》るべく置いてある屏風やらなにやらもみな取りかたづけてあるために、なんと、丸見えであった。

すると、源氏が玉鬘に戯れかかっている様子がはっきりと見える。

〈なんと、おかしなお振舞いを……いかに親子だとは言いながら、こんなふうにまるで幼な子を懐に抱き寄せるように、もう大人の娘に馴《な》れ馴れしい態度を見せるとは、そんなことがあっていいものだろうか〉と、自然目を惹かれる。こんなふうに垣間見しているところを父君が見付けやしないだろうかと思うと、それは恐ろしいのだが、今見る光景の不可解さに、内心びっくりしたこともあって、なお目を離すことができない。すると……。

柱の陰にいる玉鬘が少し横を向いていたのを、源氏が捉《とら》えて引き寄せると、女の髪がさながら片方に寄って、さらさらと顔にこぼれかかる。女も、こんなことをされるのはほんとうに面倒で心苦しいと思っているらしい様子ながら、それでもおだやかな表情でなすがままにさせている。そんなふうにして、玉鬘は源氏に体を預けているのは、もはやすっかり馴れ馴れしい間柄になっているらしく見受けられる。とはいえ、中将にしてみれば、〈ああ、なんとまた厭《いと》わしいことを。これはいったいどういうことなんだろう。女と見れば思いを懸けぬことがないというお心だから、はじめから手許《てもと》で育てて見慣れていた関係ではないとなれば、こんな色事めいた思いもお持ちになるのであろう。それも無理のないことかもしれないが、それにしても、ああ、疎《うと》ましいことを〉と思うにつけても、気恥ずかしい心持ちがする。

〈それにしても、あの人のお姿は、まったくいかに姉弟《きょうだい》だとしたって、すこし縁遠く腹違いの間柄だとでも思ってみたら、やっぱり恋慕の道に踏み迷わぬものとも言いきれぬなあ、あれでは……〉と、中将は思い、また、〈昨日見た、紫上さまのご容姿と比べれば、それは少々劣るかもしれないが、しかし、こうして見ているだけで、自然に頬の辺りが緩んでしまうほどの美貌ゆえ、もしかしたら並び立つほどの人かもしれぬ〉というふうに見もするのであった。そうすると、中将の心には、あたかも八重の山吹が咲き乱れたその花盛りに、しっとりと露が置いた夕べの、もう暗くなった西の空にほんのりと明るみが残っている景色が、ふっと思い浮かばれる。

こんな秋の最中《もなか》に山吹の花だなんて、いかにも季節外れの喩《たと》えごとには違いないが、それでもそういう感じがするのだからしかたがない。よろずに花の盛りには限りがあるし、また、どうかすれば乱れそそけた蕊《しべ》などもいくらか混じったりもするだろうから、こうした得も言われず美しい人の姿というものは、比喩を以ては、なんと喩えようもないということであったが……。

あたりには、近侍の女房なども姿を見せず、源氏は、たいそう濃《こま》やかな思いを込めて、しきりと女の耳元に囁き入れていたが、やがて、どうしたのであろうか、にわかに真顔になって立ち上がった。

女君は、

吹き乱る風のけしきに女郎花《をみなへし》
しをれしぬべきここちこそすれ

ひどく吹き乱れる風の気配に、女郎花は、すっかり折れ伏し果ててしまいそうな心地がすることでございます……もうそんなみだりがわしい口説きごとはうんざり……

と歌を詠じかける。少し離れている中将には、玉鬘の声までは聞き取れないが、それでも、この歌を鸚鵡返《おうむ》しに口ずさむ源氏の声が、かすかに聞こえてくると、憎らしい思いがわくものの、なお心惹かれるところがあって、ことの顛末《てんまつ》をすっかり見届けたいところであったが、万一見つかりでもすれば、なんだこんな近々としたところにいて、やりとりを聞いていたのかと源氏に悟られては一大事と思うゆえ、見果てぬうちに退散していった。

源氏が歌を返す。

「した露になびかましかば女郎花
　荒き風にはしをれざらまし

　荒々しい上風《うわかぜ》に靡《なび》くのでなくて、ひっそりと秘めた下露《したつゆ》になびくのであったら、
　女郎花だって、折れ伏したりはせぬものをな

あの、風には折れぬなよ竹をごらんなさい」

こんなことを言っていたように聞こえたのは、ひが耳であろうか。なにやら耳障りな言

いかたであったが……。

源氏、花散里のもとへ

そこから、同じ東北の御殿の東側のほうへ、源氏は渡っていく。

今朝、にわかに朝寒《あさざむ》になったゆえ慌てて冬物など仕立てるのであろうか、せっせと裁ち縫いなどする年取った女房たちが、花散里の周囲にたくさん集《つど》うているかと思えば、細長い櫃《ひつ》のようなものに、綿《わた》を引っかけて手で延べたり押さえたりしている若い女房たちも見える。

そんななかに、主《あるじ》の花散里は、たいそうこざっぱりとした朽葉《くちば》色《いろ》の薄物《うすもの》や、派手やかに濃い紅梅色《こうばいいろ》の、砧《きぬた》で打って素晴らしい艶を出した絹布《けんぷ》などを、せっせと広げて裁縫に余念がない。

「これは中将の下襲《したがさね》(晴れの時の下着)かな。……しかし、宮中の壺前栽《つぼせんざい》の宴《うたげ》も今年はとりやめらしい。まず、こんな大嵐に吹き散らされてしまっては、宴どころではあるまい。まったく面白くもない秋になったようだ……」

いつもこの季節、中秋の名月の折には、宮中のこなたかなたの壺庭《つぼにわ》の植込みの草木にちなんで歌合わせの宴が催されるのだが、今年は野分の余波《よは》で壺庭も全滅状態ゆえ、それどころではないのであった。

そんなことを独り言のように言いながら、源氏は、あたりに取り置かれている絹ぎぬを見渡して、〈これらは、いったい何につくるのであろう、ずいぶん色とりどりで、美しいものだ……この染めたり縫ったりという方面は、花散里も紫上におさおさ劣るまいな〉と思うのであった。なるほど、源氏の着るはずの直衣や、花の丸の文を織り出した綾絹《あやぎぬ》が、つい最近摘み取ってきた露草の花で、淡々《あわあわ》と青く染めてあるのを見れば、まさにもっとも好ましい色合いなのであった。

「私よりも中将にこそ、こんな色合いに美しく染めたものをお着せなさるがよい。若い者の直衣には、まことに似合いというものだ」

などということを、花散里に申しおいて、源氏は立ち去っていく。

中将は明石の姫君のもとで二通の文を書く

さまざまに心を疲れさせるような女君がたの所々を巡っていく源氏のお供をしているあいだ、中将は、なんとなく心が屈して、もうこんなに日が高くなってしまったのに、昨夜の大風の見舞いを、愛しい雲居の雁にも書けずにいることを気に病みながら、やがて東南の御殿の西側、明石の姫君のところへやってきたが、姫君の姿は見えぬ。

「姫君さまは、まだ東の紫上《うえ》さまのところにおいででございます。夜来《やらい》の風を怖がられて、ずっとお休みになれなかったのでございましょう。今朝はまだお起きになれないようでございますもの」

と乳母《めのと》が言う。

「ほんとうに恐ろしいほどの風だったから、わたくしがお側についていて差し上げようと思ったのですが、三条の大宮さまが、たいそう心細がっておいででしたから……。あちこち倒れた建物などもあったようですが、お人形の御殿はご無事でしたろうか」

などと中将は問いかけた。さすがに女房たちは笑いさざめいて、

「それはもう、扇の風をお送りする程度のことですら、大騒ぎなさいますのに、まして昨夜の嵐でしたものを……、ほとほと吹き倒されようかという大風でございましたから。わたくしどもも、この御殿のお守《も》りには、困りはてておりました」

などと語った。

「ところで、あまり大げさにならないような紙があるだろうか。こちらのお局《つぼね》の硯《すずり》といっしょにちょっと拝借したいのだが」

中将は、そんなことを頼みかける。女房は、姫君ご用の厨子《ずし》のところへ行くと、中から紙一巻《ひとまき》を、硯箱の蓋《ふた》に乗せて差し出した。

「おっと、姫君ご用の紙を頂戴しては、恐縮至極……」

などと口には言いながら、中将は内心、西北《いぬい》の御殿の主、明石の御方の身の程を思い合わせて、〈ま、よかろうな、頂戴しても〉と思いながら、その紙に文を書いた。

紫の、薄い鳥の子紙であった。

中将は、墨も心を込めて磨り、筆先の調子なども慎重に見ながら、考え考え丁重に情細《じょうこま》やかに文を書き進めている、その様子はまことに素晴らしい。……が、肝心の歌となると、さていかがであろう、妙にお定まりのあまり感心できぬ歌いぶりである。

風騒ぎむら雲まがふ夕《ゆふべ》にも
忘るる間《ま》なく忘られぬ君

風が吹き騒ぎ、むら雲の乱れゆく夕べにも、
片時として忘れる間のないほど、そのくらい忘れられないそなたなのだよ

と、こんな歌を、風に吹き乱された褐色《かっしょく》の穂をつけた苅萱《かるかや》に結びつけて贈ろうとするので、それを見た女房たちが、

「あの恋文で名高い交野《かたの》の少将は、紙の色とそれを結ぶ草木の色を、必ず揃《そろ》えたものでございますよ」

と諌《いさ》めるものだから、中将は、たじたじとなる。

「いや、それしきのことも思いつきませんでした……。されば、どこの野辺のほとりに咲く、どんな花につけたらよろしゅうございましょうか」

などと答える中将は、かくのごとき女房衆にさえ言葉少なに受け答えるという調子で、心から打ち解けるという様子もない。ただ、きまじめで気品高い若君であった。

こうして一通の文を書き終えると、次にまたもう一つ書いて、いずれも右馬《うま》の助に手渡

すと、助はまた、一通は姿の良い童《わらわ》に、もう一通は物馴れた随身《ずいじん》に、それぞれなにごとか耳打ちしながら託すのであった。これを見ては、若い女房衆など、好奇心満々で、いったいどなたに宛《あ》てての文どもなのか知りたがる。

中将、明石の姫君を垣間見《かいまみ》る

やがて、明石の姫君が東のほうから戻ってくるというので、女房たちは、さわさわと衣《きぬ》擦《ず》れの音をさせてあちこちし、また几帳をきちんと引き回し直しなどする。

中将は、あの満開の樺桜のような紫上や、八重山吹の盛りのような玉鬘の、花々と美しい顔々と、ここの姫君の姿とを思い比べたくなって、いつもだったら、それほど垣間見などに心を寄せる中将ではなかったけれど、こたびばかりは、なんとしても覗き見たいとばかり、開き戸の戸口に下ろしてある御簾を引きかぶるようにして、几帳の垂れ絹の切れ目から一心に覗き込んでいる。すると、なにかの物陰からすっと通り抜けていく姫君の姿が、ちらりと見えた。

それでも、おおぜいの女房どもが、うるさいほどに右往左往して視界を遮って、仔細には観察することができないので、中将はいらいらした。

薄紫の衣《ころも》に、髪はまだ身の丈には至らぬ長さ、その毛先は扇のように広がって見える。体はまだ細く小さく、いかにも労《いたわ》しいばかりにかわいらしいのが、なんだか痛々しい。

〈おお、思えば、一昨年《おととし》あたりには、たまさかにちらっと見たこともあったが、あの幼かった時分に比べたら、なんとまた美しく成長したように見えるなあ。まして、この先娘盛りになったら、どれほど美しかろう……〉と、中将は思ったついでに、〈先に見た女君がたが、桜や、山吹のように美しかったと喩えようなら、……さしずめこの姫は、藤の花とでも言ったらよかろうかな。高い木に這《は》いまつわって、花房《はなぶさ》がふっさりと咲いて、それが風に靡《なび》くその美しさは、きっとこんな風情であろうにな〉などと思い比べるのであった。

〈されば、これほどに美しい人たちを、自分のものにして、明け暮れ好きなだけ見て暮らしたいものだが、……いや、僕だって、そうしたいと思えばできるはずなのに、どの女君にも、一人一人きっちりと隔てられているのが辛い……〉などと思い続けるうちに、さしも生まじめな中将の心も、恋の思いに、ふわふわと魂が体から抜け出ていくような心地がしてくる。

中将、大宮のもとに。そこへ内大臣も訪れる

三条の祖母大宮のもとへ、つぎに中将はやってきた。

大宮は、折しも心静かに仏様に向かって勤行《ごんぎょう》の最中《さいちゅう》であった。姿のよい若い女房どもも、ここには近侍していたが、その振舞いといい風姿といい、また装束のありさまといい、今を盛りの六条院の人々とはとうてい比較にもならぬ。そういう中では、大宮に随《ずい》従《じゅう》して出家した姿のよい尼たちの、墨染めの衣に身をやつした者のほうが、却ってこうした所柄《ところがら》には、相応に心惹かれるものがある。

そこへ内大臣もやってきた。

灯明台《とうみょうだい》の明かりを点じて、のどかに物語などをしていると、大宮は、

「姫君には、もう久しくお目にかからぬのが、ほんとうに驚き呆《あき》れるばかり……」

と言い言い、ひた泣きに泣いている。

「いや、じきに、もうすぐにもこちらへ参上させましょう。なんだか、自分で自分を追いつめては思い悩んでいるような気配で、せっかくの娘ざかりなのに、惜しいほどに衰えや

つれてしまっているようでね。ああ、女の子など、思い切って申せば、持つべきものではなかった……。良きにつけ、悪しきにつけ、なにかと心配の種ばかりだ」

などと、いまなお大宮に対して心の隔てが解けていないような様子で畳みかけるので、大宮は、ただただ辛く思うばかり、それ以上は強いて雲居の雁との対面を願いもしない。

こんな物語りのついでにも、内大臣は、

「いやあ、まったくひどく不調法な娘を儲《もう》けてしまいましてなあ。ほとほと手を焼いておりますよ」

などと近江の君のことに触れては愚痴をこぼし、苦笑いする。

「おやおや、それはまた妙な。あなたの娘という名のついたものに、そんなに不出来な者がいるわけがありましょうかしら」

大宮がそう言うと、内大臣は、こう答えたとか……。

「さればこそ、格好悪いことなのでございますよ。さてさて、なんとしてお目にかけましょうかなあ」

行幸
みゆき

源氏三十六歳から三十七歳

源氏、玉鬘について思い巡らす

……と、このようにあらゆることを思い巡らして、なんとかして良い解決法はないものだろうかと、源氏は、玉鬘の行く末について、案じ煩っている。

しかし、「とにかくに人目つつみをせきかねて下《しも》に流るる音無しの滝(我が恋が人目に触れぬように心に堤を立てて、思いを包み包みしてみたけれど、どうやってもこうやっても堰《せ》きとめることができなくなって、ついに音無しの滝のながれではないけれど、音も無く泣かれて、下心がながれ出してしまうことだ)」という古歌の心さながらに、下心に包んでいた源氏の恋情が、とうとう堤が決壊したように流れ出てしまって、なにかとけしからぬ振舞《ふるま》いに及ぶこと、玉鬘としては、ますます厭《いと》わしく、すべては紫上の恐れていた通りになってゆく。このままこの邪《よこしま》な恋が進んでいけば、源氏にとって、またもや身分がらには軽々しい浮き名を流しかねないところだというのに……。

かの内大臣は、なにごとにつけても、きっちりと黒白《こくびやく》をつけないと気が済まない性格で、すこしでも中途半端なことがあると、それを大目に見ておくということができない。

〈なにぶん、ああいう気質ゆえ、万一玉鬘のことが知れでもすれば、適当に分別《ふんべつ》してくれるなどは考えられぬ。それどころか、それならそれで、はっきりと「源氏は自分の娘玉鬘の婿《むこ》だ」なんぞ言って、天下に披露するにちがいない……それはとんだ笑いものにもなろうというものだ……〉と、源氏はとつおいつ思い巡らす。

大原野の行幸

その師走《しわす》に、大原野《おおはらの》の行幸《ぎょうこう》とて、世上あまねく大騒ぎをしたことがある。六条の院からも、むろん女君がたやその女房衆など、総出で見物したことであった。

帝《みかど》は、卯の時(早朝六時ころ)に内裏《だいり》から出御《しゅつぎょ》あって、朱雀大路《すざくおおじ》を南下し、五条大路を西へ向かった。その道筋には、桂川のほとりまで、物見《ものみ》の車が立ち続いて寸地《すんち》の空隙《くうげき》もない。

行幸といっても、いつもこのような大騒ぎでもないのだが、今回は、随行の親王《みこ》がたから、上達部《かんだちめ》も、みな格別に馬や鞍《くら》を美々《びび》しく調《ととの》え、随身《ずいじん》、お馬係にいたるまで、顔形美しく、体つきも立派な者たちが選ばれた上に、それがまた装束《しょうぞく》を飾り立てて行列していくのだから、めったとない素晴らしい見《み》ものであった。

左大臣、右大臣、内大臣も付き従ったのはもちろん、納言《なごん》より下の官人《かんにん》たちもまた、一人残らず行列に加わっている。こうした盛儀の常として、諸臣は麴塵《きくじん》とて青みがかった袍《うえのきぬ》を揃《そろ》って着《ちゃく》し、帝一人は赤い袍に身を包まれる。この青い袍の官人たちは、下に葡《え》萄《び》染《ぞめ》(薄紫)の下襲《したがさね》を、殿上人《てんじょうびと》から五位六位の者どもまで揃えて着ている。

おりしも、ちらりちらりと雪が舞ってきて、お行列の道は、空までが花びらでも散らしているかのように浮き立って見える。

親王がたや、上達部たちのなかで、鷹狩《たかがり》に関与している人々は、珍しい狩の装いもものものしく見える。しかも、そのなかで、近衛府《このえふ》の鷹飼い連中は、さらに世人が目にしたこともないような、さまざまの摺《す》り出し模様の付いた狩衣《かりぎぬ》を思い思いに着しているのは、これまた異風《いふう》の出で立ちである。

この珍しく興味津々たる見物には、物見高い人々は競って押し合いへし合いし、大したこともない身分の人ともなると、貧相な安物の車など、たちまち車輪を押しつぶされて、世にも哀れなありさまとなっている。

お行列は、やがて桂川に浮かべた船の上に渡しかけた浮橋《うきはし》を渡御《とぎょ》していくのだが、そのあたりには、とりわけ高い身分の人々の、美しく仕立てられた車が右往左往しているのが見える。

　西の対の姫君玉鬘も、見物に出かけてきた。

　玉鬘は、この大勢の供奉《ぐぶ》の人々が、我こそはと競う心で綺羅《きら》を尽くして身を飾り立てているのを仔細《しさい》に眺め比べている。すると、帝が、赤い御衣《おんぞ》をお召しになって、御輿《みこし》の上に端然《たんぜん》として動かずにおいでの、その横顔の立派さ……これには誰も比肩《ひけん》することなどできぬ。わが父内大臣を、人目に立たぬようにそっと気をつけて眺めていると、たしかに輝くばかり、なにやら清々《すがすが》しげで美しい男盛りではあるけれど、それも、帝に比べては限界がある。どんなに素晴らしくても、しょせんは「立派な風采《ふうさい》の臣下」というに留まって、御輿のうちの帝から他の人に目移りがするということはどうしてもないのであった。

　ましてや、「容貌《かおかたち》が美しいわ、すてきだわ」などと若い女房どもが、失神しかねないほどにうつつを抜かしている中将、少将などの貴公子がたなど、まるっきり問題にもならぬくらい霞《かす》んでしまっているのだから、すなわち、帝のお美しさご立派さが、さらさら世にも比類なきものであることがわかる。

　源氏の大臣《おとど》の顔立ちは、まるで同一人かと思うくらい、帝そっくりなのだが、思いなしか、帝のほうが重々しさがあって、もったいないばかりにすばらしい。そうなると、つまりは、帝のようにご立派な人は、他にはいるはずもないということなのであった。

玉鬘は、日ごろから源氏や中将など一級の美男ばかり見慣れているせいで、高貴な身分の人々は、だれもみなそんなふうに美しく格別なものだとばかり思い込んでいたのだが、さてさて、こうして晴れ装束ものものしくやってきた貴公子たちなど、もうすっかり目にも入らぬのは、あれらの者たちがよほど不格好な連中だというのであろうか、……そんなこともないはずなのだが、まったくのところ、同じ目鼻をもっているとも思えず、見る影もなく霞んでしまっている……。

あの蛍の兵部卿の宮も来ている。

右大将《うだいしょう》は、日ごろ重厚で浮《うわ》ついたところのない人であるが、今日のお行列に供奉する姿を見れば、たいそうすっきりとした装束を着し、胡籙《やなぐい》（矢箱）に立派な矢を立てて背に負い、堂々と進んでくる。が、色は真っ黒、顔中髭《ひげ》だらけというふうに見えて、玉鬘の目には、まるっきり気に入らぬ。……いや、身近な女たちがみんな真っ白に化粧しているのと引き比べて、それに似るはずもない大将の髭黒な顔を云々《うんぬん》したところで、なんの意味があろう、それははじめから理屈に合わぬことと思うけれど、玉鬘の世慣れぬ目からは、この風采のゆえに一段も二段も低く見てしまったということなのであった。

〈源氏さまは、いろいろお考えになって、宮中へ尚侍《ないしのかみ》として仕えてはどうか……なんておっしゃるけれど、どうだろう、……宮仕えとなったら、中宮さまや弘徽殿女御《こきでんのにょうご》さまもいらっしゃることゆえ、私がどう思っていようとも結局、なにかと見苦しい居心地の悪いことになりはしないだろうか〉と、これまでは遠慮する気持ちが強かった。けれども、いまこうして美しい帝のお行列を目にするにつけて、〈陛下と特に馴《な》れ馴れしい間柄になるのでなくて、男女の情《なさけ》など抜きにした、ただの官職の範囲でお仕えして、それで折々お目にかからせていただくというのであったら、それはそれで、愉しいかもしれないし……〉と、玉鬘は思いを寄せるのであった。

源氏と帝の歌の贈答

かくて行幸のお行列は大原野に到着する。

御輿がとどめられる。供奉《ぐぶ》の公卿《くぎょう》たちは、幔幕《まんまく》を張り巡らした仮屋で食事を摂《と》り、また束帯《そくたい》の堅苦しい正装から、直衣姿《のうしすがた》、また狩衣《かりぎぬ》の装いなどに着替えたりするうち、六条院の源氏のもとから、御酒《おおみき》や果物などを奉ってきた。

じつは、今日のお行列には、源氏も供奉するようにと、かねてからのお沙汰《さた》があったのだけれど、源氏は、物忌み中だということを理由に供奉を遠慮したのであった。

この献上品への返礼として、蔵人《くろうど》の右衛門尉《うえもんのじよう》という者をお使者として、大原野に狩り獲《え》たる雉《きじ》の番一双《つがいいつそう》を木の枝に付けてご下賜《かし》になる。ついては、帝から源氏へ、なにかお言葉もあったはずであるが、こういう盛儀の折のお言葉までも、あれこれと口にするのはいかがなものかと思われるゆえ、これくらいにしておく……。

雪深き小塩《をしほ》の山にたつ雉《きじ》の
古きあとをも今日《けふ》は尋《たづ》ねよ

雪の深く積もる小塩の山に雉が飛び立ったらしい、雪の上に古い跡が残っている。
されば、太政大臣が行幸に供奉したと伝える、その古い先蹤（あと）を、
そなたも今日は訪ねてきたらよかったろうに

帝は、こんな歌を詠んで贈られた。おそらくは、かつて太政大臣がこの野への行幸に供奉した前例などあったのであろう。

このわざわざのお心遣いに恐懼《きょうく》して、源氏は懇《ねんご》ろに使いの者をもてなした。

源氏の返し歌。

小塩山みゆきつもれる松原に
今日ばかりなるあとやなからむ

小塩山に深雪《みゆき》が重ね重ね積もったごとく、行幸《みゆき》も度重なっているあの松原に、今日ほど盛んな前例《あと》もございますまいに。跡《あと》をたずねよとの仰せながら……

……などなど昔話に聞いたものの、ほんの端々《はしばし》が思い出されるばかり、あるいは聞き違いであったやもしれぬ。

翌日、玉鬘、源氏と消息を贈答す

その翌日。

源氏は、西の対の玉鬘のところへ、

「昨日、陛下のお姿を拝見させていただいたでしょうか。ついては、かねて申しておいた、宮仕えの件、諾《うべな》う気になられましたか」

と消息を遣わした。それも、殺風景な白い色紙に、ひどく馴れ馴れしい文体で書いてあった。とくに色めかしいことを事細かに書くという風情ではなかったが、それだけにかえって面白みがある文面を見て、玉鬘は、

「また、こんなことを……」

と笑いはしたものの、しかし〈ほんとうに私の心などお見通しだこと……〉と思う。

そして、さっそく返事を書いた。

「昨日は、

うち霧《き》らし朝ぐもりせしみゆきには
さやかに空の光やは見し

……ほうと霧りわたって朝曇りしておりました、あの行幸（みゆき）には、深雪（みゆき）まで降り添うておりましたものを、どうして雲の上の君の御光《みひかり》まで拝見できたことでしょうか

陛下のお姿といい、宮仕えのことといい、わたくしには、よく分からぬことばかりでご

ざいます」

と、このように書いてあったのを、紫上も見た。その時源氏は、

「いや、例の宮仕えのことを、昨日また勧めておいたのだが、陛下のもとには、私の娘分として差し上げた中宮がおいでだから、同じ家の娘分として入内《じゅだい》するのは、なにかと憚《はばか》りがあろう。といって、内大臣に娘であることを知らせて、あちらからの入内という形にすれば、こんどは弘徽殿女御がお仕えしている。それで、あれも具合が悪い、これも都合が悪いと、あれこれ思い乱れていると見える……まあ、そういう話さ。もしこれが、若い者で、陛下のご寵愛《ちょうあい》を賜るのになんの遠慮もせずに済むような立場であったら、あのご立派な陛下のお姿をちらりとでも拝見して、まさか宮仕えはすまいなどと思う者もおるまいにな」

と、そんなことを愚痴のように言い聞かせる。

「ま、またそんなことを仰せになって……。陛下のお姿を、どれほど素晴らしいと拝見したとしたって、女のほうから宮仕えを思い立つなんてことは、あまりに厚かましい心がけというものでございましょうほどに、ふふっ」

と紫上は笑う。

「いやいや、そなたがあの立場だったら、きっと素敵素敵と騒ぐだろうな」

などと、源氏は、とんでもない戯れ言を言い言い、また返歌への返しを玉鬘に贈り、

「あかねさす光は空にくもらぬを
などてみゆきに目を霧《き》らしけむ

あのあかねさす日の光が空に曇りなく輝いているように、帝のお姿は光り輝いていたというのに、どうしてそなたひとりはあの行幸（みゆき）の折に、深雪（みゆき）のゆえに目に霧がかかっていたのだろうか

それでもなお、宮仕えを決心なされよ」

など、絶えずこのことを勧め続ける。

ともあれ、まずは成人の儀、御裳着《おんもぎ》を済ませることが先決だと源氏は思って、そのために必要なさまざまの調度を、これまた手の込んだ美しい細工の品々で揃えさせる。

いったい、源氏という人は、なんの儀式にせよ、心中にはさしたることとも思わぬ場合であっても、自然と盛大に厳《いかめ》しく事を行ないがちであったが、ましてこたびは一つの下心のあるゆえに、いっそう大げさなことになってしまうのであった。その下心とは……この

儀式をよい潮《しお》に、内大臣に本当のところを打明けてしまおうかというのである。そうなれば、内大臣の手前、一点の瑕瑾《かきん》なきを期して、お道具の一つ一つ、素晴らしいものばかりを、置き所に窮するほどに並べ立てざるを得ぬ。

そうして、その御裳着は、年があらたまって後、二月のほどに、と源氏は思っている。

〈もとより、女というものは、世人の評判が高くて、いまさら名前を隠しておくことのできぬ年齢になっていても、人の娘としてしかるべく深窓《しんそう》に養われている間は、氏神《うじがみ》への参《さん》詣《けい》なども、かならずしもそうそう人目につくような形でしなくても済む。それゆえ、今までは、玉鬘とて、内大臣の娘だということはとかく紛らして過ごしてきたが……、さてさて、これからほんとうに尚侍として宮仕えさせるとなったら、氏素性《うじすじよう》をごまかして源家《げんけ》の娘として出《い》だし立ててやるか……いやいや、なにもかも神はお見通しだ。内大臣家の氏神春日《かすが》の神のお心に背《そむ》いてまでそのことを実現させたとしても、最後までことを隠しおおせるとも思えぬが……。万一そんなことをして事が下手《へた》に露見に及べば、なにもかも私が故意にこんな謀《はか》りごとをしたのだろうと、後々《のちのち》までよからぬ評判ともなろう。これが、そこらの平凡な家々の子であったなら、このごろの風潮として、さっさと氏を改めてしまうということもたやすいかもしれぬ、しかし……〉など、源氏は思い巡らす。

〈結局、親子の縁というものは、切っても切れぬものゆえ、同じことなら、そうだ、人の噂《うわさ》になる前に、やっぱり自分のほうから堪忍《かんにん》して内大臣に知らせてやろう〉と、源氏は決心する。その上で、御裳着の儀の折の腰結《こしゆ》いの役には、実父の内大臣を頼むことにしようか……。というので、内大臣に内々依頼の文を送ってみた。すると、大宮が去年の冬以来病み臥《ふ》していて、病状がいっこうに好転せぬゆえ、このような晴れがましい折のお役目はなにかと都合が悪かろう、という辞退の返事が来た。

中将も、大宮の病のために、夜昼、三条の大宮のもとに伺候《しこう》していて、ひたすら看病などに明け暮れている。

〈こんな状況では、どうしたものであろう〉と源氏は案じ煩《わずら》って、また、〈世の中ほど定めないものはない。宮のお命もいつを限りともしれぬ。これで万一にも、宮がお亡くなりになるようなことがあれば、本来孫にあたる玉鬘はしかるべく喪に服さねばなるまい。それを知らぬ顔して晴れがましい裳着など強行すれば、いかにも罪深いことがあれこれとあろう。されば、大宮がご健在のうちに、いそぎ事の真相を公《おおやけ》にしてしまおう〉と臍《ほぞ》を固めて、源氏は、三条の大宮のもとへ、病気お見舞いかたがた出向いていった。

源氏、大宮の見舞いに赴いて玉鬘のことを語る

太政大臣とて位人臣《くらいじんしん》を極めた今は、どんなに内輪に振舞っているつもりでも、源氏の出御《しゅつぎょ》のたたずまいは以前にも増してものものしく、かの大原野への行幸に勝るとも劣らぬ。しかもその容貌風采《かおかたちふうさい》は、現世《うつしよ》のものとは見えぬほど素晴らしく思える。

大宮は、久々にその姿に接するとあっては、気分の悪さもさっぱりと消えてなくなるような心地がして、床《とこ》の上に起きていた。脇息《きょうそく》に寄りかかって、いかにも弱々しい感じではあるが、それでもずいぶんよく話した。思えばこうして源氏がこの邸《やしき》にやってくるのは、中将の元服の式以来、四年ぶりになるのであった。

「御加減はさまでお悪くてもいらっしゃらなかったものを、なにぶん、あの中将……なにがしの朝臣《あそん》めが、どう心惑い致しましたのやら、とんでもなく大仰に案じ嘆き申すようでございましたから、わたくしはもう、どれほど篤《あつ》しくておわすかと、ひたすら心配申し上げておりました。いや、もっと早くお見舞い申し上げるべきでございましたが……、なにぶん、ただいまは、身分柄、もはや内裏などにも特別の用件がない限りは参上いたしませ

ず、まるで朝廷《おおやけ》にお仕えしている者とも見えぬような日常で、日々籠《こも》りおりますありさまなのでございます。されば、万事まごまごいたしまして、なにもかもすっかり大儀《たいぎ》になってしまいました。ただ年齢のみから申さば、わたくしよりも年長《としした》けた人が、なお老い屈《かが》まって腰の立たなくなるまでお仕えする、などという例《ためし》が、昔も今もあるやに存じますが、わたくしなどは、妙に愚かしい生まれつきのうえに、年のせいですっかりものぐさになってしまったのでもございましょうか……」

などと源氏は言い訳のように言う。大宮は静かに答えた。

「この病も、結局は年のせいかと存じておりますので、はかばかしくもなく、もう幾月《いくつき》にもなります。……それが、今年になりましてよりは、いよいよこの先、頼み少《ずく》なになってまいりましたような気がいたしまして、もはやこの世にあるうちには、今一度《いまいちど》こうしてお目にかかり、また、お話など申し上げることも叶《かな》わぬままに終わるのかと、ひたすら心細い思いを致しておりました。が、今日このようにお姿を拝しまして、また少し命の延びる思いが致しますことでございます。いえ、今さら命が惜しいのなんのというような年でもございません。それに、家族などに先立たれ、いい歳をしてなおこの世に未練らしく生き残っている……そんな人々のことを、他人のこととして見ておりました時は、なんてまたみっともないことだろうと思っておりましたので……、いよいよわが身の番ともなりますと、早くお迎えの仕度をしなくては、と心ばかり急《せ》かれてなりません。でも、あの中将の君が、ほんとうに親身になっていっそ不思議なくらいに、わたくしの身の回りの世話をしてくれます。それで、心から心配してくれている様子を見るにつけても、その中将の君のことばかりでなく、外に儲けた姫（雲居《くもい》の雁《かり》）のことやらなにやら、心にかかってこの世に引き留められ、こうして長々と生きているようなわけでございます」

大宮は、そう言って、ただ泣きに泣く。その声はわなわなと震えて、ちょっと見にはなにか愚昧《ぐまい》なように見えるけれど、大宮の身になってみれば、愛育した孫たちのことが胸に迫ってのことゆえ、まことに哀切なことであった。

よもやまの物語を、昔のこと今のこと、取り集めて語り交わすついでに、源氏は、ついに本題を切り出した。

「内大臣どのは、こちらへも日を隔てずお出でになりましょう。もしそうした折にお目にかかれたら、どれほど嬉しいことでございましょうね。じつは、なんとしても申し上げお知らせしたいと思うことがございますが、そういう折でもなければ、これで、お目にかかるということもなかなか難しゅうございますので、どうしたものか思案投げ首というところにて……」

「朝廷《おおやけ》の政務が忙しいのでございましょうか、それとも親子の情愛が薄いのでございましょうか、ともかく内大臣は、それほど繁《しげ》くもこちらのほうへは見舞ってもくれませぬ。で、その仰せのご用向きとは、どのような筋のお話でございますか。……中将が恨みがましく思っておりましたこともございましたもので、わたくしから、内大臣に、『そもそものなれそめがどうであったかはよくも知りませぬが、今ではごくそっけなく持て扱っておりますそれだって、ひとたび浮き名が立ってしまえば、それを今さらもとに戻すことなどできはしません。それどころか、まるでたわけたことのように、却《かえ》っておもしろずくで世人はいい触れ回ることでしょうに』などなど、よほど申し聞かせましたのですが……、内大臣は、昔から思い込んだら命がけという気質《かたぎ》にて、どう話しましても、聞く耳をもちませぬゆえ、わたくしとしては、なんだか割り切れぬ思いでおります」

大宮は、てっきり中将と雲居の雁の一件のことかと合点して、こんなことを言う。

源氏はからからと笑った。

「あいや、その一件は、いずれ言うてもしかたのないこと、それならいっそもう許すことにしてやろうというような思いも内大臣にはあるやに仄聞《そくぶん》いたしましてね、わたくしのほうからも、それとなく口添えなど致したこともございました。が、却ってその後はますます厳しく接触を禁じておられる様子を拝見してののちには、なんとしてさように要らぬ容喙《かいよう》をしたものかと、なにやら体裁悪く思って、悔いていたところでございました。……それにいたしましても、世の中には、なにごとにつけても、清める……水に流す、ということがございましょうに……。いったん汚《けが》れがついたとしても、それを早いところ清い水で濯《すす》ぎ流してしまえばよかったのにと存じますが、内大臣は、どうしてそうなさいませんでしたかな。あまり大げさになさった結果には、濁りも並大抵ではないほどになってしまいましたから、今さらこれをすっきりと洗い流して、なにもなかった時分の、あの清らかに澄んだ状態に戻してくれる水など、まずどこにも無いのではございますまいか。ああ、どんなことだって、こうした問題は、後《あと》になればなるほど、悪くなりこそすれ良くなるなどということはない、それが道理でございましょうになあ。まことにお気の毒なことながら……」

このように、源氏は、内大臣の頑《かたく》なな差配《さはい》のせいで、雲居の雁にすっかり悪い評判がたってしまったことを当てこする。それから、ふと話を本題に進めた。

「それはともかく、じつは……内大臣がお世話なさるべき人を、うっかりと思い違いをすることがございまして、わたくしが本意にもあらず尋ね出して、手許《てもと》に引き取ってしまうということが出来《しゅったい》いたしたのでございます。が、引き取ってしばらくは、そのような掛け違った事実を、当の姫君が明かしてくれませんでしたので、わたくしのほうも、強いては事の真相を尋ね求めようともいたしませず、ただ、わたくしの血を引くものがいかにも少ないことをよい口実に、なんの構うものかとばかり、みずから見許すことにいたしました。それで、引き取りは致しましたが、さまで懇《ねんご》ろに愛育することもなく、もう何年もそのままにいたしておりましたが、どこでお聞き遊ばされてのことでございましょうか、内裏の御上《おかみ》から、お言葉がございましてね。……尚侍《ないしのかみ》が、欠員になっているので、内侍所《ないしどころ》の政《まつりごと》がきちんとせぬ。女官なども、御上のご用を承《うけたまわ》るについて、頼りにする人がいないので、なかなか事が順調に運ばぬ。只今のところは、御上のお側仕えの老いた典侍《ないしのすけ》が二人、またそのほかにもしかるべき立場の人々が、尚侍任官のことを人づてに申し入れては来ているのだが、尚侍に相応しい人材をしっかりと選ぼうということになると、御意《ぎょい》に適うような人はなかなか見当たらぬ。尚侍ともなると、なんといっても家柄が高貴で、人の声望も重々しく、実家の仕事のことなどは気にかけるに及ばないというような人が昔から選任されてきた伝統がある。ただ、しっかりと実務をこなせるということで選ぶなら、別段そうした家柄の出でなくとも、長く恙《つつが》なく勤めているうちには、その功労《こうろう》によって尚侍に昇格するという事例も、まま無いではない。しかし、現状において、そのたぐいの人材も見当たらぬということであれば、世に聞こえある家の娘のなかから適宜選び出すがよかろう……と、まあ、そんなことを陛下が内々《ないない》に仰《おお》せ下されたのでございます。そうなりますと、内大臣とて、それは自分には似つかわしくないことだなどとお思いになる道理もございますまい。

思いますに、こうした宮仕えは、やはり相応の位に選ばれて帝のご寵愛を賜《たまわ》る、まずそこが肝心でございますから、身分が上か下かに拘《かか》わらず、さように願いをかけつつ出仕するというのが、なんといっても望ましい姿と申すもの。そこに思いを寄せずして、ただ内侍所の公務のみにかかずらい、ひたすら公《おおやけ》の政《まつりごと》のご用を領知《りようち》するに汲々《きゆうきゆう》として過ごす……などということでは、娘として頼りにもなにもなりますまいし、またそんなところへ娘を出すのは、いかにも軽々しい行き方のように感じられます。とはいえ、実際には、そうとばかりも決めつけがたい、……ことは、その当人の志向や適性によって決まっていくもののようにも思えましてね。だんだんとわたくしも気が弱くなって、そういうことも考えるようになりました折柄、くだんの娘の年齢などを、初めて問い質《ただ》してみましたところが、どうやら、わたくしの子にあらず、内大臣がかねて探し求めていた姫に違いないと、そう合点がまいりました。

かくなるうえは、どこでどうなってこういうことになったのか、内大臣に一切合切《いっさいがっさい》明らかに申し上げようと存じます。……と申して、何のついでもないのにいきなり対面させていただくというわけにもまいりかねることでございます。そこで、対面してしかじかと打明け申すべき方便を、わたくしとしてはせいぜい考えぬいて、先頃内大臣に、姫の御裳着の腰結いのことで、お便りを差し上げたところだったのですが……。残念なことに、あちらからは、大宮さまのご病気を理由に、なにやら気の進まぬような様子で辞退されましてそういう事情であれば、これはやむを得ないことと、ひとまずこの件は沙汰止みといたしましたが、今日お目にかかってみれば、お加減もずいぶん良さそうに拝見いたしますにつき、やはり善は急げ、せっかくここまで思い立ったのを機会に、と存じます。どうかそのように内大臣にお伝えくださいますように……」

源氏は、このように虚実《きょじつ》取り混ぜて掻《か》き口説《くど》いた。

「さてもさても、いったいぜんたい、これはどういうことでございましょうか。内大臣のところでは、あちこちから落とし胤《だね》だというようなことを申し立てて名乗りを上げる人がございますのを、厭《いと》わずに拾い集めているようでございますのに、その姫君は、なんだってまた、源氏さまのところへ見当外れに申し立ててまいったものでございましょう。だれか乳母《めのと》などが、近ごろになって源氏の君のことを聞き込んで、姫君に吹き込んだものでございましょうかねえ」

大宮は当惑のていである。

「いや、それにはちょっとしたわけがございます。詳しいことは、いずれ内大臣も姫君から直接にお聞き取りになることでしょう。なにぶん、そこらの下級の者共の間柄にはありがちな煩わしい事柄なのでございますから、そのことを明かしなどすれば、また世間でいかがわしい噂などいたしましょう。それゆえ、このことは、中将の朝臣にすら、まだそれと知らせてございません。どうか、くれぐれもご内密に遊ばしますように」

と、源氏は、思わせぶりに固く口止めをするのであった。

大宮の仲立ち

内大臣のほうでも、こんなことで、源氏の太政大臣が三条の宮へ見舞いに訪れたということを聞き、大いに驚いた。

「しまった。大宮のところは人手も少なく、どんなにもの寂しい状態で、あの厳《いか》めしく家来どもを引き連れた源氏の大臣《おとど》に応接したことであろう。お手回りのご家来衆をもてなし、また御座所《おましどころ》を調える人なども、頼りになるほどの者どもはいないに違いない。中将は、おそらくお供として同行されたのであろうな」

と、このように言って、内大臣は、子息の公達《きんだち》がた、また日ごろから親しくしている殿上人どもを、応接のために差し向けようとしている。

「よいか。御果物《おんくだもの》、御酒《おおみき》など、きちんとしたものを差し上げるのだぞ。私も参上したいところだが、そんなことをすると却って大騒ぎになって面倒がかかろう」

など、かれこれ手配しているところへ、大宮からの文が至る。

「六条の大臣《おとど》がお見舞いにおいで下さっていますが、こちらは人少なにて物寂しいことでございますゆえ、かつはよそ目にもいかがかと思われ、かつはまた大臣に申し訳なくも存じます。されば、わたくしから事々しくお願いしたという形でなく、ふと思い立ってという感じでお出でくださいませんか。六条の大臣も、なにやら折り入って申し上げたいことがあるとやらでございます」

と、こんなことが書いてある。

内大臣は、これを見て、さてなにごとであろうか、と思う。

〈……こちらの姫のことを、中将が愁《うれ》え訴えてのことかもしれぬ〉と思い、ついては〈大宮ももうこの先残り少ないご様子で、このことだけはなんとかしてほしいと、切実に仰せだし、源氏の大臣も、この二人のことを、もう許してやってくれと、一言《ひとこと》穏やかに口添えされるようなら、その上こちらでなにかと抗弁することもなるまいな。……あの中将が、姫とのことを拒絶されてもいっこうに平気の平左で、まるで応《こた》えていないような様子を見れば心安からぬものがあるが、まあ、それはそれとして、この先しかるべき機会があれば、源氏の大臣の説得に応じたような顔をして、二人の仲を許してやることにするかな〉とまで考えを巡らすのであった。

〈しかし、これはもしや、大宮と源氏の大臣が申し合わせてこんなことを言われるのであろうか。……そうなれば、ますます否《いな》とも言いようがないが、だからといって、はいそうですか、それでは、とばかり、すぐに承知するのも業腹《ごうはら》だ〉などと躊躇《ちゅうちょ》する心があるのは、まことにけしからぬ、ひねくれた性格と言わねばなるまい。

とはいえ、やわか黙殺もできぬ。

〈大宮もこう仰せだし、源氏の大臣も会って話したいと言ってお待ちになっているというわけか……さては、どちらにも恐縮なことゆえ、まずはともかく参上して、どんなおつもりかを見てから考えることにしようか〉などと考え直して、みずから出向く決心をする。内大臣は、装束も格別に心がけて立派に調え、前駆《さきが》けの者どもなどはあまり大仰にはならぬよう控え目にして、三条の邸へ出向いていった。

子息の公達を大勢引き連れて入来《じゅらい》する内大臣のさまは、いかにも堂々として頼もしげであった。内大臣という人は、背丈もすらりと高く、肉置《しし》きも豊かで、いかにも威厳に満ち、その面《おも》持ちといい、足の運びといい、堂々として大臣という位《くらい》に適《かな》っている。葡萄染《えびぞめ》（薄紫）の指貫《さしぬき》、桜襲《さくらがさね》（表白、裏紫）の下襲《したがさね》を着してその裾《すそ》を長々と引きつつ、ゆるゆるといかにも改まった風姿で振舞うところは、まばゆいばかりに威厳があると見えたが、一方の源氏は、同じき桜襲の色ながら、唐織錦《からおりにしき》の薄絹の直衣に、今様色《いまよういろ》（濃い紅梅色）の袿《うちき》を幾重にも重ねて、いっそくつろいだ皇子《おうじ》らしい出で立ちでこれを迎える。この源氏の美しさは喩《たと》えようもない。その光り輝く美しさでは源氏のほうが勝るとはいうものの、内大臣のここまで厳めしく威儀《いぎ》を正した様子には、さすがの源氏も、とても肩を並べることができぬように見えた。

内大臣の子息がたが次々に入ってくると、いずれ劣らぬ見目麗しい兄弟にて、残らずここに勢揃いしている。また、藤大納言《とうだいなごん》、春宮大夫《とうぐうのだいぶ》などとして今では知られる内大臣の異腹《ことはら》の兄弟がたも、みな立派に出世した姿で随行してきている。そのほか、特に内大臣が呼んだわけでもないのに、自発的に参集してきた、世の聞こえも高き貴顕《きけん》の家柄の殿上人、蔵人《くろうど》の頭《とう》、五位《ごい》の蔵人、近衛《このえ》の少将・中将、弁官《べんかん》などという人々また、いずれも人柄が華やかでこうした場面に相応しい。それらの人々も十人余り集《つど》うているので、まことに賑々《にぎにぎ》しく立派なものである。さらにそれ以下の並々の身分のお供衆も多かったのだが、これら随行の人々に御酒が振舞われ、上《かみ》から下《しも》へ、また上から下へと、何度も何度も土器《かわらけ》が巡っていくうちには、皆々すっかり良い気持ちに酔って、だれもが口々に、これほど立派など子息、また一族に恵まれた大宮の幸いこそ、この世の誰よりも勝っているということを讃えあうのであった。

源氏と内大臣の対話

源氏の心にも、この久々の対面には、つい昔のことどもが思い出される。日ごろ疎遠にしていればこそ、つまらぬことにつけても張り合うような心もできてくるように見えるけれど、いざこうして差し向かいに親しく言葉を交わすときには、互いにまだ若かった時分の、なつかしい出来事などがあれこれと思い出され、すっかりその頃のような隔てのない気持ちに返って、昔今《むかしいま》のことども、それから、年来《ねんらい》の積もる話など語り合って、一日が暮れていくのであった。

内大臣は、源氏に一献《いっこん》すすめながら言う。

「わたくしのほうから参上しなくてはいけないところでございましたが、お呼びもないのに推参《すいさん》するのも失礼かと遠慮いたしまして……、きょうこちらにお出でのことを聞きながら、そのままに過ごしてしまいましたなら、きっとご勘気を蒙《こうむ》ったことでございましたろう」

源氏が答える。

「いや、お咎《とが》めを蒙るのは、わたくしのほうだ。こちらこそ、ご勘気を蒙ってもしかたのないことがあれこれございますほどに……」

こんなことを、いかにも曰《いわ》くありげに源氏が言うのを聞いて、内大臣は、〈ははぁ、例の一件だな〉と思うと、なんとしても面倒なゆえ、ただただ畏《かしこ》まったふりをして控えている。

「昔から、公《おおやけ》のこと、私《わたくし》のこと、なににつけても、心の隔てなくおつきあいいただき、また、事の大小を問わず、忌憚《きたん》なく語り合って、二人で羽を並べあって陛下の輔弼《ほひつ》の臣としてお仕えしようと存じておりましたが、あれから、いつしか年月が過ぎ、あの頃には思いもかけなかった不本意な感情のもつれなども、まま出来《しゅったい》いたしました……が、それもこれも、まず内々《うちうち》の私事《わたくしごと》に過ぎますまい。それらを別にして考えれば、おしなべてのわたくしの友情や好意は、あの頃と少しも変わってなどいません。その後は、うかうかと年を重ねるにしたがって、昔のことがほんとうに懐かしくてなりませぬに、この頃ではお目にかかることもずいぶん稀々《まれまれ》なことになってしまいました。なにぶんにも、ご身分がら万事ご自由にはならぬこと、いつでも威儀正しくお振舞いにならねばならぬことは、わたくしも重々承知のところながら、ほかならぬわたくしどもの間柄なのですから、そのご威勢のほども、少しばかりお手加減いただいて、気楽にお訪ねくださってもよさそうなもの……などと恨めしく思うこともときどきはございました」

　源氏が、しみじみとそんなことを述懐するのを聞けば、どうやら帝への入内《じゅだい》争いや、雲居の雁の一件などは、ささいな私事として、この際源氏は少しも重きを置いてないらしいことが内大臣にも合点される。とすると、源氏の折り入っての用件というのは、なんであろうかと思いながら、内大臣は、まずは詫《わ》び言を言う。

「いにしえは、ほんとうにいつも一緒に、なんでも致しました……。今から思うと、なんでまたあんなことをと怪しまれるようなことまで、馴れ馴れしくおつきあいさせていただいて、心の隔てなどはなにもなくお目にかかったことでした。朝廷《おおやけ》にお仕えした際には、……ただいまは、羽を並べて、との仰せながら、とんでもございません、とても羽を並べるなどとは思ってもみず、ただただありがたいお引き立てをいただいたというばかりのこと。このようなふつつかな身で、これほどの位に昇って朝廷にお仕えすることができましたにつけても、お引き立てのありがたさをもちろん存知《ぞんち》せぬではございませんでしたが、だんだん年を重ねてまいりますにつれ、なるほど、ただいま仰せのように、いつしか怠りがちになることばかり募ってまいりました……」

源氏、玉鬘のことを打ち明ける

この刹那《せつな》をとらえて、源氏は、肝心の一件をちらりと口にしたのであった。

内大臣は、これを聞いて、

「なんと、まことに心に沁《し》みるような、めったとないようなお話でございますなあ」

と言いながら、まずははらはらと涙を流し、胸の思いを打明ける。

「あの時から、いったいあの子はどうなったのだろう、なんとか捜し出したいものだと思っておりました……そのことは、さてあれはなんの機会でございましたろうか……わが心一つにもしまっておけなくなって、君にもちらりと洩《も》らし申し上げたことがあったような気がいたします。その後、こうして多少は人の数にも数えられるようになってまいりますにつけて、あまりぱっとしないような者ばかりですが、わたくしの血を引く子供らが、あちこちにふらふらとしておりますのは、いかにもみっともない、見苦しいことと存じますにつけても、いずれもあんな按配《あんばい》で数ばかりは多く連ねておりますけれど、それでも、やはり我が子となれば、みなそれなりにかわいいものだ……そう思ったりする折々には、いつもあの撫子《なでしこ》の姫のことが思い出されてしかたないのでございます」

こんなことを述懐しながら、あのはるかな昔の雨夜《あまよ》の品定めの物語のとき、さまざまに言いたい放題を言いあって議論百出であったことを思い出して、泣いたり笑ったり、二人とも昔に返って打ち解けあった。


夜がすっかり更けて、おのおの引き上げる時分になった。

「こうやって久しぶりに顔を合わせてみれば、あのずいぶん大昔になってしまった頃のことが、改めて思い出されまして、過ぎ去った昔が恋しくてなりませぬほどに、このままここから別れていこうという気にもなりませぬ」

源氏は、決して心の弱い人ではなかったけれど、酔い泣き、とでもいうことであろうか、涙でぐしゃぐしゃになっている。

大宮は、まして、亡き姫君葵上《あおいのうえ》のことまでも思い出して、あの頃よりも格段に立派になった源氏の風姿、威勢のほどを見るにつけても、葵上が先立ってしまったことが今も尽きせず悲しく、涙はどうしてもとどめがたい。されば、しんみりと泣く尼（あ､ま､）姿の大宮の衣が涙に濡《ぬ》れていたさまは、海士（あま）の衣が潮に濡れそぼつにも似て、また格別に悲しげであった。

かかる絶好の機会であったにもかかわらず、中将の一件について、源氏は一言も言わない。思えば、先に中将が雲居の雁とのことを許してほしいと願ったのに、内大臣は冷酷にこれを拒絶して、源氏の面目を丸つぶれにしてくれたものだ……あれはまったく不用意で無礼なやりかただった、と源氏は心の中で決めつけている。されば、今ここで中将の願いを聞いてやってくれと、自分から口を出すとなると、いきおい内大臣に懇請《こんせい》する形となることが、源氏にはなんとしても不面目に思われて、敢《あえ》てなにも言わないのであった。

内大臣は内大臣でまた、源氏からなにも言及がないのに、頼まれる側の自分のほうからこの件を持ち出すのも、出過ぎた真似ということになる。結局、このことについては、心の内に鬱屈《うっくつ》しながら、内大臣のほうからも触れずじまいということになった。

「今宵は、本来ならば、わたくしが六条のお邸《やしき》までお供をしてお送り申し上げるべきところですが、あまり唐突にお邸のほうをお騒がせするのもいかがかと存じまして、本日のお礼は日を改めて参上仕《つかまつ》りたく存じます」

内大臣はそう畏まる。

「幸いに、大宮さまのお加減もだいぶおよろしいようですから、必ず、お約束の日を違《たが》えずにお運びくださいますように」

と源氏も、そう言ってくれぐれも約するのであった。


やがて、源氏と内大臣は、いずれも上機嫌に、それぞれの供行列もにぎやかに厳《いか》めしく、立ち出でていく。

内大臣の子息がたのお供の人々は、なにやら訝《いぶか》しがって、

「あのご機嫌のうるわしさは、さていったいなにがあったのであろうな」

「さよう、たまさかのご対面だというに、あの天下一のご機嫌ぶりとあれば、さてはまたなにか特別のお役でも、源氏の大臣《おとど》からお譲りくださる、とかであろうか」

などなど、まるであさっての推量をたくましくしつつ、玉鬘の処置について話し合われたなどということには、とんと思い及びもしないのであった。


玉鬘のことについて、内大臣の心中は安からず、

〈……まったく唐突な話で、この話はどこかおかしい。しかも源氏のもとに引き取られているとあっては、どうも気掛かりでならぬが……、といって、すぐにそれでは頂戴《ちょうだい》しますとさっそく手許に受け取って親ぶったことをする、というのもなにやら格好がつかぬ。そもそも、源氏がその姫を尋ね出して手に入れたという、その動機を考えてみれば、うーむ、定めて簡単には手放しせぬであろう。そこで、実際のところを推量してみれば、六条の院においでの高貴な夫人がたの手前もあるから、勝手しだいにまた妻の一人としてもてなすこともなりがたい……というようなわけで、いよいよ面倒くさくもなり、また世間の噂なども考慮して、つまりこんなふうに事実を明かそうということにした……のではあるまいかな、おそらく。……源氏の思いのままになってしまうというのも業腹《ごうはら》だが、……しかし、その姫に源氏のお手がついたとしても、それは果たして瑕瑾《きず》とするべきことだろうか。源氏とあれば、相手にとって不足はなし、こちらから喜んで差し上げるということにしたとて、なにの不面目があるものか。反対に、宮仕えなどをさせるというのは、娘の弘徽殿女御などが、どうしたって嬉しくはないだろう。そこを思うと、この際、源氏が思い付いてこうしようと言っていることに逆らっても、なにも良いことはあるまいな〉

などなど、あれやこれやと思い巡らしている。

源氏、玉鬘と中将に語り聞かせる

こんなふうに源氏が話をしたのは、二月初めの時分であった。

そして話が決まった以上、玉鬘の御裳着の儀を急ぐことになったが、同じ月の十六日が、彼岸の入りに当たっていて、また吉日であった。陰陽師《おんみょうじ》などに占わせてみても、この日以外に、近々のところでは吉日がない、とこう占《うら》を判じ申したことではあり、また大宮の病状も小康を得ているところであったので、急ぎそのように定めた。

源氏は、いつものように玉鬘のところへ顔を出しても、色めいた振舞いはなく、ただ、内大臣に打明けたときの一部始終を語り聞かせ、また、裳着に当たっての心得など、きわめて仔細《しさい》に教え聞かせる。

これには、玉鬘も、〈ほんとうに濃《こま》やかなお心遣い……真実の親だとてこれほど行き届いたことはしてくれるものではない〉とありがたく思う半面、実の父に晴れて再会できるということは、やはり嬉《うれ》しくてならぬ。

かくのごとく一切を明らかにした後は、中将にも、密《ひそ》かにことの次第を話して聞かせる。中将は、〈まったく不可思議なことがあるものだ……が、それで父君の、あの姫に対する怪しむべき振舞いも、なるほどと合点がいく〉と納得するところがある。しかし、同時に、いつぞや野分《のわき》の日に源氏が戯れかかっていた玉鬘の面影が、あの冷淡な雲居の雁のありさまなどより、よほど切実に思い出されて、〈まさか、あれが自分の姉ではなかったとは、まるっきり思いも寄らぬことであったなあ〉と、なんだか自分がいかにも痴《し》れ者めいた感じがしてくるのであった。しかしながら、それでもなお〈いや、いかんいかん、仮にあれが姉でなかったとしても、思いを懸けるなどということは、あってはならぬひがごとだものなあ〉と反省したりするところは、まず世にも稀《まれ》なる真面目さのように見える。

玉鬘の裳着の当日

かくて、いよいよその裳着の当日になった。

三条の大宮のもとから、密かにお使いの者が遣わされてきた。櫛《くし》などの化粧道具を入れた箱をお遣い物として贈ってきたのだが、急な話であったにも拘わらず、箱も道具も、みな素晴らしく美しく仕立ててあった。添えられていた手紙には、こう書かれてある。
「お慶《よろこ》びを申し上げるのも忌むべき尼姿ゆえ、きょうの御盛儀にはご遠慮させていただきますが、そうは申しながら、この尼の命長きにあやかっていただくということで、かかるお祝いを進じますこと、お許しいただけましたら幸いに存じます。源氏の君より、胸に沁みるようなお話を承り、おかげさまにてなにもかも明らかにしていただきましたが、そのことを、いまここで口に出して申し上げるのも、いかがなものかと存じます。万事はそなたさまのお気持ちに添いたく。

ふたかたに言ひもてゆけば玉櫛笥《くしげ》
わが身はなれぬ懸子《かけご》なりけり

この玉のように美しい櫛箱は、蓋《ふた》と身《み》と二片（ふたかた）に分かれておりますけれど、その蓋と身の間の懸け子（箱の内側に懸ける内箱）のように、そなたは、内大臣と源氏と二方向（ふたかた）いずれから言っても、結局、私の孫でもあり、婿の娘でもあって、どこまでも縁の切れない子なのでしたね」

と、まったく古風な歌が、しかも震える筆遣いで書いてある。折から源氏も玉鬘の住む西の対に来ていて、裳着にまつわるあれこれのことをいちいちに指図していたところであったから、当然にこの大宮からの祝いの品も手紙も見る。

「これはまたずいぶん古風なお手紙の趣だが、いやあ、おいたわしいことだね、このご筆跡は。宮は昔はほんとうに見事な字をお書きになったものだが、年とともに段々ご手跡も不思議に老いていくものであったことよ。ひどく辛そうに手が震えておられるものなあ」

源氏はそう言いながら、何度も繰り返し見てはまた、

「よくもまあ、玉櫛笥という言葉になにもかも縁付けて、巧みに詠んだものだな。たった三十一文字のなかに、玉櫛笥に関係のない言葉をこれほど少なくして詠もうというのは、これはじつに難しいことだよ」

と、忍び笑いなどするのであった。

秋好む中宮のかたからは、白い裳《も》や唐衣《からぎぬ》と、いずれも儀典用の衣裳《いしょう》に添えて、さまざまな装束、また御髪上《みぐしあげ》の諸道具など、世に二つとないほど立派な品々、それにいつもながら、さまざまの壺《つぼ》に入れた唐渡《からわた》りの薫物《たきもの》、それも特段に麗しい香りのものを贈ってくる。

その他の御方々《おんかたがた》も、みな心ごころに、姫君の装束、あるいは仕える女房たちの所用《しょよう》とし

て、櫛、扇に至るまで届けてくる。どれも、それぞれの女君が、心込めて用意した品ばかりゆえ、いずれ劣り勝りはない。さまざまな品につけて、かほど教養豊かな夫人がたが、競うように趣向を尽くしたのだから、それはもうなんとしても素晴らしく見える。が、二条の東院に住む御方々ともなると、この度のような儀礼のお仕度に関して、聞き知ってはいたものの、わざわざお祝いを申し上げるべき人数のなかには入らないので、ただ聞き過ごしている。

しかし、そのなかで、あの常陸宮《ひたちのみや》の御方だけは、妙に四角四面なところがあって、こうした慶事などの折を見過ごしにはできない、というような古風な気質ゆえ、なんとしてもこの御仕度を、自分に無関係なことだと聞き過ごしてしまうことができぬ。そこで、まったく型通りに祝儀の品を贈ってくる。まことに感じ入ったる心がけではあったが……。

その末摘花かたから贈られてきた品々は、まず青鈍《あおにび》色の細長一襲《ひとかさね》、それから、落栗色《おちぐりいろ》とやら言うのであろうか、黒ずんだ紅色の袷《あわせ》の袴《はかま》一枚、これなどは、昔の人が愛好したという代物、さらに、紫の白っちゃけたような色の霰《あられ》の地紋の入った小袿《こうちき》、いずれもさすがに立派な衣箱に入れて、さらに上包みできっちりとくるんで贈ってきた。その手紙に曰く。

「お見知り戴くほどの人数にも入りませぬことゆえ、いささか気が引けますことながら、かほどにおめでたき折には、お祝いを申し上げぬことも忍びがたく、これらの品々は、まことにおかしなものでございますが、お側の人にでもお下げ渡しくださいませ」

と、おっとりした文調で書いてある。

これを見て源氏は、ほんとうに呆《あき》れ果てる。〈……青鈍など、喪服じゃあるまいし、縁起でもない、この落栗の時代遅れといい、色あせた袴といい、ああまた例によって例のごとしだ〉、と源氏は顔の赤くなるのを覚える。

「わけのわからない古代人よな。あれほど引っ込み思案な人なのだから、こんな時こそ引っ込んで奥の奥へ沈み込んでいればいいものを、こんなものをよこされては、さすがに恥ずかしい限り」

そう言ってから、また源氏は玉鬘を諭す。

「だが、返事だけは送るように。そうしないと、あちらも引っ込みの付かない思いがするだろうからね。あの姫は父親王《みこ》がたいそうかわいがっていた人だ。そこを思うと、人より下《しも》ざまに扱っては心苦しい御方ゆえな」

ふと見ると、くだんの小袿《こうちき》の袂《たもと》に、例の、毎度おなじみの詠みぶりの歌が付いている。

わが身こそうらみられけれ唐衣《からころも》
君が袂に馴れずと思へば

わが身が恨みられます、……というのも、この裏見られます唐衣の身頃が、
堅く突っ張ったまましんなりと慣れることもないように、
私は君の袂に馴れ親しむこともできぬのだと思いますゆえに

筆跡は、昔からそうであったが、のびやかな流れは皆無で、ひたすらぐいぐいと力任せに書いたような、四角ばった字が並んでいる。源氏は、まいったまいった、と思いながら、また可笑《おか》しくて苦笑いを禁じえない。

「いやはや、この歌を詠むについては、どれほどの大努力であったろうかな。昔はそれでも多少頼りになる女房などもいたが、今はもうそういう気の利いた者もいない。さぞ大騒ぎをして必死に詠んでよこしたのであろう」

と気の毒がる。

「まあよい。それではこの返事は、取り込みの最中ながら、私が自分で書こう」

源氏はそう言って、筆を執る。

「不思議千万なる、誰も思いつくまじきお心づかいのほど、有らずもがなのことでございます」

憎さに任せてこんなことを書き、ついでに、

唐衣また唐衣唐衣
かへすがへすも唐衣なる

唐衣、唐衣、また唐衣、返すがえすも唐衣の一点張りなのでございますな

と、こんな歌まで書いて、玉鬘に見せた。

「いや、ほんとうに真面目な話、あちらの御方の特にお好みになる趣向ですから、このように作ってみましたが、はっはっは」

さすがに玉鬘は、艶然《えんぜん》と微笑んで、

「まあ、なんてお気の毒な。あまりにもおからかいが過ぎましょう」

と、困惑している。

やれやれ、よくもこうばからしいことばかりあるもので……。

玉鬘の御裳着の儀

さて、内大臣は、玉鬘の御裳着などそんなに急がなくても大事ないと思っていたのだが、実はそれが自分の娘だったなどと、思ってもみなかったことを聞かされて後は、一刻も早く会ってみたいものだと心急《せ》かれて、裳着当日は、早々《はやばや》と六条院にやってきた。

御裳着の儀式は、本来のしきたりに留まらず、なお特別の趣向をあれこれ加えて、一風変わったやりかたで取り運ばせる。それも、この姫のために、源氏が特段の配慮をして作り設けたことだろうと内大臣は気付いて、そのこと自体はかたじけないとは思うものの、しかし、なんだってまた自分の娘でもない姫のために、ここまで心を尽くして特別なことをするのだろうかと、内心不審に堪《た》えない思いがした。

亥《い》の時（午後十時ころ）になって、やっと、腰結い役の内大臣は、玉鬘のいる簾中《れんちゅう》に招じ入れられた。

入ってみると、裳着恒例のしつらいはもとより立派に設けてあったが、その他に、内大臣の御座《おまし》がまた、この上なくすばらしく用意してあって、やがて、酒肴《しゅこう》が運び込まれる。

常ならば灯明の灯を小暗《おぐら》く仕掛けておくのが御裳着の儀式の習いなのだが、きょうはそれより少し明るめに灯してあるのは、内大臣と娘の対面の場ゆえ、よく見えるようにと気を利かせた源氏の計らいなのであった。

すぐ目の前に、あの撫子《なでしこ》の姫が座っている。内大臣は、どんな容貌をしているのかと、なんとしてもその顔を見てみたい思いにかられたが、今宵いきなり顔を見るというのも、あまりといえば唐突に過ぎようかと自重して、ただ型通りに玉鬘の腰の紐を結びながら、感極まって嗚咽《おえつ》を洩らしそうな気配であった。

この様子を見て、源氏は、内大臣の傍らに寄ると、そっと耳打ちする。

「今宵は、過ぎ去った昔のことはなにも申しますまい。されば、いっさいなにもご存じない、ただ腰結いの役を頼まれただけなのだ、というような顔をしていてくださらねば困ります。外でご覧の方々はもとよりご承知なきこと、そこをご斟酌《しんしゃく》いただいて……万事は世の常の作法どおりに」

内大臣は、

「さようでございますね。わたくしからはなんの申し上げようもなきことにて」

と畏まった。

やがて、祝宴となり、土器《かわらけ》の酒を一献《いっこんに》二献《こん》、内大臣の口も少しほぐれてくる。

「このようなお心遣いには、限りなく恐縮の思いにて、世に類例もないほどのご厚意のほどと感謝申し上げる次第ですが、……しかし、今まで、このようにひた隠しになさってこられたことには、いささか、わたくしとしてお恨みごとも申し添えなくてはなりますまい」

と、こんなことを言いながら、一首の歌を詠んだ。

うらめしや沖つ玉藻《たまも》をかづくまで
磯がくれける海士《あま》の心よ

恨めしいことだなあ、こんなふうに沖の藻（も）を身にかぶるまで
磯に隠れて姿を現わしてくれなかった海士さながら、
裳（も）を帯びるまでこんなところに隠れていて姿を見せてくれなかった娘の心は

こんな未練がましい歌を詠じながら、内大臣は、やはり我慢しきれずに、潮垂《しおた》れる海士さながら涙にくれるのであった。

玉鬘は、源氏といい内大臣といい、気後れのするほどきらびやかな風采の人々にはさまれて、ただもうおろおろするばかり、とても返歌をするどころではない。しかたなく、源

氏が姫に代わって歌を返す。

「よるべなみかかるなぎさにうち寄せて
　海士も尋ねぬ藻屑《もくづ》とぞ見し

　寄りどころのなさに、かように殺風景な渚に打ち寄せていたので、
　海士さえも尋ね求めようとはしない哀れな藻屑と見て、私はお世話をしていたまでですが

まことに、ご分別のないことを打ち付けに仰せられる……」

さすがに内大臣も、しまったと思ったのであろう、

「いかにも、仰せのとおりにて」

とだけ答えると、それ以上は返す言葉もないまま、退出していった。

この裳着の儀には、親王がたや、そのほか多くの賓客《ひんきゃく》が招かれ集うていた。そのなかには、蛍兵部卿の宮や、髭黒の右大将など、玉鬘に思いをかけている人たちもたくさん混じっていたが、この人々は、腰結い役の内大臣が御簾の内に入ったきりなかなか出てこないので、やきもきしている。

内大臣の子息たちのなかでも、頭中将と弁の少将の二人だけは、どうやら、玉鬘が腹違

いの姉妹だということを、誰が聞かせたのであろうか、ほのかに知っていたのであった。

この事実を知ってみれば、二人とも、あの思いをかけた玉鬘が姉妹とあっては、もはや恋の対象とできないことが辛くはあったけれど、いっぽうで、近々とした存在になったことが嬉しいと思うようにもなっている。

弟の弁の少将は、密かに思いをかけてはいたけれど、今まで誰にもそのことを話したことはない。こんなことになってみれば、それは恥をかかずに済んだということでもある。

「我ながら、よくもまあ打明けずにいたものだ……」

弁は、そう独り言のようにつぶやき、それから兄の耳にささやいた。

「しかし、それならそうと初めから披露してくれたらよさそうなものを、わざわざ自分の娘らしく仕立てて育てるなど、源氏の大臣《おとど》もずいぶんと妙なご趣味とみえるな」

「ああ、そうとも。しかし、すでに中宮の前例もある。あんな風に娘分に育てて入内でもさせようかというお考えなのかもしれぬぞ」

兄弟は、秋好む中宮を引きあいに出して、そんなことを言い交わしている。

源氏はこれを耳にすると、内大臣に一言釘《くぎ》を刺した。

「いましばらくの間、くれぐれもお心づかいなさるがよろしゅうございましょう。油断すれば、世の謗《そし》りを招きかねませぬゆえ。なにごとも、安閑と暮らしていて大事ないような身分の人であれば、家のうちの乱れなど、多少はあってもよさそうなことにおもえますが……。しかし、この姫のことがいきなり世に知れますと、わたくしのところへも、そちらのほうへも、まず、さまざまな人が、あの姫を欲しいなどとうるさく言ってまいりますは必定。そうなりますと、姫がどちらのものとも分からぬごとき、下々《しもじも》のように乱れた姿に見えるのは、なんとしてもよろしからぬこと。ここはやはり、姫がそちらの姫であることを、自然自然に、だんだん人目に馴らしつつ知らしめていくのが、望ましいのではございますまいかな」

「いかにも、仰せのとおりに従わせていただくことにいたしましょう。ここまで細やかなご配慮をかたじけなくし、世にまたとなく手厚くお守りくださっての姫のご養育のほど、これはよほど前世からの因縁が深かったものでございましょう」

そう言って、内大臣は畏《かしこ》まった。

源氏から参列の賓客《ひんきゃく》に送る礼物《れいもつ》の品々は言うに及ばず、主賓への引き出物、さまざまの褒美など、それぞれの身分にしたがって用意がしてある。こういうことは、通例のあることでおのずから一定の限度があるわけだが、今回も源氏は、特例的に品物を加えて世に比類なくことを運ばせた。とはいえ、大宮の病気にことよせて、内大臣が一度は腰結いの役を断わったというような事情もあって、今回は、大げさな管弦の遊びなどはやらない。

蛍兵部卿の執心

蛍兵部卿の宮は、さっそくに、

「御裳着の儀も滞りなくお済ませの上は、もはやなにもことの滞る理由もないことでございますれば……」

とて、また熱心に求婚をしてくるが、

「じつは、御上のあたりより、内裏へお仕えせよとのご内意がございましたのを、ご辞退申し上げたのでございますが、さらにまたどのような仰せ事を賜るか、万事はそれに従いましょうほどに、ほかのことは、いまにわかにも判断いたしかねるのでございまして……」

と、源氏は体《てい》よく拒絶する。

実父の内大臣は、〈あの裳着の折に、ちらりと見ただけの姫の容貌を、なんとかしてもっとはっきりと見てみたいものだが、……もしどこぞに瑕《きず》のある姿であれば、まさか源氏の大臣がここまで大げさに愛育することもあるまい……〉などと、なまじっかに対面したばかりに、今では、却って気になって気になって、恋しいような思いに駆られている。そこで、いつぞや不思議な夢を見て、それを夢判断の名人が、

「もしや、長いことご心中に失念しておられた女の子を、他人の子に為して、そのことをすでに耳にしている、ということがございますまいか」

と判じてみせたことを、まったくそのとおりであった、と思い出した。

この一件は、娘の弘徽殿女御だけには、はっきりと内情を物語り聞かせたのであった。

近江の君の憤慨と人々の嘲弄

内大臣は、この一件を、源氏の注意もあったことゆえ、当面は世の誰にも知らせないでおこうと、極力秘していたけれど、世間というものは地獄耳で口さがないもの、どこからどう漏れたか、自然に人の知るところとなって、だんだんと評判が高くなってくる。

それを、あの近江の君が聞き付けてしまった。

たまたま弘徽殿女御のところへ、頭中将と弁の少将が来ている時に、この鼻《はな》つまみの女がしゃしゃり出てきて、

「内大臣さまは、御娘《おんむすめ》をお引き取りになるとやら……。なんとまあ、おめでたいこと。いったいどんなお方が、うちの大臣《おとど》と源氏の大臣と、お二方にかわいがられるのでございましょう。きけば、あちらも劣《おと》り腹《ばら》よりのご出生とやら」

と、なんの遠慮もなくずけずけと言う。

これには女御も、とても聞いていられれぬ思いがして、ただ黙っている。

頭中将がたまりかねて窘《たしな》める。

「これこれ、あちらの姫はな、そのようにお二人から大事にしていただけるような、しかるべき理由があるのであろう。しかし、誰が言うたことやら知らぬが、そんなふうに、唐突に喋り散らすという法があるものか。もしそれが、口さがない女房などの耳にでも入ったら、ただでは済まぬぞ」

「うるさいっ。みんな聞き知っています。その姫は、尚侍《ないしのかみ》になるとか、っていうんでしょ。あたしだってね、こうやって宮仕えに出たいと申し出たっていうのは、もしかしてそういう良いお話でもくださるかと思って、……だからこそ、そこらの女房たちだってやり

たがらないような、お壺の掃除だってなんだって、一生懸命してきたんです。それを、こんな……女御さまが、情知らずでいらっしゃるから」

などと恨み言をわめき立てる。これにはみなにやりにやりとしていたかと思うと、誰やら男の声で、

「尚侍の席が空いたら、わたくしこそ、その席を望もうと思っておりましたものを、なんとまあ非道なことをお心にかけられますこと」

などと声色を使っては嘲弄《ちようろう》する。近江の君はますます腹を立てる。

「ええ、ええ、こういうご立派なご家中に、あたしのようなろくでもない者は入れてはいただけないのでしたわ。あーあ、頭中将さまは、ほんとうにひどい人でいらっしゃる。手柄顔をしてあたしをここに迎え取っておいて、それで、ばかにして、笑い者にして。よっぽどの人でなくっては、こんなご立派なご家中では、やっていけませんわ。ああ、くわばら、くわばら」

そんなことをわめきながら、この女は、後ろへ後ろへと躙《にじ》り退き、女御や君達を、はったと睨《にら》みつけている。顔だけ見れば、そんなに憎たらしい顔でもないのだが、いかにも腹立たしげに、まなじりを釣り上げているのであった。

こんなことを罵《ののし》られるにつけても、頭中将は、なるほどそれはその通りであったと反省しているので、まじめな顔で黙っている。

弁の少将は、

「そなたは、この宮仕えの方面についても、それはもうたぐいもなく出精しておること、女御さまにも、よもや疎《おろそ》かには思《おぼ》し召《め》されぬことであろう。まずは心をお静めなされよ。まるでその勢いでは、堅い大岩も沫雪《あわゆき》よろしく蹴散らされようかという勢いだから、ま、その元気であれば、いずれは思う通りに願いの叶うこともありましょうから」

と、日本紀《にほんぎ》に、天照大神《あまてらすおおみかみ》が素戔嗚尊《すさのおのみこと》の乱行《らんぎょう》にお怒りになって、庭を踏み抜き沫雪のように粉々にして蹴散《けち》らかした、とある故事《ふるごと》を下心に含んで冷やかしながら、ますますにやりにやりとしている。

すると頭中将も、

「さては天岩戸《あまのいわと》にでも、お籠《こも》りになるのであろうかな。いやまずそのほうが無難と申すもの」

と言い捨てて、さっと席を立つ。

さすがに近江の君は、ぼろぼろと涙を流して泣き、

「この君たちまでが、こうやって冷たい態度ばっかり。女御さまのお心だけが温かくておわしますから、だからあたしはこうやってお仕えするの」

と言って、またさっさと身軽に立っては、いそいそと、下仕《しもづか》えの女や童女《わらわ》もしないような賤《いや》しい役目を、四方八方走り回りながら、心を込めて励むのであった。そうしては、

「尚侍《ないしのかみ》に、あたしを推薦してくださいまし」

と、女御に切願してやまないので、女御は心底《しんそこ》呆れ果て、〈この者は、いったいなにをどう思って、こんなことを言うのであろう〉と思って、なにを話す気にもなれない。

内大臣は、この恐れ入った高望みを聞いて、愉快そうにからからと笑うと、女御のところへやってきたついでに、

「おいおい、この近江の君、こちらへ参れ」

と、呼びたてる。近江は、

「はいっ！」

と良い返事をして、出てきた。

「のう、そなたは、こちらでよほど身を粉《こ》にしてお仕えしている様子、宮仕えの役人としてまことに相応《ふさわ》しかろうな。尚侍が希望だそうだが、どうしてそれを、このわしに早く言

わなかったのかね」

　内大臣は、まじめくさったかおをして、こんなことを言う。近江の君は単純に嬉しがって、

「はい。そんなふうにお心づもりを頂戴いたしたくは思っておりましたが、こちらの女御さまなどのほうから、自然とお聞きくださっているかと……いつもいつも頼みっぱなしに頼んでおりましたのに、なんだか、他の方が尚侍に決まったらしいと聞きましたから、まるで夢のなかで大金持ちになったみたいな気持ちがして、もうびっくらぎょうてんなんですから」

　と言う。その弁舌のさわやかなること……。内大臣は、必死に笑いを堪えつつ、

「それはまた、なんとも不可思議にはっきりせぬ心癖というものだのう。もしそうお思いになっていたなら、はっきりそう仰《おつしや》ってくだされば、まずもって、誰よりも先に推挙いたしましたものをなあ。あの太政大臣どのの御娘が、仮にどんなに高貴なる生まれの姫だったとしても、わしから切に切にとお願いしたら、陛下がお聞き入れくださらぬということはなかったに……。よし、それでは、こうしよう。今からでも遅くはないから、そなたの思いのほどをきちんと奏上文《そうじようぶん》に作ってな、それはちゃーんと微に入り細に入り、履歴から

業績から、希望から、なにからなにまで全部書いて……漢文で書かなくてはいかんぞ、な。そうしてから、そうそう、長歌なども立派に詠めたなら、きっと陛下はご覧くださって、お取り上げくださるだろう。お上《かみ》はなによりも、そちらの風雅の道にはお心入れ深くておわしますゆえな」

などと、口から出任せに言いくるめる。いかになんでも、人の親の態度としては、いかがなものであろう。あまりひどいというものではあるまいか。

近江の君は、すっかりその気になっている。

「大和歌《やまとうた》は、けっして上手ではございませんけど、でも、なんとか作れそうに思います。その正式の漢文のお願い文のことは、大臣さまが言上《ごんじょう》してくだされば、あたしは口添えなどさせていただきますほどに。そうやって、陛下さまのご恩徳《おんとく》を賜ることにいたしましょう」

そんなことを、両手を押し摺《す》りながら真顔《まがお》で言っている。几帳《きちょう》の後ろなどにいてこれを聞いている女房たちは、もう可笑しくて可笑しくて、死にそうになっている。笑いを堪えるのに必死で、ほうほうの体でその場を滑り出て、ようやく一息ついているのであった。

これには、女御もすっかり赤面のていで、なんともかんとも見苦しいことだと思っているのであった。

内大臣も、

「はっはっは、気が鬱《ふさ》いだりする時は、この近江の君を見ると面白くて気が晴れるな」

などと言っては、ただただ笑い者にしているけれど、世間では、無責任に、こう噂をしているのであった。

「内大臣は、あれは、あんな代物が出てきてしまったので、恥ずかしさのあまりに、ああしてやっつけなさるのさ」

藤袴《ふじばかま》

源氏三十七歳

玉鬘、尚侍として出仕

尚侍《ないしのかみ》として宮仕えをすることに決まった玉鬘も、その心中は決して平らかではない。

〈こうして宮仕えをすることを、源氏の大臣《おとど》も内大臣も、こぞってお勧めになったけれど、ほんとうのところ、どんなものだろうか。親のように思っていた源氏さまだって、そのお心のほどは、まったく油断がならないんだし、……まして、帝《みかど》にお仕えするようになって、万一、まじめに尚侍としてのお仕事だけに専念しようと思っている私の思いをよそに、陛下からそれ以上の思《おぼ》し召《め》しがあったりしたら、中宮さまだって、弘徽殿女御さまだって、それぞれのお立場で、きっとご不快を覚えられるにちがいない。それなのに、私の身の上は、こんなにあやふやで、内大臣さまも源氏さまも、結局のところは、ほんとうに大切な娘としてお心にかけてくださるほどでもないし、世間からはしょせん軽々しい者と思われているだろうし、……なかには、私のことを、あることないこといかがわしい噂《うわさ》を立てて、なんとかして私を物笑いの種にしてやろうと呪《のろ》っているような人々もきっとたくさんいる。どっちにしても、これからは、心の安まらぬことばかりあるにちがいない

……〉

玉鬘は、もう十分に物事の分別のつく年齢になっているだけあって、かくもさまざまに思い乱れ、人知れずため息をついてばかりいる。

〈……といって、このまま六条院で源氏の大臣の娘のような暮らしを続けるのは、必ずしも悪くはないけれど、問題は、肝心の大臣のお心がけが、あんなふうに煩わしいことばかりで嫌だし、このままでは、どんなふうにしたら、あの厭《いと》わしいなされようから、すっきりと離れて、世の中の人が邪推しているようなことにならずに済ますことができるだろう。……まことの父、内大臣だって、源氏さまのお思いになることに遠慮して、正々堂々と私を手許《てもと》に引き取って、天下晴れてご自分の娘として披露してくださるというほどでもないわけだから……、宮仕えをするにしろ、しないにしろ、いずれ見苦しくいやらしいようなことになってしまって、心を悩ませ、人からもとかく悪し様《あざま》に言い立てられる運命に生まれついたように見える……。それに、父大臣《ちちおとど》と対面して以来は、却《かえ》って源氏さまの色めいた振舞いが、もう誰憚《はばか》らずという調子になってきたし……〉

と、玉鬘は、誰にも言えず、ただ嘆かわしい思いに打ちひしがれている。

思えば、玉鬘には、こういう悩みを、全部とは言わずほんの片端ばかりでも、ちらりと打明けることのできる女親もなく、周囲は、だれもかれもみなたいそう立派な御身分の、端然と構えている方々ばかりでは、まさかこんなことを、かくかくしかじかと相談して解ってもらえるはずもない。

こんなふうに、世間的にみれば数奇《すうき》な生い立ちのわが身を思い、ただただため息をつきながら、夕暮れの空のしんみりとしたさまを、玉鬘は端近《はしぢか》なところに座ってぼんやりと眺めている。その様子はまたいかにも魅力的なのであった。

中将の君訪ね来たる

あれから間もなく、大宮は世を去った。

その喪に服している玉鬘が、薄い鈍色《にびいろ》の衣を、心惹《こころひ》かれるさまに身に纏《まと》うているのを見れば、常とは変わったその色合いが引き立てて、ただきえ美しい容貌が、ますますはなやかに際立って見え、近くに侍《はべ》っている女房たちは、ついにっこりと微笑んで見てしまう。

今は参議《さんぎ》に昇格して宰相《さいしょう》と呼ばれるようになった、源氏の子息中将がやってきた。

中将は、同じ色の、いますこし濃密なる風合いの直衣《のうし》姿で、冠《かんむり》の纓《えい》を巻いた服喪中のいでたちも、またそれはそれでたいそうさっぱりとして清らかな魅力に満ちている。

宰相の中将は、姉だと聞かされていた玉鬘に対しては、最初からしごくまじめに心を寄せていたので、玉鬘のほうでも他人行儀で疎遠な接しかたをしてこなかった。しかるに、実の姉弟ではなかったと判明したからとて、今さらにわかに態度を変じるというのもいかがかと思われて、やはり御簾《みす》と几帳《きちよう》を隔ててはいるものの、間に伝達の人を介さず、直接に言葉を交わすのであった。

中将の用向きは、源氏からの使者としてやって来たので、帝から尚侍出仕の仰せ事があったということを、そのまま伝達するために訪れたのであった。

その伝言に対して、玉鬘が、おっとりとした調子で答えるのを聞けば、たいそう感じの良い気配で、どこまでも神経細《こま》やかに、しかも心惹かれる様子であるのにつけても、あの野分《のわき》の朝の顔の美しさが、心にかかって恋しく思い出される。しかし、その玉鬘に、父であるはずの源氏が、色めいた振舞いをするのを垣間見《かいまみ》て、ああ嫌だなあ、と思ったものの、その後親子ではなかったという実情が明らかになってからは、こんどは自分のほうも、玉鬘を女として意識するようになり、しだいに心穏やかではいられなくなった。

〈思うに、さてさて、かかる宮仕えをするとなれば、お上《かみ》は、単なる内侍所の仕事だけでお許しにはなるまい。が、あれほど御睦《おんむつ》まじい中宮さまや弘徽殿女御さまとの御仲《おんなか》ゆえ、この分では、いずれは色好みめいたことで、とかく面倒なことが出来《しゅったい》することだろうな〉と、中将はそんなふうに思うと、気が気でなく胸の塞《ふさ》がる思いがする。内心は、そのように懊悩《おうのう》しつつ、しかし、中将はうわべには平気そうに装い、まじめな口調で言った。

「人に聞かれぬようにせよと、父に言われておりますことを申し上げたいのですが、さてどういたしましょうか」

いかにもなにか曰《いわ》くありげな口調である。これには、近侍《きんじ》の女房たちも、さすがに少し遠慮して下がり、几帳の後ろあたりでそっぽを向いてみせる。

人払いをしたところで、中将は、すっと玉鬘の近くまで膝を進め、とっさに思いついた作り話を、あたかも源氏の伝言らしくつぎつぎと繰り出して、事細かに囁《ささや》き聞かせる。

「お上のご様子を拝見いたしますと、どうやら単なる仕事以上の、なみなみならぬお気持ちをお持ちのようでございますから、そのお心づもりでお仕えなさいませ、と、さように伝言でございます」

玉鬘は、なんと返事のしようもなく、ただ、ふっとため息をついた。その様子がいかにもひそやかで、かわいらしく、たいそう心惹かれるところがある。中将は、我慢しきれなくなって言った。

「その喪服もこの八月《はづき》中にはお脱ぎにならなくてはいけませんが、あいにくとご忌日《きにち》にあたる二十日は日柄がよろしくありませんので、すこし早めて、十三日に、喪明《もあ》けの禊《みそぎ》のため賀茂《かも》の河原にお出ましあるよう、との父大臣の仰せでございます。わたくしもお供に参《さん》じますつもりでおります」

そう言ってみると、玉鬘の返答はこうであった。

「ご一緒くださいますのは、あまりに大仰《おおぎょう》なことではございませんか。こういうことは、やはり人目に立たぬように、そっと致しますのがよろしゅうございましょう」

玉鬘は、源氏と父内大臣が、事の真相を公《おおやけ》にしないようにしようと語りあっていたことを思って、こう言ったのだ。もし喪服を着ていたということを人が知ったら、玉鬘が大宮の喪に服していることが露見する。そうすれば、血縁関係の真実が明らかになってしまうからである。まことに気配りの行き届く玉鬘であった。

中将も、

「そのように、大宮さまとのご縁を、ひた隠しになさろうとするお心は、わたくしには辛く感じられます。わたくしとて、大宮さまとお別れしなくてはならなかったことは、忍びがたい悲しみでしたが、そのお名残《なごり》の喪服も、もう脱がなくてはいけないということが、またさらに辛いことでございますものを。……しかし……それにしても、わたくしにとって不可解なことは、どうして内大臣さまの姫君でありながら、わたくしどもの家とご縁が切れずにおいでなのか、まことに心得ぬところでございます。もしこの大宮さまとのご血縁を表わしている喪服のことがなかったなら、今でも実の姉君とばかり思っていたにちがいありません」

とかきくどく。

「なにごともろくろく分別できませぬわたくしの心には、さらにさらに、どういうことなのか考えつくことも、そのいわれを辿《たど》ることもできませんけれど、いずれにしても、こういう色の衣などは、どういうわけかわかりませんが、なんだかしみじみと心悲しく感じられることでございますね」

玉鬘は、そんなことを呟《つぶや》いて、いつもよりずっと沈鬱《ちんうつ》な面持ちをしている。それもまた、なんとしても労《いたわ》ってあげたくなるようなかわいい風情があるのであった。

中将、藤袴の花にことよせて玉鬘に言い寄る

こんな機会に、と、ふと思いついたのであろうか、中将は、手にしていた藤袴《ふじばかま》の花の、たいそう美しく咲いたのを、御簾の端から差し入れた。

「この花を、ご覧になる理由もございましょう」

こんなことを言いながら、中将は喪服と同じ藤色の花を御簾の内に差し入れて、すぐには手を離そうとしない。そのようなこととはいっこうに思いも寄らぬ玉鬘は、何心もなくこの花を手に取ろうとした。その瞬間、中将はその袖《そで》をとらえて引き動かした。

同じ野の露にやつるる藤袴《ふぢばかま》
あはれはかけよかことばかりも

あなたも私も、同じ野の露にそぼち濡れる藤袴のように、同じ藤色の喪服に身を窶《やつ》しておりますほどに、ほんの託言（かごと）…申し訳ほどでも優しいお情をかけてください

こんな歌を口ずさんだ中将の心は、かの「東路《あづまぢ》の道の果てなる常陸帯《ひたちおび》のかことばかりも

逢ひ見てしがな（東路のその道の果てにある常陸の、名にしおう常陸帯の帯鉤（かご）（注、帯につける鉤金具《かぎかなぐ》）ではありませぬが、仮言（かごと）ばかりでもいいから、あなたと逢瀬《おうせ》を遂げたいものでございます）」という古歌の、その「逢瀬を遂げたい」ということであったかと、玉鬘は気付いて、いかにも無遠慮なもの言いにたちまち不愉快な気持ちになったが、しかし、ここはひとまず気付かぬふりをして、そっと中将の手を振りほどくと奥のほうへ退いてしまった。

「尋《たづ》ぬるにはるけき野辺の露ならば
　薄紫やかことならまし

お尋ねになっても、いっこうに遠い野の露のように、もともとが遠いご縁であるならば、この薄紫の花……その色に似た喪服の色こそ、お近づきになる格好の口実（かごと）でございましたろうに……でもじっさいは、姉弟のように近々とした間柄だったのではありませぬか

こうして人伝てならず、親しくお話し申すより以上の、深き因縁がございましょうかしら」

玉鬘は、こんな歌や言葉を返して、中将の思いを退ける。

中将は少し笑った。

「はは、浅いか深いか、わたくしの思いがいずれか、よくご分別のこともあろうかと存じます。まじめな話、まことに恐懼《きょうく》すべき宮仕えのお召しのことを存じながら、それでもなおどうしても鎮めがたいわたくしの心のうちを、どうしたらお分かりいただけるものでしょう。なまなかに口に出せば却ってお疎《うと》みになられるだろうと思いますと、それもやるせない思いがいたしますゆえ、いままでは何が何でも胸一つにしまっておりました。でも、もう『今はた同じ』というところに思い至り、ひたすら悲観しております」

かの「わびぬれば今はた同じ難波なるみをつくしても逢はむとぞ思ふ（悲観の果てに、もう今は同じこと、あの難波のみをつくし……水脈《みお》つ串《くし》……ではありませぬが、身を尽くして、命が果てようとも、なんとぞして逢いたいと思うのでございます）」という古歌を仄《ほの》めかして、中将は、なにがなんでも逢瀬を果たしたいという気持ちをうちあけ、さらに言葉を継いだ。

「あの頭中将の恋慕の様子はご覧になっておられましたか。わたくしは、あのことを他人《ひと》事《ごと》だと思っていたのですが、いまから思うと、どうしてそんなことを思っていられたのか、不思議です。実際に、わが身のことと思うようになってみれば、あれはまったく愚かしいかぎりだったと、しみじみ思い知ったことでございました。……頭中将のほうは、却って今は思いを鎮めているようで、結局血を分けた姉弟として切っても切れない縁に結ばれたことを頼みにして、せめて自分を慰めているような様子を見るにつけて、それがわたくしには羨《うらや》ましくも妬《ねた》ましくもあります。こんなわたくしを、せめてかわいそうな男だというくらいには、お思いおきくださいませ」

などなど、このほかにも心濃《こま》やかに告白することも多かったのだが、いずれも、見聞きするに堪《た》えぬことゆえ、ここには書かない。

今は尚侍という立場にある玉鬘が、しだいしだいに奥へ引き退きながら、〈なんとまた厄介なことになったもの……〉と思っているらしい様子を見ても、中将はなお諦《あきら》めきれぬ。

「ああ、冷淡なお仕打ちでございます。どうあっても身の過ちなど犯すはずもないわたくしの真面目《まじめ》な心のほどは、今までにも自然とご承知おきいただけたこともございましたろうに」

などと言い続けて、この機会に、もう少し深い思いのほどを打ち明けたいらしい様子であったが、玉鬘は、取りあわない。

「なにやら、気分がすぐれませせぬゆえ」

と言って、ついに奥のほうへ隠れてしまった。
中将は、身も世もあらず深いため息をついて、立っていった。

夕霧の復命

〈ああ、中途半端に、言ってはいけないことを口にしてしまった〉、そう思うと、中将は、情無い思いに打ちひしがれる。それにつけても、こんどは、玉鬘よりもいっそう身に沁《し》みて恋しく思ったあの、もう一人の人、紫上の面影が彷彿《ほうふつ》と浮かんできて、今のように、御簾や几帳を隔てた形でもいいから、せめて声だけでも、なにらかの機会を得て聞きたいものだと、また悶々《もんもん》たる思いを抱えながら、源氏の住まいのほうへ戻ってくると、すぐに源氏が顔を出した。中将は玉鬘の返事を伝達する。

「そうか、十三日の禊《みそぎ》は気がすすまぬと申したか。さては、喪が明けたらすぐに宮仕えするということで、しぶしぶ応じたということなのであろうな。兵部卿の宮など、その道の手だれというべき方が、なおたいそう深く心を尽くしてしみじみと口説きなさったことゆえ、すっかりそちらに心が染まってしまったのであろう。そう思うと姫もかわいそうだ。

が、あの大原野《おおはらの》の行幸《みゆき》の折に、お上のお姿を拝した折には、それはもう素晴らしくていらっしゃると思っていたのだったがな。これが、もっと若い姫であったなら、ちらりとでもお上を拝見したなら、けっして宮仕えから心が離れるなんてことはあり得ないのだが……。私はそう思ったからこそ、この宮仕えの話を先に進めたのだ」

源氏はそんなことを言う。これを聞いて中将は、

「それでは、あの姫のお人柄としたら、お上と兵部卿の宮と、どちらに縁付くのが相応《ふさわ》しいのでございましょう。お上のお側には、中宮さまが並びないお立場でいらっしゃいますし、また弘徽殿女御も、お家柄も申し分なく、声望も格別でおいでなさいますから、どれほどお上の御寵愛《ちょうあい》が深かろうとも、これらの后《きさき》がたに並び立つなどということは、いかにしても難しいことかと存じます。これにひきかえ、兵部卿の宮は、もともときわめて深いご執心でございましょうし、宮仕えのほうは、女御とか中宮とかいうような辞退しがたい形での入内でもないのですから、そこを強いて出仕させたとあっては、宮も自分の気持ちを黙殺されたというので、さぞご不快を覚えられることでしょう。宮と父上とはこれまでかくも仲のよいご兄弟でいらしたのですから、あまり喜ばしくないことになりはすまいかと案じられるのでございます」

などと、いかにも大人らしい分析をしてみせた。

「むずかしいな……、これが私の一存で決めてしまえることならば造作《ぞうさ》もないのだが、あの姫については父内大臣の思惑《おもわく》も考慮せねばならぬし。それればかりか、あの右大将（髭黒）も私を恨んでいるという話だし……。とかく、こうした気の毒な身の上の人の辛さを放ってもおけなくなって、ついつい引き取って世話をしたりするゆえに、わけのわからない恨みを背負ってしまう結果になる。翻《ひるがえ》ってみれば、軽々しい行ないであったことよな。あの姫の母君が、くれぐれも頼むと、哀れに言い置いて死んだ、その言葉が忘れられなくてな。心細い山里に住んでいると聞いたのだが、あの内大臣がなんとしても願いを聞き入れてはくれなさそうだと訴えてきたものだから、かわいそうに思って、こうしてつい引き取り育てることになったというわけだ。ところが、私がいまこうしてきちんとした姫君らしく扱うのを見て、内大臣も慌ててひとかどの姫君扱いをしようというわけなんだろう」

と源氏は、まことにもっともらしいことを言うのであった。

「姫の人柄からすれば、宮の北の方にふさわしかろう。なにぶん華やかで、たいそう若々しいが、それでいて賢く、危なげのないところが、なんといってもああいう方との仲らいにはよろしいのだ。さてまた、宮仕えをするとしても、まことに十分な力量があるにちがいない。姿形は美しく、しかもなにをやらせても巧みで、朝廷《おおやけ》の公務方面にも暗いということがない。したがって、よろず要領よくこなして、お上の思し召すとおりになにごともやり遂げるであろう」

この源氏の口ぶりからすると、どちらに縁付くべきか、真意が知れぬ。中将はそこを知りたく思った。

「この何年か、こうしてあの姫を養育なさいましたそのお気持ちのほどを、世の中では、いろいろ妙な按配《あんばい》に取り沙汰《ざた》しているように見えます。あの内大臣だって内心は疑っておいでです。近衛《このえ》の右大将（髭黒）が姫君を見初めて、内大臣との縁を頼りに思いを申し入れてまいりました時も、そのようなことを仄《ほの》めかす返事をなさったことでございました」

これを聞いて源氏はからからと笑った。

「はっはっは、どれもこれもまるで見当外れというものだね。いずれにしても、宮仕えにせよ、そうでないにせよ、内大臣が心底《しんそこ》納得して、こうせよとお決めになったとおりにするがよいのだ。女というものは、三従《さんじゅ》の道を心得なくてはならぬものだが、その順序を違え、実父を差し置いて、養父である私が気随《きずい》にしようなどということは、あってはならぬことだからな」

未だ嫁《か》せざれば父に従い、既に嫁しては夫に従い、夫死しては子に従う、と『儀礼《ぎらい》』の教えを引き合いに出してまで、源氏はすべてが内大臣の意志のままなのだと言いくるめようとする。しかし、中将は納得しない。

「しかし、内大臣が内々《うちうち》に、『源氏の大臣《おとど》の六条のお邸には、なみなみならぬご身分の夫人がたが、何人ももうずっと以前からおいでになる。だから、くだんの姫などは、とてもじゃないが、そういうきちんとした夫人の数のうちにはお入れにならず、まず、捨てるようなつもりもあって私に譲ってよこしたものであろう。その上で、単なる尚侍とか、まったく通り一遍な形でうわべだけは宮仕えに出しておいて、その実、源氏の大臣は、結局自分のものにしてしまおうと思っておいでだ。かえすがえすも賢く目端《めはし》の利いたやりかただな』と、いいいいいいいいたいへん喜んでおられましたよと、たしかにある人がわたくしに教えてくれましたから」

こんな皮肉めいたことを、ばかに端然とした面持ちで言い募る。

源氏は、〈内大臣の考えそうなことだな〉と思いつつ、しかし中将の執拗《しつよう》な詮索《せんさく》に困《こう》じ果てている。

「それはまた、ずいぶんと持って回ったような筋書きを思いつかれたものだな。いつでもそうやって行き過ぎた詮索ばかりしているお心ぐせなのであろう。まあいい、どちらに転ぶにせよ、いずれ自然と真実の事情が分かってくることもあろう。なんとしても、とんでもないところまで気を回される内大臣の心のほどよな」

そういって、源氏は笑い飛ばす。その態度はまことに曇りないのであったけれど、それでもなお、中将の心にいくばくの疑いは残っている。

〈やっぱりそうか……〉と源氏は内心に思い巡らす。

〈……こんなふうに誰もが推量しているというときに、その推量どおりのところに落ちるようなことがあったら、なんとしても無念で面白からぬことであったろうな。こうなったら、あの内大臣に、なんとかして私の心があくまでも清廉潔白であることを知らせてやりたいものだが……〉などと思い至るにつけても、〈しかし、あの玉鬘を宮仕えに事寄せてうまく処置して、己《おのれ》の恋慕の心があからさまには見えぬようにごまかしたつもりだったのを、あの内大臣はよくもまあ見抜いたものだ、その眼力たるや、薄気味悪いくらいだな〉とまで源氏は思い続けた。

喪が明けて玉鬘は十月出仕と決まる

こうして玉鬘は喪服を脱いだ。

しかし、明けて九月《ながづき》ともなると、婚儀などは忌む月ゆえ、やはり宮仕えに参ることなども慎まなくてはいけないだろうという配慮から、十月《かんなづき》の出仕がよかろうと源氏は思い定めて奏上《そうじょう》する。それをお上も待ち遠しい思いでおられたが、兵部卿の宮など、玉鬘になにかと言い寄っている人々は、誰も誰も、この出仕のことは残念無念の思いで、内裏へ上がってしまう前になんとかしたいものと思う。そこで、それぞれ日ごろから懇《ねんご》ろにしている女房などのところへ、しきりに仲立ちを懇願したり嘆いてよこしたりする。古歌に「手をさへて吉野の滝はせきつとも人の心をいかが頼まむ（手で遮《さえぎ》って吉野の激湍《たき》を塞《せ》き止めることができたとしても、愛しいあの人の心を頼りにするなんてことはとてもできやしない）」と言うけれど、これればかりは、その吉野の激湍を塞き止めるより、さらにさらに難しいことだから、なんとしても叶《かな》えることは困難で、誰もみな「そんな理不尽なことをおっしゃられても困ります」と答えざるを得ない。

中将も、中途半端に告白などしてしまって、玉鬘がどう思っているだろうと、苦しい思いのままに、せいぜいあちこち奔走しつつ、それはそれは懇篤《こんとく》に、一般的な意味での「玉鬘の後見役」として諸事斡旋《あっせん》し、なんとかご機嫌を取って回る。そうして、もはやそうたやすくは、軽々《けいけい》に恋心を口に出すようなことは慎んで、ひたすら体裁のよいように心を鎮めて過ごしている。

一方のまことの兄弟の公達《きんだち》は、玉鬘が源氏の手の内にあるあいだは遠慮して寄りつかず、やがて宮仕えに上《あが》ってから、おもむろに後見役に自ら任じようというので、ただただ出仕の日を一日千秋《いちじつせんしゅう》の思いで待っている。

頭中将（柏木）、父内大臣の使者として玉鬘を訪う

頭中将は、以前は身も世もあらぬようなご執心ぶりで、なにかと口説き寄ってきたのに、今はすっかりそういうことも途絶えてしまった。そのことを玉鬘付きの女房たちは、「ずいぶんと手のひらを返したようなお心変わりだこと」と可笑《おか》しがっている。

すると、その頭中将が内大臣の使者としてやってきた。じつは、表向きには実の兄弟だ

ということは披露していないので、依然としてこっそりと文のやりとりなどはしているのだが、月の明るい夜のこととて、人目に立たぬように、庭の月の桂男《かつらおのこ》よろしく、桂《かつら》の木陰に隠れるようにして、頭中将は姿を現わした。

今までは、どんなに頭中将が懸想文をよこしても、兄弟であることを知っている玉鬘は、いっさいその文を手に取ることもしようとはしなかったのだが、今は、そんなあしらいをしていた名残もなく、堂々たる正客を迎えた時のように、御殿南面の御簾の前の簀子《すのこ》に御座《おまし》をしつらえた。

玉鬘は、しかし、取り次ぎの女房を通さずに自分で直接受け答えするのも、さすがに憚られるので、例によって宰相《さいしょう》の君を取り次ぎとしてやりとりすることにした。

頭中将は、眉《まゆ》を曇らせた。

「父内大臣が、わざわざわたくしを選んで使者として遣わされたのは、かような人づてではなくて直接にお伝えせよとの大事なことがら故でございます。こう遠く隔たったことでは、どうして申し上げることができましょうや。わたくしなどは、しょせん人の数にも入らぬ軽輩ながら、『兄弟の縁は切っても切れぬ』と申す諺《ことわざ》もございましょうに。いやいや、こんなことを申し上げるのは、どんなものでしょう、いかにも昔気質の老人めいた言い草でございますが、せめてそこを頼みの綱と思っておりました」

と、こんなことを、腹立ち紛れに言い募る。

「まことに、仰せのとおりに年来の積もり積もったお話も交えて、四方山《よもやま》申し上げたいところでございますが、最近は妙に気分がすぐれませず、ろくろく起き上がることもできぬような按配でございますほどに……。そのように厳しくお咎《とが》めになられましては、なまなかな血縁の故に却って疎遠なおとりなしをなさいますのかという心地がいたします」

玉鬘は、あくまでもまじめくさって、こんなふうに伝言させる。

「お加減が悪くていらっしゃるのですか……。それならなおのこと、どうしてその御几帳のもとまで、見舞いに上がるのをお許しくださいませぬか。ああ、もう結構です。いずれこんなことをくだくだと申し上げるだけ無粋《ぶすい》というものでした」

そう言って、頭中将は、内大臣からのいくつかの伝言を、声を忍ばせて言う。その態度などは、さすがに人には劣らぬ風格があって、まことに危なげがない。

「ご参内《さんだい》なさいますときの次第につき、詳しいことも未だ伺い得ずにおりますが、内々《ないない》にお打ち合わせくださるのがよろしかろう。なにごとも、人目に立つことを恐れて、こなたへ参上することも叶わず、よってまたろくろくご内談も叶わぬこと、これを父大臣は心にかけて案じております」

こんなことを、規矩準縄《きくじゅんじょう》な口調で伝達すると、そのついでに、つい自分の気持ちを口にする。

「いやはや、今となりましては、以前のような愚かしい文などを、とうてい差し上げることはできぬようになりました。けれども、たとえ姉弟であるにせよ、他人であるにせよ、わたくしの真剣な思いを、知って知らぬふりをなさるなどということがあっていいものだろうかと、ますます恨めしさも募ることでございます。まず第一に、今宵のおもてなしです。もはや姉弟と知れてあるに、このような他人行儀だ。もっと打ち解けて奥がたの北向きのお部屋にでも招じ入れていただいてです、……いやいや、そこのお取り次ぎの女房がたなどは呆《あき》れた男だとお思いになるかもしれないが、いっそ下仕《しもづか》えのような人々とだけでも、腹蔵《ふくぞう》なくおしゃべりしたいものだ。それが、こんなおあしらいだ、こんなことがあってよいものでしょうか。以前といい、今といい、まったくめったとないわたくしどもの間柄ですな」

と、首を傾《かし》げ傾げしながら、綿々《めんめん》と恨みごとを言い続けるのもなんだか可笑しくなって、宰相の君は、この言葉をそのまま伝達してのける。

玉鬘はまた言い返す。
「まことにごもっともでございます。が、血縁と分かった途端、急に親しくするようなことをいたしましては、それを源氏の大臣《おとど》が聞かれてどうお思いになるだろうと憚られます。長年にわたり事実を明かさずぐっと内にこらえ、鬱々《うつうつ》として暮らしてまいりました、この事実を、今になってもなお明かさずにおりますのは、なんだか中途半端で、却って以前よりも物思いばかりまさることでございます」
こんなふうに、ことさらに愛敬《あいきょう》もなにもなく言うのを聞けば、頭中将はなにやら気恥ずかしい思いに駆られて、ぐっと言葉につまる。
「妹背山《いもせやま》ふかき道をば尋ねずて
緒絶《をだえ》の橋にふみまどひける
女と男、妹背の山の奥深い道の、その奥深い真実、姉弟であったということを尋ね知ることもせずに、わたくしは、玉の緒も絶えるという緒絶の橋に踏み惑うごとくに心惑いして、文（ふみ）など差し上げたことでした……
……よ」

頭中将は、せめてこんなことを恨んでみせたが、しょせん自分が蒔《ま》いた種と申すもの。

玉鬘の返し歌。

「まどひける道をば知らで妹背山
たどたどしくぞ誰《たれ》もふみ見し

そのように心惑いして、妹背山に踏み惑うておられる道とも知らず、誰もみな、なにやらおぼつかない思いで、その文（ふみ）を拝見しておりましたが……」

この返歌を伝えた宰相の君は、いささか、このあたりの事情を頭中将に語り聞かせる。

「さきほど、兄弟であれ他人であれ真剣なお気持ちであったと伺いましたが、あのお手紙の数々がいったいそのご兄弟としてのお気持ちなのか、それとも他人としてのそれなのか、そこが姫君にはご判断できかねたのでございます。どのようなことについても、姫君は、理不尽と思われるほど、おしなべて世間の聞こえを憚っておられるようでございまして、それでお返事なども差し上げることがおできにならなかったのでございます。まず、しかし、こんなことばかりでもございますまい、いずれは……」

こんなことを言うのを聞けば、それはそうかもしれないと、頭中将は思って、

「よろしい。これ以上長居をするというのもはなはだ興ざめというものだ。これより、さまざまにお為《ため》の労《ろう》を取らせていただきますほどに、その功績が積もりました頃《ころ》に、もっとお親しくご奉公など仕《つかま》りましょう」

と言いざま席を立った。

月は中天《ちゅうてん》に高く、その光は地上に隈無《くまな》く降り注いで、空の色もひとしお冴《さ》え渡っている。頭中将は、たいそう貴《あて》やかな、そしてさっぱりと美しげな姿形をして、直衣《のうし》姿もまことに高雅に華やかに、なんともいえず風情がある。とはいえ、あの源氏の中将の様子や風姿にはとても及ばないけれど、これはこれでたいそう風情があるように見えるのは、いったいどういう美しいお血筋なのであろうと、従兄弟《いとこ》同士に当たる二人の中将のことを、若い女房たちは、例によって、さながら「あばたもえくぼ」という調子で称賛しあうのであった。

髭黒右大将の求婚運動

さて、あの髭黒《ひげくろ》の右大将は、右近衛府《うこんえふ》次官の頭中将の上役に当たるので、常に呼びつけてはなにかと玉鬘のことを、懇《ねんご》ろに語らって、また父内大臣にも申し伝えなどさせるのであった。

内大臣は、〈うむ、あの右大将ならば、人柄もたいへんに良いし、帝《みかど》の政事《まつりごと》の後見役ともなるべき人材ゆえ、どうしてあの姫の婿として難があろうか……〉と思う。〈しかし……だ。源氏の大臣が、ああして尚侍として出仕させると決めたことを、いまさらどうして反問できようかの……まず、あれはああやっておいて、ひそかに別の下心などがあるのであろう〉と独り合点している向きがあるので、ともあれ、源氏のするままにまかせている。

この髭黒の右大将は、今の東宮の母、承香殿女御《しょうきょうでんのにょうご》の兄弟に当たっている。それゆえ、源氏や内大臣を別にして考えれば、それに次いで、お上《かみ》のご信頼もただならぬ人物であった。年齢は三十二、三、北の方は、紫上の腹違いの姉君なのであった。すなわち、かの式《しき》部卿《ぶきょう》の宮の長女に当たる。この北の方は、大将よりも三つ四つ年長なのだが、そのことはまず大した問題ではない。しかし、その人柄は、さてどんな按配であったのやら。ともかく、大将は、この奥方に「嫗《おうな》」（婆さん）というあだ名を付けて、まるで心に懸けていないのであった。いや、むしろ、なんとかして離縁してしまいたいとまで思っていたのである。

しかしながら、式部卿の宮の血筋を引く北の方の存在もあって、源氏は、この大将と玉鬘の縁組みについては、似合いとも思わぬし、またなにかと厭《いと》わしいことになるだろうと思ってもいるらしい。

もともと右大将は、色めいたことで乱れた生活ぶりとは見えなかったが、それでも、玉鬘については、はなはだしく心を尽くして求愛していたのであった。そのため、あの内大臣も、必ずしも不適格だとは思っていなかったのだし、また、右大将自身、頭中将から内々《うちうち》の様子を聞いてみれば、どうやらあの姫は、宮仕えすることに気が進まないようだ、と、これはたしかな事実のように思われた。

そこで髭黒の右大将は、

「思うに、ただ源氏の大臣のご意向だけが余人とは違っているらしい。されば、真の親の内大臣のご意思にだけは逆らわぬことにしよう、さすれば、まだ脈はあるだろうから」

とて、玉鬘との間を取り持ってくれる女房の弁《べん》をしきりとせっついた。

玉鬘への男たちの求愛

九月《ながづき》になった。

初霜がみっしりと降り、冴え冴えとした朝に、いつもながら、それぞれの男たちとの仲立ち役の女房どもが、そっと隠しつつ持ってくる懸想文のあれこれを、玉鬘は見ようともせず、ただ、女房たちが読み聞かせるのを聞いているばかりである。

右大将の文には、こうあった。

「こうしてずっと頼りにして参りましたのに、ただ空しく過ぎてゆく空の様子を見るにつけてもただ気が滅入《めい》るばかりにて、

数ならばいとひもせまし長月に
命をかくるほどぞはかなき

もし私がありきたりの男であったなら、この婚儀を忌むという九月などさぞ厭わしく思うことでしょうけれど、来月になったらもう望みはないのかと思うと、

その忌むべき長月に命を懸けるのですから、まことにはかないものでございます」

源氏が、月が改まったら宮仕えに出そうと定めたのを、よほどよく心得ているらしく見える。

兵部卿の宮は、

「もはや言ってもなんの甲斐《かい》もない仲らいは、今さら申し上げることもございませぬが、

朝日さす光を見ても玉笹《たまざさ》の
葉分《はわけ》の霜を消《け》たずもあらなむ

朝日から射す光のような帝の御光を見たとしても、
この笹の下葉の先に置く霜のようにはかないわたくしの存在を、
どうか思い消さずにいてほしいのです

この胸の思いを知っていてくださるなら、せめて心を慰めるよすがもありそうに存じます」

そう書いた文を、ひどく霜枯れした笹の、その霜も落とさぬままに持ってきた使いの者

までが、折節の風情にいかにもよく似合っていることよ。

式部卿の宮の子息、左兵衛《さひょうえ》の督《かみ》は、紫上の兄弟に当たる。それゆえ、六条院にも親しく出入りするような君とあって、自然、このあたりの万般《ばんぱん》の事情を知悉《ちしつ》しているだけに、その悲観ぶりはなおいっそうであった。そこで、くどくどと山のように恨みごとを連ねた後に、「忘るれどかく忘るれど忘られずいかさまにしていかさまにせむ（忘れようとしても、こんなに忘れようとしてもやはり忘れられない、さあどうして、どうしたらいいだろう）」という古歌になぞらえて、こんな歌を書きつけた。

忘れなむと思ふものの悲しきを
いかさまにしていかさまにせむ

忘れようと思うだけでも、心悲しいものを、
どこをどうして、どのようにしたらよかろうか

その紙の色、墨の具合、また紙に焚《た》きしめた香の匂《にお》い、みなとりどりに素晴らしい。これを見ては、女房たちこぞって、

「これほどの方々からの思し召しが、もうすぐ絶えてしまうと思うと、寂しいわねえ」

など言いあっている。

さても、いったいどういう思いからなのであろうか、玉鬘は、兵部卿の宮へのお返事ばかりを、ほんの数行書いて、そこに、

心もて光にむかふあふひだに
朝おく霜をおのれやは消つ

合ふ陽とて、わが心から進んで光に向かうと名に負うている葵（あふひ）でも、朝置く霜を自分で消したりするでしょうか。まして、わたくしは進んで帝の御光に浴すのではありませぬゆえ、どうして霜を消したりいたしましょうか。いつまでも思いを消すことなどありませぬに

と、こんな歌を、ほんのりとした薄墨で書いて送る。

宮はその返事を、〈珍しいことだな〉と思いつつ見るに、その歌の心が、さも宮のお気持ちは分かっておりますと言わぬばかりの気配に引きかけた詠みぶりゆえ、ほんの露ほどのわずかな文だが、たいそう嬉《うれ》しく思ったのであった。

かくして、とりたててどうというほどのものでもないのだけれど、さまざまな人々からの恋慕の恨みを訴える文も、まだまだたくさんあった。

そこで、女の心の持ちようというものは、すべからくこの姫君を手本にするがよかろう、と源氏も内大臣も定め諭したのだとか……。

真木柱
<small>まきばしら</small>

源氏三十七歳から三十八歳

玉鬘、髭黒の大将の手に落ちる

「万一にも、このことを、お上《かみ》がお聞き遊ばすようなことがあれば、まことに恐れ多いこと、されば、当分誰にもこのことは口外御無用にな」

源氏は、そういって髭黒の右大将を禁《いさ》める。が、大将は、嬉しさのあまり、とても胸一つにはしまっておけないのであった。

髭黒の手に落ちて、もうだいぶ日数も経《た》つに、玉鬘の心は鬱々《うつうつ》として、髭黒に対する気持ちは、すこしも打ち解けることはない。それどころか、〈ああ、思いもかけない辛い運命に生まれついてしまったこと……〉とひたすらにふさぎ込んでいる、その様子がいっこうに解けないのを、右大将はたいそう辛く思うけれど、こうなったについては、前世からのよほど深い宿縁に恵まれていたのであろうと、そのことはまた、ぐっと嬉しくも思うのであった。

〈まったく、美しい。見れば見るほどすばらしい。なにもかも願っていたとおりのこの美しい顔形《かおかたち》や風情、こいつをすんでのところで、よその男の手生《てい》けの花にしてしまうところであった。あぶないあぶない〉などと思うにつけても、間一髪《かんいっぱつ》のところであった危うさに、右大将は思い出すたび胸がつぶれる思いにかられる。それゆえ、祈誓《きせい》をかけた石山《いしやま》の観音様や、手引きをしてくれた弁《べん》のおもとを、二人ならべて伏し拝んでしまいたいくらいの気持ちであったが、玉鬘のほうは、そもそもこんななさけないことになったのは、その弁が髭黒の言いなりになって手引きをしたからであろうと思うと、弁のことも毛嫌いするようになっている。それゆえ、弁は、出仕《しゅっし》することも叶《かな》わず、ただ里のほうに謹慎しているというありさまであった。

まことに、これまで悶々《もんもん》として恋い渡っていたたくさんの男たちのことは、とりどりに見もし聞きもしたけれど、そういうなかで、もっとも心が単純で正直な男のために、石山の観音様は、ぴたりとそのご効験を示し給《たも》うたのであった。

源氏も、玉鬘を右大将が手に入れてしまったということは、不本意も不本意、残念無念だと思うけれど、それはいくら言ってもなんの甲斐《かい》もないことゆえ、今は源氏も、また内大臣も、もはやしかたのないことと思って、右大将の通って来ることを許し始めていた。されば、今さらに源氏ばかりが不承知だと言い張ったりするのも、右大将に対して気の毒ではあり、またそんなことをしたってもはや無駄なことと思うゆえ、いっそ考えを変えて、大将に対する応接の作法も恭《うやうや》しく、この上なく丁重に世話したのであった。

それでも、右大将としては、玉鬘を自邸に移し住まわせる日の来ることを一日千秋《いちじつせんしゅう》の思いで待ちながら、かつはその準備を心がけて急がせる。が、玉鬘としては、そう軽々しい調子で、よく考えもせずに気安くあちらへ行くということもなりがたい。なにぶん、右大将の邸《やしき》には、決して玉鬘を歓迎するはずもない人が、手ぐすね引いて待ち構えていると聞くからであった。

源氏は、それでは玉鬘がかわいそうだ、ということを口実として、

「もう少しのんびりと、あまりあちこちに障《さわ》りのないかたちで、大騒ぎにならぬように留意して、しかも恨みやそねみを誰からも受けぬように身の振り方を考えるがよい」

とよくよく諭すのである。

父内大臣は、

「右大将のお世話になるというのは、かえって安心なことのように思える。あの姫のように、とりわけて懇《ねんご》ろに面倒を見てくれる後ろ楯もない者が、生半可《なまはんか》に好き事めいた宮仕えに出仕するとなると、なにか辛い思いをするのではないかと、心配でならなかったのだ。

いや、私としても力になってやりたい気持ちは山々ながら、なにぶん弘徽殿女御が帝《みかど》にお仕えしているのを差し置いて、あの娘をどう世話したものか、そこがむずかしい」

などと、ごく内々《ないない》に本心を洩《も》らすのであった。

じっさい、いかに帝のお情《なさけ》を賜ったとしても、それが他の妃《きさき》がたよりも軽く扱われて、ほんのおしるしほどのお情をかけていただくばかり、堂々とした御寵愛《ちょうあい》でなかったとしたら、せっかく出仕させても、結果的には軽率な判断だったとみえるに違いなかった。

しかし、こたびの右大将とのご縁は、三日目の夜の固めの餅《もち》も祝って、晴れて夫婦であることを正式に承認されたという一部始終を伝え聞いて、内大臣は、源氏の君の心を、しみじみともったいなく、またありがたいとは思うのであった。

なにぶん公《おおやけ》には内密ということになっている間柄であったが、自然自然と、世の人々は興味津々のこととして面白ずくで語り伝える。そして、次々と聞いては洩らし聞いては洩らし、めったとない話の種としてささやきあった。

やがて、内裏《だいり》のお上《かみ》のお耳にも達してしまった。

「残念なことに、私とは前《さき》の世からの縁がなかった人と見える。ひとたびは私もそのように思ったこともあるに、宮仕えも、それが色めいたことであるなら諦《あきら》めなくてはなるまいが、そうでないなら差し支えもあるまい」

などと仰せがあった。

玉鬘をめぐる色好みの男たち

十一月《しもつき》になった。

この季節は、なにかと神事なども多く、宮中の内侍所《ないしどころ》でも、多事多端な頃であったから、女官《にょうかん》ども、また内侍どもも、みな尚侍《ないしのかみ》(内侍所の長官)である玉鬘の決裁や指図を仰ぎに、六条の院へやって来るので、それがために、玉鬘の周辺は華やかに時めいてなにかと人騒がしい。にもかかわらず、髭黒の右大将は、真っ昼間から物陰に身を潜めてずっと寄り添い、同じ部屋に籠《こも》っているので、なんとしても困ったことだと、玉鬘は思っていた。

右大将に出し抜かれた蛍兵部卿の宮などは、まして、それはそれは悔しいと思っている。また、式部卿の子息兵衛《ひょうえ》の督《かみ》は、妹が髭黒の北の方ゆえ、その妹まで巻き添えにして人が笑い物にすることも嘆かわしいし、かたがた自分の恋も叶えられなかったしで、重ね重ねに悶々たる日々、この上阿呆面して玉鬘に恨み寄ったところで、もはやどうにもなるまいと思い直したりしている。

右大将は、世にも名高い実直男《まめおとこ》で、もう長いこと少しも色事に迷い乱れるなどという振舞いはなくて過ごしてきたのであったが、今はその名残《なごり》もなく、玉鬘のところへ通って来るについては、得意満面、以前とはまるで様がわり、色好み然として、宵に暁にこっそりと六条の院へ出入りするさまも、いっぱし風流ぶって振舞っている。女房たちは、それを見て可笑《おか》しくてしかたがない。

さてその通って来る先の女、玉鬘は、もともと朗らかで日々の振舞いも明るい性格だったのだが、今はすっかり明るさも影を潜《ひそ》めて、それはもうひどく屈託《くったく》して鬱々《うつうつ》と過ごしている。決して自分のほうから望んでこうなったのではないことは、誰の目にも著《しる》きことながら、といって、源氏の大臣《おとど》が、髭黒との逢瀬《おうせ》をどんなふうに思っているだろうかと想像するにつけ、また兵部卿の宮が思いやり深く優しい人柄であったことを思い出すにつけ、今の自分の恥ずかしさ、悔しさに、なんとしても不本意な思いが消えないのであった。

源氏は源氏で、多くの人たちが、なにか疎《うと》ましい下心が源氏にはあるのではないか、と疑っていた筋が、この髭黒との結婚によって、まったく濡《ぬ》れ衣《ぎぬ》であったことが証明されたことになったゆえ、〈我が心ながら、そういうふうに手当たり次第によからぬ恋慕をしかけたりすることは好まない気性であったものをなあ〉と、昔からのことどもを思い出しつつ、紫上にも、

「そなたも、もしや疑っていたのであろう」

など、言ってみる。

そんなことを言いながら、内心には、今さら、例の「相応《ふさわ》しからぬ人にばかり恋慕する」という心の癖が蠢動《しゅんどう》しては大変だと源氏は自重《じちょう》している。しかし、ちょっと前に、玉鬘に対しての恋心で胸が苦しいほどになった時、〈このまま我が手に……〉とまで思い寄ったこともあって、じつは、その気持ちが今も消えてはいない。

右大将が留守の、ある昼間の時間に、源氏は玉鬘の部屋へ渡ってきた。

女君は、変に気分が悪い日ばかりが続いて、元気に起き上がることのできる時とてなく、萎《しお》れ返って過ごしていたのだが、源氏が渡ってきたので、少し起き上がって、几帳《きちょう》の陰に半ば身を隠している。源氏も、ことのほか心掛けて、少し他人行儀な様子をつくり、さしさわりのない話題などをあれこれ語り合う。

玉鬘は、実直な、世間並みの夫と共に過ごすようになってから、以前にも増して、源氏の言いようもなく素晴らしい容貌風姿《ようぼうふうし》をつくづくと痛感するようになり、それにつけてもまた、思い掛けない夫を持つことになったわが身が、消えてしまいたいくらいに恥ずかしく思われ、涙がこぼれるのであった。

しばらくして、やっと他人行儀でなく、ほんのりと心の通った会話となり、源氏は側の脇息《きょうそく》に寄りかかって、少し几帳のなかを覗《のぞ》き込みながら話しかける。

すると、ただささえ美しい玉鬘の面差しが、少し痩《や》せてますます魅力的に見え、どんなに眺めていても見飽きるということがない。源氏の目には、髭黒のものとなった女の肢体に、弱々しく労《いたわ》ってやりたいような、いじらしい風情が添うて見え、〈これほどの女を、このまま他人のものとなして見放してしまうというのも、あまりといえばあまりなる気まぐれであったというべきではないのか〉と、今さらながらに残念でならぬ。

女は、初めて契《ちぎ》った男の背に負われて、やがて三途《さんず》の川を渡るのだという。されば、愛しい玉鬘が三途の川を渡るときにも、やっぱりあの男の背（せ）に負われて、その瀬（せ）を渡るのであろうなあと思いやって、源氏は、こう詠じた。

「おりたちて汲《く》みは見ねどもわたり川《がは》
人の瀬とはた契らざりしを

自分で骨折りをして、三途の河原へ降りていって、そなたといっしょにその川の水を汲んではみなかったけれど、私としては、なにも、誰ぞ他の男の背（せ）に負われて、その瀬（せ）をわたりなさいなどと約束した覚えもなかったのに

思いもかけぬことでしたよ」

源氏は、そう涙声で言いながら、ちんと鼻をかんだ。その様子もまた、玉鬘にはじんわりと心に沁《し》みて感じられる。そこで玉鬘は、顔を隠しながら歌を返す。

みつせ川わたらぬさきにいかでなほ
涙のみをの泡と消えなむ

他の男の背（せ）に負われて三途の川の瀬（せ）を渡るなんて嫌です。そんなことなら、渡る前になんとかして、涙の川の水脈《みお》（流れ）のなかに、泡のように消えてしまいたい

源氏は、この歌を聞いて表情をゆるめる。

「三途の川を渡る前に、涙の川の泡と消えたいなど、そんな幼い駄々《だだ》を捏《こ》ねてはいけませんよ。なんといっても、あの川の瀬は、誰もが避けることのできない道ゆえ、私が背負いはしなくとも、お手ばかりは引いてお助けしましょうほどにね」

源氏はそんなことを言いながら、この姫と床《とこ》を共にこそしなかったけれど、この手の先では幾たびもあの黒髪や肢体に触れていたことを思って、ふと笑みを浮かべた。

「正直なところ、もう思い知られたことも、きっとあるだろうね。あんなに近くにいながらぼんやりとしてなにもしなかった……、この私の愚かしさも、また善良で安心な人間だということも、世にたぐいのないほどだったのだ……、せめてそこだけはお分かりいただけているだろうと、それを心の頼みに思っているのだよ」

こんなことを源氏が囁《ささや》くのを耳にして、玉鬘は、あれほど色めいた振舞いをしておきながら、そんなことを言うのかと、たいそう聞き苦しい思いでいる。

この困惑する女の表情を見て、源氏は、いくらか気の毒になり、話頭《わとう》を転じて、言い紛らそうとする。

「いや、お上《かみ》もこのたびのことは、残念がっておられた。それはまことにおいたわしいことゆえ、やはりここはちょっとだけでもいいから、参内《さんだい》なさるように計らいましょう。右大将が、まったく自分の持ち物のように心得てどこへも出さぬとあっては、肝心の内裏の交わりなども難しくなるように見える。私が当初考えていたこととはまるで違う結果になってしまったが、しかし、二条の父君内大臣は、この婚儀にご満足らしいから、私もそこは心安く思っている」

などなど、かれこれ事細かに語りかける。その一々の事柄について、玉鬘は、あるいはしんみりと感じ入りながら聞き、あるいはまた恥ずかしい思いで聞き、心はさまざまであったけれど、終始涙にくれている。玉鬘がこんなふうに萎《しお》れかえっているのを見れば、源氏の心も痛んで、さっきはいささか色めいた思いを抱きもしたけれど、今は乱れた振舞いには及ばない。そうして、ひしと自重して、ただこれからどう過ごしたらいいのか、また内裏へお仕えするについての心がけなど、まじめに教え諭しなどする。これでは、いかに髭黒が望んでも、玉鬘を、あちらの邸に移しやることは、なかなか許しそうもない気配であった。

いっぽう、髭黒の大将のほうでは、玉鬘が内裏に出仕することを、どうも不安心なことと思うけれど、〈いやいや、一旦《いったん》内裏に上がらせることにして、退出するときに、六条ではなく、自分の邸のほうへ連れていってしまえばよいか〉という計略を思いつき、ほんのわずかの間の、かりそめの出仕であれば大事ないと、これを許した。

髭黒としては、現在のように、こっそりと人目を忍んで女のもとへ通うなどということは、どうも身に付かぬ振舞いゆえ、なんとか妻を自邸に据えて心置きなく逢《あ》いたいと思う。そこで、邸をよく修理整備して、もう何年も荒れほうだい、忘れたようにうち捨ててしまっていたところに、きちんとしたしつらいを施し、万端格式に従って準備を進めている。

髭黒の北の方、物の怪のために狂乱

が、その北の方がこのことを思い嘆くであろうというようなことについて、髭黒は知らぬ顔をして、それればかりか、今まで愛育してきた子供たちさえ、今は眼中にないかのようであった。もしこれが、もっと柔和《にゅうわ》で、人情深い心の持ち主であったなら、とかくこんなことをしたら女にとっては恥になるだろうなと、よく斟酌《しんしゃく》して控えるとか、そうあるはずのところなのだが、髭黒の大将という人は、思い込んだら命がけというような人柄ゆえ、こんなことのために傷ついた北の方の心が、いよいよもって惑乱することが多かったのである。

そもそもしかし、この北の方という人は、どことい って人に劣るようなことはなかった。その人柄とて、式部卿という高貴な身分の父親王《ちちみこ》が、それはそれはたいせつに愛し育てた姫君ゆえ、世間の聞こえも決して軽々しいものではなかったし、容貌なども、たいそう美しい人であった。しかし、不可思議なことに、執念深い物《もの》の怪《け》に取り憑《つ》かれて患った結果、このごろでは、すっかり人が変わったようになってしまって、ために正気を失う折々が多くなっている。だから、夫婦の仲らいも、なにやら疎遠になってずいぶんと時が経った。

とはいえ、右大将家の北の方として、依然比肩《ひけん》するべき人もなく重々しい存在だということを、実直な右大将はきちんと認めてはいたのである。

ただ、このほど珍しくも心移りをした玉鬘ばかりは、その並々ならず人に優れた美しさもさることながら、それ以上にまた、あの姫は源氏のお手がついているのではないかと誰もがみな疑っていたにもかかわらず、実は清廉貞淑《せいれんていしゅく》な心がけで過ごしてきたという事実を知ったことで、髭黒の大将は、ますます世にも類例のない、すばらしい人だと思いを募らせる結果になった。それもまた道理に違いない。

しかし、北の方の父、式部卿の宮は、この一件を耳にして、

「こうなれば、そのように華やかな人を連れてきて、右大将がせっせと世話をしている、その片隅に、みっともなく連れ添っているというのも、どうにも人聞きが悪かろう。されば、私の目の黒いうちは、ひどく物笑いになるような形であの男に従いなびくことなくすごしたらよい」

と言って、宮邸の東の対をきれいに整備して、そこに北の方を引き取って住まわせようという思いを伝えた。すると北の方は、〈いかに、親の邸とはいえ、今こうして夫に見限られた身となって、里方へ出戻って父宮にお目にかかるなんて……〉と、やはりそれはそれで物思いの種となって心乱れ、なおのこと病状が悪化して気分も優れず、つねに臥《ふ》せっているという状態になった。

この北の方は、もともとの性格は、たいそう物静かで気立てもよく、おっとりとした人なのだが、どうしたものか、ときどき精神《こころ》がただならぬ状態になって、結果的に人に疎まれてもしかたのないような振舞いが混じることがあるのであった。

髭黒、北の方を憐れむ

住まいのありさまなども、どういうものか変にだらしなくて、なんの見所《みどころ》もなくうらぶれ、そこに鬱々と埋《うず》もれて暮らしている北の方のありさまに比べて、六条院の玉鬘の部屋は、宝玉《たま》を磨き立てたような素晴らしさゆえ、彼我《ひが》の径庭《けいてい》のあまりの著しさに、髭黒はすっかり目移りがして、もはや北の方の住まいのほうにはなんの愛憐《あいれん》も感じない。が、こうして長い年月をともに過ごしてきた思いは、にわかに失《う》せるものではないから、こんな北の方を、髭黒は、内心に〈ああ、かわいそうに〉と思って接しているのであった。

「たかが昨日今日のまったく浅い仲らいであったとしても、しかるべき身分の人間ともなれば、みなそれぞれに堪忍しあうことによって一生を共にするものだと聞きます。父親王《ちちみこ》はあのように仰せだけれど、そもそもそなたは病のためにとかく体が辛そうでおいでであったゆえ、なにか申し上げるべきことがあっても、ついそれを口にすることが憚《はばか》られてしまいまして……。しかし、もう長いことお約束をしてまいったではありませんか。そうやって、今は世間並みのお体ではないものを、私は、どうでも最後までお世話をし尽くしたいと、この胸のうちにぐっと思い鎮めて過ごしてきたのですよ。されば、とてもこのまま一生続けていくことができないというお気持ちにて、どうか私を疎ましくお思いなさるな。ああしてまだ幼い子らもいるのですから、なににつけかににつけ、私はそなたを決して疎《おろそ》かに思うものではないということは、ずっと申し上げてきました。なのに、その女心の取り乱しようゆえに、このように私をお疎みになる。これから先、私がどうしようとしているのかを、きちんとお見届けなきうちは、そのようにお恨みになるのもむべなるかなというところがございましょうが、とにもかくにも、どうか私を信頼して、いましばらくは成り行きをご覧になっていてください。父宮が、このことをお聞きになって疎ましくお思いになって、そなたをすっきりとお里のほうへお引き取りになろうと仰せになる……それこそ、かえって軽々しいことと言わねばなりますまいよ。まことに、宮は、そんなことをご本心からお考えになっているのであろうか、それとも、すこし懲《こ》らしめてやろうというだけのことなのであろうか、さて……」

と、こんなふうに大将は、さも冗談でもいうような調子で、笑いながら言う。そんな様子を見るにつけても、北の方は、〈なんと自分勝手な言いようか〉と、不愉快に感じるばかりであった。

右大将には、召人《めしうど》などと呼ばれるような、いわば側室を兼ねる風情で側仕えしている女たち、木工《もく》の君やら、中将のおもとやら、何人かそんな者がいたのだが、この女たちとて、それぞれの身分相応に、やはり心安らかならず、大将はひどい、と思っている。

北の方は、たまたま正気の時であったので、しみじみと心惹《ひ》かれるような風情で泣き沈んでいる。

「わたくしのことを、惚《ほう》けているとやら、まともでないとやら、お決めつけになって辱《はずかし》めるのは、それはそれで道理かもしれませぬ。しかし、父宮のことまでも、いっしょくたにして、なにかご批判めいたことを仰せになるのは、もしそんなことが父宮のお耳に入ったら、なんとおいたわしいことでしょうか。この辛い我が身の縁《ゆかり》ゆえに、父上までが、なにやら軽々しい人格のように思われてしまうかもしれませぬ。いいえ、そのようにひどいことを仰せになるのは、もう耳に馴《な》れておりますから、わたくし自身は、今さら事新しく傷ついたりすることもございませんけれど……」

そんなふうに訴えながら、北の方は、ふいと顔をそむけた。その様子は、そのままにはしておけないようないじらしさを感じさせもするのであった。

もともと小柄な人であったが、病がちの日常のために、すっかり痩せおとろえて、いかにも弱々しく、髪なども美しく長かったものが、今ではずんずんと分け取ってしまったかのように抜け落ちて少なくなってしまった。それをしかも、櫛《くし》を入れることもろくにしないうえに、今は涙に濡れてひっついてしまっているのは、見るも無残な様子であった。その容貌には、すみずみまで整って美しい色香があるというふうではなく、むしろ父宮に似て、飾り気なく美しい姿かたちの人であったが、今はそれがまるでなりふり構わずにいるために、華やいだ美しさなど、もはやあるべくもない。

「なんと。父君のことを、どうして軽んじて申し上げるようなことがあるものか。ああとんでもないこと、そのような人聞きの悪いことをゆめゆめ仰せなさいますな」

髭黒は、せいぜい北の方を宥《なだ》めようとする。

「えー、そのな、あの通っている所と申しますのはな、それはもうまばゆいばかりの素晴らしい御殿で、……おどおどしながら、真面目一方のわたくしが出入りするのですから、まずなんとしても人目に立つことであろうと、……気の引けることでございますからして、いずれ、そういう恥ずかしい思いをしなくても済むように、……こちらのほうへ移し迎えようと思っているのです。源氏の太政大臣は、なにしろ、あの、世にたぐいもないほど立派なご声望のある方だ。そんなことは今さら申すまでもなきことながら、こちらは、ひたすら恥ずかしくなるばかり、しかもその大臣《おとど》が思慮深くきちんとなさっておいでのあたりへ、万一にも、わが邸において、家中の不和だのなんだのと、良からぬことが聞こえてしまったら、それはもうなんとしても厭《いと》わしいこと、また憚り多いことと言わねばならぬ。さればな、なんとか穏やかに、せいぜい仲良くしていただいて、なにかとお話相手にでもなってくださらねば……。いえ、仮に、父宮のほうへお移りになったとて、決してそなたを忘れたりはいたしますまい。どうあっても、今さらにわたくしの心がそなたから遠く離れていくなどということはございませぬが、ただ、そんなふうに里帰りなどをなされば、世間はなんといって噂《うわさ》いたしましょうな。さぞ物笑いにすることでありましょう。そうしたら、わたくしとて、いかにも軽々しい人間のように思われて困ります。ですから、どうかこれからも、長年《ながねん》の約束を違《たが》えることなく、たがいに思いやり、力になりして、過ごそうではありませんか」

そんなふうに、大将は、重ね重ね言葉を尽くす。

「あなたの、辛いなされようは、いまさらどうこう思いはしませぬ。世間並みならぬ我が身の憂《うれ》わしいありさまを、父宮もお嘆きになって、今さらながら笑い物にされていることを、ずいぶんご案じくださっているようですから、それがお気の毒で、どんな顔をしてお目にかかれましょう。それに、あの大殿《おおいどの》の北の方、紫上という御方だって、もともとわたくしとは無縁な人でもございませぬ。父宮は『あの御方は、私の知らぬところで育って、いまこんなに老い先短くなった私に仕返しでもする気だろうか、わざわざ、その姫の親のような顔をして、わが婿の大将のところへ取り持ったりするなど、ひどいことをするものだ』と嘆いておいででございますけれど、いえ、わたくしはどうとも思いはしませぬ。ただ、あなたのなさりようを、黙って傍観しているばかりのこと……」

北の方はそう反駁《はんばく》する。

「いや、いまはそのように穏やかに言われるが、いずれまた、例のご乱心の故にか、心苦しいことも出来《しゅったい》しよう。こたびの姫君をお迎えする件については、大殿の北の方はなにもご存じないこと。だいいち、あの方は、源氏の君からまるで箱入り娘のように大事に大事にされてきた方ゆえ、こたびの姫君のように低く見られている人のことなど、おそらくなにもご存じあるまい。そなたのいうような、人の親ぶってなにかするなど、そんなことがあるはずがない。うっかりしたことを口になさるでない。万一、さようなことを源氏の君が聞き及ばれたなら、それこそ困り果てたことになる」

などなど、宥《なだ》めたり賺《すか》したり、大将は一日じゅう北の方のご機嫌取りに明け暮れたのであった。

北の方乱心して髭黒大将に灰をかける

やがて日が暮れてくると、大将は気もそぞろになって、なんとかして玉鬘のところへ出かけていきたいと思うのだが、あいにくに、垂れ込めた空から雪が降り出した。

〈やや、こんな空模様の夜に強《し》いて出かけていくというのも、人目の煩《わずら》わしいことだな。これで、北の方の様子が、また憎々しげに嫉妬《しっと》のほむらを燃やして、ぐつぐつと恨み言などいうようであれば、いっそ却ってそれにかこつけて、こちらからも迎え火を燃やして喧《けん》嘩《か》ずくにして出かけてしまうという手もあるんだが、……なんとしても、ああ穏やかに、なんとも思っていないような調子ではなあ……〉と、大将は心苦しく、どうしたらよかろう、さてさて、と心は千々《ちぢ》に乱れつつ、蔀戸《しとみど》も下ろさず端近《はしぢか》いところで外を眺めている。

北の方は、それを見て、

「あいにくの雪と見えますけれど、この雪をどうやって踏み分けてお出でになりますの。夜も更けてまいりますほどに……」

と、敢て大将の外出を急がせるような素振りをする。

〈今はもうなにを言ってもしかたない……いくら止《と》めたってやめてくれるわけではなし……〉とでも思っているらしい北の方の様子は、まことに哀切であった。

「こんな雪の夜に、どうしてまた……」

と大将は、出かけるのを諦めたような口ぶりで言いはするものの、また、

「しかし、ここしばらくの間は……やはりな。もしこれで通いが途絶えたりすれば、私の思いも知らずに、あちらの女房どもがなんだかんだと悪く取り沙汰《ざた》しようし、また源氏の大臣《おとど》も内大臣も、なにかと耳にされては不愉快にお思いになるだろう。そのことも憚られるし、なにしろ新婚早々に途絶えがあっては、あちらにお気の毒でございますゆえな。……まずここはよくよく心を鎮めて、なお行方《ゆくえ》をご覧下されよ。あの姫をこちらの邸にお移しすれば、なにかと心安かろうというもの……。そなたがこのように全く普通にしておられる時は、他の人に心を分けようなどという気持ちも失せて、ただただ、そなたをしみじみと思うばかりなのだし……」

など、またしんみりと語りかける。北の方も、

「あなたが、今夜こちらにいてくださったとしても、それがご本心からそうしてくださる

のでなければ、却って苦しい思いがいたしましょうほどに……。よそにいらっしゃっても、ただわたくしを思い出してさえくださるなら、かの『袖《そで》の氷も解ける』というものでございますもの」

とて、「思ひつつねなくに明くる冬の夜の袖の氷は解けずもあるかな（あなたを思って音（ね）を上げて泣くまま、寝（ね）ることなく明けてしまう冬の夜、私の袖の涙が凍って氷となり、その氷がずっと解けずにいることです）」という古歌になぞらえながら、北の方は、和《なご》やかに答えているのであった。

やがて、北の方は、衣に香を焚きしめるための香炉を持ってこさせると、たださえ良い香りの焚きしめてある大将の衣に、さらにさらに焚きしめさせる。それなのに、自身は、すっかりくたくたになった衣に、まるで普段着の姿で、やせ細って、いかにも弱々しく見える。しかも沈んだ表情をしているのは、いかにも胸の痛むことであった。

〈……とかく、目をひどく泣き腫《はら》しているのは、すこしうっとうしいが、しかしそれも、しみじみ愛しく思って見る今は、これでそれほどいやなものとも思わぬ。さても、俺はなんでまたこの人と長い月日こんなふうに疎々《うとうと》しく過ごしてきたものであろう……それを、いまなんの名残《なごり》もなくあの姫に心移りしてしまったのは、我ながら軽々しいことよなあ〉とは、思い思いするものの、それでも大将は玉鬘への恋情を募らせるばかりであった。

大将は、北の方の手前、わざとらしく、

「いや、まいったな。この雪では、わざわざ出かけたくもないが……」

などとぼやいて見せながら、そのくせ、せっせと装束を整えてめかし込むやら、小さな袖香炉《そでごうろ》を取り寄せて、袖のなかに入れてさらに焚きしめるやら、出かける準備に余念がない。装束は、いくらかしんなりと体に馴れて、顔形なども、光る君と謳《うた》われた源氏には劣りこそすれ、たいそうくっきりとした男らしい風貌にて、品格もただならず、これはこれではたが恥ずかしくなるほどの男ぶりである。

侍所《さむらいどころ》あたりから、人々の声がする。聞けば、

「雪がすこし小止《こや》みになったぞよ。夜も更けようほどにな……」

などと、あからさまにではないけれど、それでも大将に出かけることを促しているらしく、しきりと咳《せき》払いなどするのであった。

中将のおもとや木工の君などは、

「ああ、男心というものは……」

などとため息をつきながら、二人で共に寝ていると、北の方自身は、よほど胸のうちに思いを鎮めているのであろうか、労《いたわ》しくもいじらしい様子で物に寄り添って臥《ふ》している、と見るうちに、突然がばっと起き上がり、大きな伏《ふ》せ籠《ご》の下に置いた香炉をつかみ出すと、大将の後ろに回り、さあっと火も灰ももろともに浴びせかけた。

ややっ、なにをする、と叫ぶ間もあらばこそ、あまりに呆れ果てた所業に、大将はただただ茫然《ぼうぜん》としているばかりであった。その細かな灰が、目や鼻に入り、ぼんやりとしてなにも見えなくなった。必死に灰を払い捨てたけれど、あたり一面もうもうたる灰神楽《はいかぐら》で、どうにもならぬ。大将は、あわててめかし込んだ衣を脱ぎ捨てた。

北の方が、もし正気でこんなことをするのだと思ったら、それはもう一切見向くにもおよばぬほど興ざめなことだが、これもまた、例の物の怪が取り憑《つ》いて、わざと夫に嫌われるように仕向けようとしてさせることとゆえ、側仕えの女房たちも、ただお気の毒にと思って見ている。

結局、大騒ぎのうちに、なにもかも着替えなどしてみても、おびただしく舞い上がった灰が、大将の鬢《びん》のあたりにまで降りかかり、またどこもここも灰だらけというありさまでは、至れり尽くせりに美しくしつらえた玉鬘のところへ、このまま出かけていくということもなりがたい。

〈やれやれ、いかにご乱心とは申せ、こんなことはめったとあるものでない、まるで別人のようではないか〉と、大将は、どうしても嫌悪《けんお》せずにはいられず、すっかり疎《うと》ましくなって、ついさきほどしみじみと愛しく思った気持ちは跡形もなく失《う》せた。が、これに堪忍せずしてことを荒立てては、どんな不祥事が出来《しゅったい》するやもしれぬ。大将は源氏や内大臣の思惑《おもわく》も恐ろしく、よくよくならぬ堪忍をして、もう真夜中ではあったけれど、僧などを呼んで、加持祈禱《かじきとう》をさせるという騒ぎになった。

すると、北の方は、また聞きも馴れぬ妖《あや》しい声で、なにかしきりと喚《わめ》き散らしている。その声を聞けば、大将が疎ましく思うのも道理というものであった。


そのまま、一晩中、加持僧は北の方に取り憑《つ》いた物の怪を、打擲《ちょうちゃく》し、引き倒し、火の出るように祈り立てる。北の方は、ひたすら泣き叫び、乱れ惑いして、とうとう夜が明けてきた。そうして、少しだけ静かになってきた夜明け時分に、大将はやっと六条の玉鬘のところへ文を書き送ることができた。その文には、

「昨夜は、伺いたいのは山々でございましたが、にわかに重病人が出ましたことにより、うち降る雪のなかを、強いて出かけることも難しく、なにかと躊躇して過ごしてしまいました。されば、独り寝の身は冷えきって、その寂しさのなかで、さてそなたのお気持ちが案じられることはもとより、お側の人々はなんとお取りなしになられたことか、心もとなく思っております」

と、まっすぐに書いてあった。そしてその奥に一首。

「心さへ空に乱れし雪もよに
ひとり冴《さ》えつる片敷きの袖

雪ばかりか、わたくしの心までが、うわの空に掻き乱れて、独り寝の閨《ねや》には、冴え冴えと冷えきった我が衣だけを敷いて寂しく悲しく寝たことでございました

堪えがたい思いでおります」

と、こんなふうに白い薄様紙《うすようがみ》に、どっしりとした字で書いてあったが、どことい って風情などはないのであった。しかしながら、手跡《しゅせき》はきちんとした美しい字である。すなわ

ち、この大将は、漢学の才などは十分に具《そな》わった人なのであった。

それを受け取った尚侍《かむ》の君《きみ》玉鬘は、髭黒の夜の通いが途絶えたとてなにも感じはしない。それなのに、大将がひとりでこのように胸をときめかして懸想文《けそうぶみ》などよこしたとて、一顧だにしないのであってみれば、それに対する返事もなかった。男のほうでは、さてなんと返事が来るか、どきどきしながらその日一日暮らしたのであったが……。

北の方は、なおも非常に苦しそうにしているので、しかるべき陰陽師《おんみようじ》などを呼んで、物の怪退散の加持祈禱などを始めさせた。その髭黒の心のなかでは、玉鬘との新婚早々のこしばらくの間だけでも、どうか事もなく正気になっていてほしいと、祈り念じている。そのいっぽうでまた、〈いやはや、もしこれであれが正気のときの、心がけの殊勝に優しいところを見ず知らずであったなら、とてもこれを寛大に見過ごすことなどできぬほどの薄気味悪さだな〉と思ってもいるのであった。

髭黒、玉鬘のもとに居続ける

その日の暮れ方。

髭黒の大将は、いつものごとく、急いで出ていった。

このごろは、装束のことなども、北の方の病のためにとかくきちんとした世話が行き届かぬ。そのために、大将は、いかにも妙ちくりんな、身に似合わない格好ばかりしている、と常にぶつぶつ文句を言っているのだが、この日もまた、きちんとした直衣《のうし》なども間に合わせることができず、ひどく見苦しい出で立ちで出ていく。

昨日めかして着込んだ衣は、灰をかけられた時に、香炉の炭火が燃え移って裏まで焼け通り、疎ましく焦げ臭い匂いがして、どうにもならない。その焦げ臭い匂いは、上着ばかりか、下に着る袿《うちき》などにも移ってしまっている。

こんな見苦しいものを着ていったら、北の方に嫉妬の炎《ほむら》で焼き立てられたことが歴然で、玉鬘には、さぞ嫌われ果てるであろうと思うので、全部脱いで着替える。そして、湯殿でしきりと体を洗ったりして、それなりの身繕いに励んだ。

かねて髭黒が情を通わせている木工の君が、あらためて衣に香を焚きしめながら、言った。

「ひとりゐてこがるる胸の苦しきに
思ひあまれる炎《ほのほ》とぞ見し

独りさびしく暮らしていて、その胸が、思ひという火に焦がれて苦しいあまり、
きっとその思ひの火があまりに強くて炎と燃えたものと見えますね

そのように、なんの名残もない冷淡なお仕打ちは、こうして拝見しているわたくしどもさえ、平静な心ではおられませぬものを」

こんなことを言いながら、木工は口を覆って、「言い過ぎました」と言わぬばかりの風情であったが、その目許《めもと》はいかにもなにか言いたげであった。

しかし、玉鬘にのみ思いを寄せている髭黒のただ今の目から見れば、〈なんでまた、俺はこんな女に情を通わせたのであろうなあ〉と、今さらながらうんざりする。そういうことも、思えば無情な心がけであったことよ。

「憂きことを思ひ騒げばさまざまに
くゆる煙《けぶり》ぞいとど立ちそふ

あのうっとうしい一件を思って心騒げば、あの人と連れ添って以来の、さまざまに悔いることどもが思い出されて、そのくいゆる煙が、我が胸にますます立ちのぼることだ、……昨日の灰かぶりの煙もひどく立ちのぼったけれど

昨夜のあのまったく思いもかけなかった事件が、もしあちらのほうへ聞こえたならば、私はあちらへも行けず、こちらへも戻れずの、宙ぶらりんになってしまう身の上と見えるな」

髭黒は、こんなことを言ってため息をつきつき出ていった。

六条で、玉鬘と逢うてみれば、たった一晩逢わずにいただけなのに、またなんとすばらしく、美しさもいや増しになって感じられた。これほど美しく魅力的な女を見ては、もはや決して他の女に愛情を分け与えることなどできそうもない気がして、それにつけても、本邸のあの北の方の憂鬱さ、当分帰宅する気にもならず、六条院にずっと居続ける髭黒なのであった。

大将の邸のほうでは、祈禱などしきりと励んでいるけれど、物の怪もさるもの、なかな

か猛然たる勢いでひたすら喚《わめ》き立てたりしていると聞くにつけて、鬚黒は、〈ああ、こんなていたらくでは、あってはならない我が身の不名誉ともなり、恥ずかしいことが必ず起こるに違いない〉と思うと、恐ろしくてとうてい北の方のあたりには寄りつくことができぬ。

たまさかに本邸に帰ることがあっても、北の方のいるところは避け、全然別の御殿に離れていて、ただ子供たちだけを、そちらに呼んで会うのであった。

大将には、十二、三になる姫が一人、その下に、男の子が二人あった。

この数年は、そんなことで北の方との仲らいもひどく隔たったものになってしまっていたが、それでも、もとより正室として、肩を並べる人とてもなくずっと過ごしてきたのだから、もう今はそのご縁も終わりと思うと、近侍《きんじ》している女房たちも、それはそれは悲しいと思うのであった。

北の方、父式部卿の宮家に引き取られる

このありさまを父宮が耳にして、

「今は、そのようによそよそしく辛い仕打ちをされているのなら、どうしてまた、そんなに強情《ごうじょう》を張って留《とど》まっているのであろう。それでは、面目もなにもない、まるで物笑いともなろうものを。私がこの世にあろう限りは、なにもそのようにむやみと大将のいいなりになって屈従しているにも及ぶまいに」

という伝言とともに、にわかに迎えの者を遣わしてきた。

北の方は、物の怪病みも少し治まって正気に返り、二人の仲らいのなんと呆れたありさまであろうかと思い嘆くところに、渡りに船と父宮からの申し出があったので、〈それでは、これ以上強いてここに留まって、夫との縁が完全に絶え果ててしまうのを見届けてから、やっと諦めて父のもとへ帰るというのも、物笑いの上にもなお物笑いになるだろうから……〉と、ついに思い切って帰ることを決心した。

北の方の兄弟たちのなかで兵衛《ひょうえ》の督《かみ》は上達部《かんだちめ》であったから、そういう人が迎えに来てはあまりにも大仰で人目に立ちすぎるというので、中将、侍従《じじゅう》、民部《みんぶ》の大輔《たゆう》など弟たちが車を三台連ねて迎えに来た。

いずれこういうこともあろうかと思ってはいたのだが、さしあたって、いよいよ今日を限りと思うと、仕えている女房たちも、ほろほろと泣いて悲しみあった。

「こうしてこのお邸にずっとお勤めさせていただきました身で、馴《な》らわぬよその住まいには、なにかと手狭《てぜま》なことになりましょうから、数多くの者がお仕えすることもなりますまい」

「されば、みなさま、半分ほどの者は、一旦里のほうへ下がらせていただきまして、いずれ北の方さまがお里のほうで落ち着かれましたら……」

など、口々に語り合う。こうして、女房たちは、一人一人、とりとめもない手回りの物を取りまとめては、それぞれの里に送り、三々五々、散り散りになって去っていく。

北の方のお道具類は、しかるべく持ち帰るべきものなど、みなで荷造りをするうちに、誰も誰も泣き崩れてしまう。まことに不吉とも見える光景であった。

若君たちは、なんの屈託もなくうろうろしていたが、母君は、皆膝元《ひざもと》に呼んで、

「わたくしはね、こういう辛い運命を、今ははっきりと思い知りました。されば、もうこの現世《うつしよ》にはなんの思いも残すべきではないと思います。だから、これから先はどこへなりとも身を隠してしまいたいと思います。けれどもね、そなたたちは、まだ子供で、この先の人生は長いのですから、このまま家族が離散してばらばらになったら、どうなってしまうだろうと思うと、ああ、悲しいことですものね。姫君は、わたくしがどこへ行ってどう

なるにしても、いっしょについていらっしゃい。でもね、男君たちは、さてどうなるでしょう……。ここにこうしていて、父君に常にお目にかかるとしても、父君がそなたたちにお心をかけてくださるとも思えぬ……。去るも留まるもいずれも辛いことゆえ、ほんとうに中途半端な身の上の頼りない将来になるかもしれませぬ。お祖父《じい》さまの式部卿の宮さまが、ご健在でいらっしゃるうちは、それなりに殿上のお仕えなどもできるかもしれぬけれど、それとて、今は源氏の大臣と内大臣のお二人が、お心のままに統《す》べておられる世の中ゆえ、そなたたちは、やはり、気の許せない宮家の者と知られてしまうでしょうから、人並みの出世などもおぼつかぬことと思います。さりとて、隠者となって山林に這《は》い隠れるというようなことは、今の世ばかりか、来世までの悲しみですもの……」

とこう言っては、泣き崩れる。皆大人の世界の深い事情までは諒知《りょうち》していなかったけれど、それでも、顔を顰《しか》めてもらい泣きしている。

「昔物語などを見ても、世間当たり前に愛情深い親ですら、時の勢いに流され、また後妻の心に従いなどして、次第次第に疎遠になっていくものでしょうしね。ましてや、そなたたちの父君は、昔物語さながら、別れる前から、こんなにも名残《なごり》なく冷たい心のありさまでは、これから先、きっと、なんの頼りになるような扱いもしてはくださらぬでしょう……」

そう言うと、こんどは乳母《めのと》たちも一つになってひたすら嘆き交わすのであった。

姫君、真木柱の歌を柱に残して去る

日も暮れ、雪の降り出しそうな空の気配も心細げに見える夕べのことであった。

「ぐずぐずしてはひどい吹雪にでもなりましょう。早く……」

と、迎えに来た兄弟たちは、そう言って急がせながら、自分たちももらい泣きの体で、目を押し拭《ぬぐ》っては物思いにくれている。

姫君は、父大将がたいそう愛《かな》しがって過ごしてきた日々に馴れて、〈これからは、父君のお姿を見ることもなく過ごさなくてはならないなんて、……そしたら、どうやって過ごしたらいいの……、だいいち、これからお別れしていくのに『今、お別れいたします』とご挨拶《あいさつ》すらせずに、もしかしたら、このまま二度と会えぬことになってしまうのかも知れない……〉と考えると、わっと泣き伏して、〈ぜったいに行くのは嫌だ〉と思う。

北の方は、

「この母と共に行くのは嫌だと、そんなふうに思っているの。それを聞けば、わたくしは

ほんとうに辛いわ」

と、一生懸命に宥《なだ》めようとする。姫君は、せめてお別れを言いたいから、父君に、早く帰ってきてほしいと待っていたが、こんな雪もよいの暮れがたになってしまっては、大将が玉鬘のもとから動くはずもないのであった。

いつも寄りかかっていた東面《ひがしおもて》の柱を、これから見も知らぬ人に譲ってしまう気持ちがして、姫君は、悲しくてならぬ。そこで、檜皮色《ひわだいろ》（檜《ひのき》の皮のようなやや沈んだ紫色）の紙を重ねた料紙に、ただすこしばかり書きさして、柱の乾いて割れたひびの間に、笄《こうがい》の先でそっと押し入れた。

今はとて宿かれぬとも馴れ来つる
真木《まき》の柱はわれを忘るな

今はもうお別れね、わたしはこれからこの家を離れていくけれど、
ずっと馴れ親しんできたこの真木の柱だけは、どうかわたしを忘れないでね

この歌を、なかなか書きおおせることもできず、姫君は泣き崩れる。昔、菅原道真が讒《ざん》

に遭《お》うて遠く大宰府《だざいふ》に左遷されたとき、「東風《こち》吹かば匂ひおこせよ梅の花あるじなしとて春を忘るな（春になって東風が吹いたなら、この懐かしい匂いをよこしてくれよ、梅の花よ、主がいないからとて、春を忘れるでないぞ）」と詠じた故事を思い起こして、姫君はこんな歌を書いたのであろうか。

されば、この歌よりして、この姫君を真木柱《まきばしら》と呼ぶことにしよう。

さて、これを見て、母君は、

「なにとてまた、そのような……」

と眉《まゆ》をひそめつつ、

馴れきとは思ひ出《い》づとも何により
立ちとまるべき真木の柱ぞ

たといこの真木柱が、そなたと慣れ親しんだなあと思い出したとしても、なにとしてこの邸に立ちどまっていることができましょう

このやりとりを見聞きするにつけても、側仕えの女房たちも、それぞれに悲しくて、いつもは別になんとも思いはしなかった、庭の草木の一本一本さえも、これからはきっと恋

しく思い出すことだろうと、じっと見つめながら、涙をすすりあげている。
木工の君は、大将のお側仕えとして、この邸に残るとあって、中将のおもとが、

「浅けれど石間《いしま》の水は澄み果てて
　宿もる君やかけはなるべき

　石の間を流れているあの水は、浅いのに澄みきっていて……木工の君のように
　ご縁の浅い方が住みついていて、この家を守るべき北の方さまがここからかけ離れていく……
　そしてその影（かげ）が離れていく、なんてことがあってよいものでしょうか

ほんとうに思いもかけなかったことでございます……こんなふうにお別れ申し上げることになりましょうとは」
と言うと、木工は、

「ともかくも岩間《いはま》の水の結ぼほれ
　かけとむべくも思ほえぬ世を

　どうやっても岩間（いわま）の水が鬱滞《うったい》して流れなくなっているように、

なんともかんとも言われない私のこころも鬱結《うつけつ》してしまっています。だからといって、ここのお邸に懸け留めることができるとも思えない、私の影（かげ）でございますものを。

……私だっていつここを去ることになるか、知れたものではありませぬ

なにをおっしゃいますやら……」

と言いつつ、しきりと泣きじゃくる。

やがて車が邸から出ていくと、中将のおもとは、〈ああ、またふたたびこのお邸を見ることができるだろうか……〉と、どうにも頼り所のないような思いに駆られるのであった。

そうして、北の方も、邸の庭の木々の梢《こずえ》にまでも目を留めて、それが見えなくなってしまうまで、振り返り振り返りして、立ち去っていく。

そのありさまは、かの道真が左遷されてゆく道すがらに、妻の住む邸を見返りながら「君が住む宿の梢を行く行くと隠るるまでに顧《かへり》みしはや（そなたが住む家の木々の梢を、こうして道すがら行く行く、隠れて見えなくなるまで、返り見、また返り見することとよ）」と詠じた、その歌さながらの哀れさであったが、こたびは、「君が住む」……夫である大将がここに住んでいるから返り見るのではなかった。ただ、ここにもうずっと長いこと住み馴れてい

た北の方にしてみれば、どこもかしこも、思い出のよすがとならぬはずもないのであった。

式部卿の宮の大北の方、源氏を批難

式部卿の宮では、みな北の方を待ち受けながら、いたたまれない思いでいた。母の大北《おおきた》の方《かた》は、泣き騒いで宮を責めた。

「あの源氏の太政大臣という人を、私はよほど素晴らしいご縁続きと思っておりましたけれど、いったい、前世から、どれほどの仇敵《あだかたき》でおわしたことやら。娘の女御だって、いくらあなたが入内《じゅだい》をお願いしたって、まるで無視だったじゃありませんか。それはもういつだってあの方はほんとうに情知らずなお仕打ちばかり。それというのも、あの須磨《すま》あたりへ退隠の折に、あなたが冷淡になさったから、それで、いまだにそのことを根に持って、こんどのことだって、あなたは、『どうだ思い知ったか、というつもりだったのだろうな』と、ご自分でもそんな風に思われて、そう仰《おつしや》ってたし、また、世間の人々の取り沙汰でもあったというのに、あなたときたら、まだ、『そんなことはあるまい』とか、『あの紫上をあれほど大事にしているからには、縁続きの者にも良いことのあろう例は世の中にいくらもある』だとか、希望的なことばかり。ええ、わたくしは、そんなのは、とうていあり得ないと思っておりましたものを、なんでしょう、あんないい歳になってから、むやみとあの継子《ままこ》の姫ばかりをかわいがるようなことをして、どうせおのれのお手付き、使い古しにして、飽き飽きしたからとて、あの愚直一方の大将をつかまえて、あれなら、それはもうたしかなものですわ。あんなのをちゃーんと婿に取って、下へも置かぬようにして……、まったくなんというひどいやり口でしょう」

と、大北の方はそれからそれへと罵《のの》り続ける。

宮はさすがに、

「ああ、なんと聞きにくいことを。世間では誰も悪く言うことなどないあの源氏の大臣を、そのように口から出放題に言い謗《そし》るものではない。もとより賢いお方ゆえ、あの時分のこともちゃんと考え置かれて、いずれこうした報いを味わわせたほうがよかろうと、そんなふうにお思いのことがあるのであろう。それはな、そんなふうに思われてもしかたない、我が身の不幸だということではあるまいかな。……なにも口に出しはなさらぬが、あの須磨沈淪《ちんりん》の折のこととてな、当時辛い仕打ちをした者には、それなりの仕置きを、また信頼しお助けした者には、十分な褒美をお与えになったものだった。その信賞必罰《しんしょうひつばつ》まことに賢明にご分別《ふんべつ》あったように見える。そういうなかで、私一人だけは、あのように冷淡な態度を取ったにも拘《かか》わらず、まず紫上に縁の者と思って下さればこそ、先にもあの五十の賀などを盛大に祝ってくださったのだから、思えば我が家にはありあまるほどのご厚意ではなかったかの。それを一生の面目と思って、まず以て瞑《めい》すべしというところだったのではあるまいか」

などと言い宥《なだ》めるので、大北の方は、ますます憤懣《ふんまん》やるかたなく、不吉な呪《のろ》い言葉などを喚《わめ》き散らし続ける。この大北の方という人は、口が悪くて手に負えない人柄なのであった。

髭黒、宮邸に行き、懇願す

北の方がこのように唐突に実家の宮家へ帰ってしまったということを聞いて、髭黒の大将は驚いた。

〈なんとまたわけの分からぬことを……。まるで昨日今日添い初《そ》めた若い者どものように、とんでもない悋気《りんき》沙汰をしでかしたものだ。いやいや、あれ自身は、さように短気で思い切ったことをするような性格ではないから、おそらくは宮が、こんな軽々しいことをされたのであろう〉と、大将は考え、また〈……しかし、それにしても、子供たちもいることだし、世間の目だっていかにもよろしからぬものを〉と心乱れ思い余って、尚侍《かむ》の君《きみ》玉鬘に打明ける。

「じつは、邸《うち》のほうでこういうわけの分からぬことが出来《しゅつたい》したようなのだ。まず、あれがいなくなれば、却ってそなたを迎えるには気安いことに思えば思えるが、さりとて、邸《やしき》の片隅にそっと身を隠して暮らしていても大事ないような穏やかな人柄ゆえ、まさかこんなことになろうとは思ってもいなかったのだが、どうやら、あの父宮がにわかに思い立ってなさったことであろう。このままでは人の見聞きするところも案じられるゆえ、ちょっと行って見てまいりたいのですが……」

大将は、こんなことを言い言い蒼惶《そうこう》と立ち去っていく。その姿を見れば、素晴らしい袍《うえのきぬ》に、柳襲《やなぎがさね》（表白、裏青）の下襲《したがさね》、そこへ青鈍《あおにび》の錦織《にしきおり》の指貫《さしぬき》という、まさに威風堂々たる身ごしらえで、いかにも厳《いか》めしい。

〈こういうお姿が、どうしてお似合いにならぬことがございましょうぞ〉と女房どもはうっとりと見ているけれど、肝心の玉鬘は、かかる事どもの一々を聞くにつけても、かほど不人情無神経な男につながれている自分の身の上が情無くて、せっかくめかし込んだ大将のほうを、ちらりとも見ようとしない。

宮にひとこと恨み言を申し入れようと、髭黒の大将は、式部卿邸へ出向くことにしたが、その前に自邸に立ち寄ったところ、木工の君などが出てきて、北の方退去の折の事どもを言上《ごんじょう》する。なかでも、姫君が父を待ち焦がれて泣いていた様子を大将は聞き、男らしく泣きはすまいと、必死に我慢したが、それでもやはりぽろぽろと涙がこぼれた。そのありさまは、哀痛《あいつう》そのものであった。

「さてもさても、あのように人並みならずわけの分からぬ振舞いの数々を、いままでずっと堪忍してきた年来の私の思いやりを、どうやらまるっきりお分かりでなかったようだな。これが私でなくて、もっと自儘《じまま》な性格の夫であったら、とうてい今までこの邸でいっしょに暮らしてなどいられたものか。ああもうよい、いずれにしたって、あの人自身はもはや抜け殻のようなものゆえ、どうなっても同じことだが、あの幼い子供たちまで、巻き添えにでもする気なのであろうか……」

大将はそう言って呻吟《しんぎん》し、ため息をつきながら、かの真木《まき》の柱を見やる。するとそこに、まだ幼い手跡《しゅせき》ながら、別離の歌を書き残していった姫の心のほどが、なんとしても悲しく恋しく、そのまま涙を押し拭いつつ急ぎ宮の邸へ向かっていく。

宮の邸へ着いたけれど、北の方が対面するはずもない。

父宮は、

「なんで会う必要などあろうや。大将という男は、ただ時の権勢におもねって、ああして源氏の言いなりになっているのだから、今さら性根《しょうね》を入れ換えることなどあるまい。しかももうこのところずっと、あの源氏のところの継子の姫にすっかり舞い上がってしまっているらしいと聞く。そんな状態で、だいぶん長いことになろうものを、なんとしてまた心がけを改める時が来るのを待っていることができようぞ。この先、あの男のところへ戻ったとて、いずれますますあられもないところを見せるばかりのことであろう」

と、そういって北の方を窘《たしな》めるのだが、それはまったく道理というものであった。

髭黒は、しかし、諦めない。

「会っても下さらぬとは、まるで未熟な若い者の喧嘩みたいに思えます。あの思い捨てられるはずもない子供たちもいることとゆえ……と安閑としておりました私のぼんやりぶりについては、かえすがえすもお詫《わ》びのしようもない。が……今はただ、どうか穏便にお見許しあって、戻ってきてはくださるまいか。その上で、なおどうしても帰りたいというのであれば、まず、こたびのこと一切は夫の私の咎《とが》なのだと、世間の人々にじゅうじゅう知らしめてから、親元へ帰られたがよい」

などなど、苦しい説得を続けている。

「せめて、姫君だけにでも会わせてはいただけぬか」

と、そうも申し入れてみるが、これも断じて会わせるということはあり得ない。

若君たちのうち、十歳になるほうは、童《わらわ》として内裏の殿上《てんじょう》の間《ま》へ上がっている。これがたいそうかわいい少年であった。大人たちの評判もよろしく、容貌はとくに良いともいえないが、たいそう聡明《そうめい》で、物心もしだいに付いてきている。

次男の君は、八歳ほどで、これはまたけなげにかわいらしく、姫君にどこか似ているので、大将は、この子の頭を掻き撫《な》でながら、

「お前を、せめて恋しい姫の形見として見ることにしようかの」

など、嗚咽《おえつ》を洩らしながら、優しく語りかける。

せめては父宮に拝眉《はいび》できるか否かの内意を伺ってみるが、

「風邪の気重《け》きにつき、養生中でございますほどに」

とにべもない返事であったので、大将は、引っ込みのつかないみっともない思いのうちに退出していった。

髭黒、男君二人だけを連れ戻す

男の子たち二人を自分の車に乗せて、大将は優しく話しかける。といって、やわか六条院の玉鬘のもとへ連れてもいけないゆえ、まずは自邸に若君たちを降ろした。

「やはり、そなたたちはここにいるが良い。そのほうが会いに来るにも心安いほどにな」

大将は、そう言いながら、出て行く。若君たちが、出て行く父親を悲痛な表情で、たいそう心細げに見送っている。その様子を見れば、いかにも不憫《ふびん》で、大将の心にはまたもう一つ物思いの種が加わった心地がするけれど、それでも、まったくうんざりするような北の方のありさまに思い比べて、玉鬘の美しさは見る甲斐のあるすばらしさゆえ、やはり逢えばなにもかも慰められる思いがするのであった。

紫上このことを聞き及んで困惑す

さてそれからというものは、髭黒の大将からは、宮方への消息はぱったりと途絶えた。それは、あれほど冷淡なあしらいをした宮がいけない、と言わぬばかりの対応であったから、宮のほうでは、心外千万なやりかただと嘆いている。

この始末を、春の御殿の紫上も聞き及んで、

「わたくしまで、なにか姫君を取り持ったようなことを仰せになって、お恨みになっておられるとは、辛いことですね」

と嘆いている。

源氏は、困ったものだと思って、言い聞かせた。

「なにかとむずかしいことだね。そもそも私一人の思いどおりにはならぬのが、人の縁《えにし》というもの。あの大将と尚侍のことは、お上もなにやら誤解なさって、一時はお心の隔てを置かれたやに伺っている。また、兵部卿の宮なども、やはり私をお恨みになっていると聞いたけれど、そうはいっても、あの宮はご思慮深きお方ゆえ、真実の事をお聞きになられ

てからは、万事ご諒察《りようさつ》あって、お恨みは解けたようだ。とかく男と女の仲らいについては、いかに忍び忍びにことを運んだつもりでいても、いずれ隠しおおせることではあるまいから、なに、なにを言われたとて、さように思い悩むほどの罪もないことと思うぞ」

玉鬘、参内して承香殿に局《つぼね》を賜る

こうしたもろもろの騒動につけても、尚侍《かむ》の君《きみ》玉鬘の様子は、ますます気も晴れず憂鬱そうであった。

大将は、かわいそうに思ってせいぜいご機嫌取りに励む。そこで大将は思いついた。

〈……この姫が尚侍として出仕するはずであったことも、いまはすっかり沙汰止みとなっている。ついては、私が参内を妨げ申したことが上聞《じようぶん》に達して、あたかもお上をないがしろにする無礼な心が私にあるように思し召《おぼめ》しているらしい。また源氏や内大臣も、きっと面白からずお思いであろう。……しかしな、私のほかにも、宮中に公人としてお仕えする女を、我が頼む妻として持つという人がいくらもあるはず……〉と、そう大将は考え直して、年が明けてから玉鬘を参内させることになった。

今年は宮中で男踏歌《おとことうか》の行なわれる年に当たっていたので、その節会《せちえ》正月十四日に合わせるように参内する。よろずの仕度も美々《びび》しく、ほかに例《ためし》もないほど立派に調えて、玉鬘は参内した。

源氏や内大臣、それに髭黒の大将の威勢まで加わって、今は宰相の中将となった源氏の子息も、懇篤《こんとく》に心配りをしてお仕えする。また、玉鬘にとっては異母兄弟に当たる内大臣家の公達《きんだち》も、こうした折にお近づきになろうと集まってきて、なにかと追従《ついしょう》を言いつつ、丹精《たんぜい》をぬきんでてお世話をするさまは、たいそう素晴らしいことであった。

玉鬘の局《つぼね》は、承香殿《しょうきょうでん》の東面《ひがしおもて》に定められた。折しも、承香殿女御は東宮につき添って昭陽舎に移っていたからである。同じく西面には、式部卿の宮の女御（王女御《おうにょうご》）の局があるので、距離的には、ただ馬道《めどう》（中廊下）を隔てただけの近いところなのだが、互いの心のうちは遥かに遥かに隔たった遠きにあったことであろう。

ただ今の宮中では、いずれも立派な御方々《おんかたがた》が、いずれ劣り勝りもなく風雅を競っていて、内裏のあたりは、いかにも風情豊かに、花々《はなばな》とした時世《ときよ》であった。そのなかに、とりわけて格式の劣る家柄出身の更衣《こうい》などはそれほど多く出仕していたわけでもない。そうして、秋好む中宮、弘徽殿女御、式部卿の宮の女御、左大臣家の女御（注、系譜未詳）などが、妍《けん》を競っていた。そのほかとては、中納言の娘、参議の娘と、二人の更衣がお仕えしているばかりであった。

踏歌の儀の当日

踏歌は、こうした女君がたの局ごとに、それぞれの実家の人々が参集し、常ならぬ、まことに賑々《にぎにぎ》しい見《み》ものであったゆえ、誰もみなせいぜい美しい装いに身を飾り、おめかしをしてやってくる。そうして御殿の御簾《みす》の下から押《お》し出《いだ》しにして見せた袖口の重なり具合も、過剰なまでに見事に調《ととの》えられている。

東宮の母君の女御も、たいそう華やかに装って、東宮はまだ若く十二歳であるが、なにもかも、まことに新しく華やかな趣《おもむき》に満ちている。

踏歌は、まず今上《きんじょう》陛下の御前《おまえ》で、次に秋好む中宮の御殿、さらに朱雀《すざく》院の御所、と次々に回って、夜がすっかり更けてしまったので、源氏は、あまりに大仰になるからという理由で六条院での踏歌は遠慮することにした。

そこで、踏歌の一団は、朱雀院の御所から、ふたたび宮中に戻って、東宮の御所のあちこちを巡っているうちに夜が明けた。

ほのぼのとした風情の朝明けの景色のなかに、もうかなり酔い乱れた様子で、催馬楽《さいばら》『竹河《たけかわ》』を歌っているあたりを見れば、内大臣の子息がたが四、五人ほど、いずれも殿上人のなかでも美声を以て聞こえた人々だが、また容貌もすっきりと美しく立ち並んで歌っているさまは、まことにすばらしい。まだ童《わらわ》の八郎君《はちろうぎみ》は、正室腹《せいしつばら》の生まれで、君たちのなかでもとりわけ大切に傅育《ふいく》している君だが、それがまたたいそうかわいらしくて、髭黒の大将の太郎君《たろうぎみ》と立ち並んでいるところは、玉鬘も、一人は弟、一人は夫の子息で、縁続きの子らと思うゆえに、自然と目にとまった。

高貴な家柄の出自で、もう宮中の交わりにも馴れている女御がたなどの局に比べて、この新参の尚侍の局から押し出されている女房たちの袖口の色合いは、いずれもどこか新鮮な美しさがあって、似たような色合いの重なりではあるけれど、やはり格別に華やかに見える。玉鬘自身も、またお付きの女房たちも、この日ごろのように六条院で鬱々として過ごすよりも、こういう晴れ晴れとした宮中の空気のなかで、このまましばらくは過ごしたいものだと思いあうのであった。

どこでもみな同じように踏歌の楽人《がくにん》たちの肩へ、褒美の綿《わた》を被《かず》け渡すのであったけれど、それも玉鬘の局のそれは、焚きしめた香の匂いも格別に、ことに念入りに用意してあったし、また、こちらは湯漬けなどで簡略にもてなすのが決まりであったところを、いちだんと賑々しい用意をして饗応《きょうおう》するものだから、楽人たちは、みな恐縮し、すっかり緊張しきっている。

本来から言えば、この饗応の次第なども決まりがあるのだが、その運びにも格別の計らいがしてあったのは、みな大将殿の差配させたところであった。

その大将自身は、宿直所《とのいどころ》にいて、日がな一日、何度も何度も玉鬘のもとへ消息を通わせる。その内容はいつも同じで、

「夜になりましたら宮中から退出されるよう取り計らいましょう。こういう機会になどとお思いになって、こちらに引き移られてずっと宮仕えなさるなどは、もっとも不安心でございますゆえ」

というのであった。髭黒の大将にしてみれば、宮中の華やかさに心移って、玉鬘がこち

らで夜を過ごすようになるのが一番心配なのであった。それゆえ、こんなことをくどくどと何度も念押しに申し入れてきたのだが、玉鬘は黙殺していっさい返事をしない。

玉鬘に代わって、お付きの女房たちから返答がある。

「じつは、源氏の大臣のご意向にて、『こたびは、たまさかの出仕ゆえ、心慌ただしく退出されるのでなく、お上がもう良いと思し召すまで充分にお仕えしてのち、退去してよい、とのご勅許《ちょっきょ》を賜ってから退出なさるがよろしかろう』と、そのように尚侍さまには仰せ付けでございますゆえ、いかにどうでも今宵ただちに罷《まか》り退《しりぞ》くのは、あまりにも性急《せいきゅう》なことでございましょう」

これには、髭黒も頭を抱えてしまった。

「これほどに申し上げたものを、さてもさても、思うに任せぬ我らの仲らいよな」

と、ひたすらため息をついている。

兵部卿の宮、玉鬘に懸想文を贈る

蛍兵部卿の宮は、陛下の御前に演奏される管弦の楽に出仕していたが、すっかりそわそわとして、この尚侍の局のあたりばかりへ心が引かれる。そうして、とうとう我慢ができなくなって消息を通わせた。

折しも右大将は、近衛府《このえふ》の曹司《ぞうし》に詰めていたのだが、兵部卿の宮は、使いの者に「これを近衛府のかたより、と申して差し上げるのだぞ」と言い含めて、文を持たせた。

「近衛府のかたより」とのことゆえ、ついその文を取り入れて、玉鬘は渋々にこれを見る。すると、豈図《あにはか》らんや、髭黒ではなくて、蛍兵部卿の宮からの懸想文《けそうぶみ》なのであった。

「深山木《みやまぎ》に羽《はね》うちかはしゐる鳥の
またなくねたき春にもあるかな

花も咲かずなんの趣もない深山の木と羽を交わして仲良く住まっている鳥の、また鳴く音、そのように、大将とあなたは仲睦まじい、ああ、それはまたなくねたましい春であることよ

と書いてある。

「その鳥の囀《さえず》るあたりが、気にかかってなりませぬ」

玉鬘は、厭わしい思いに赤面して、なんと返事のしようもないと思っているところへ、ふと帝がお渡りになった。

帝、玉鬘と歌を詠み交わす

有明の月が空に明るく輝くなかを、お出ましになった帝のお姿は、ことばには尽くしがたく澄明《ちょうめい》な美しさで、ただ、かの源氏の大臣の面影にまるで瓜《うり》二つである。〈ああ、これほどに美しい人が、世の中にもうひとかたおいでであった〉と、玉鬘はうっとりして見ている。

源氏の思いやりは深く、それはありがたいとはいうものの、その陰で嫌らしいこともあって、物思いの種ともなったものだったが、お上が、そのように厭わしいことをお考えになるはずもない。ただ、親しみ深い様子で、玉鬘を尚侍にと願った思いに相違して、今は大将のものになってしまったことを恨めしく思う由を仰せになると、玉鬘は、ただただ、顔向けのできぬ思いでいるのであろうか、扇で面《おもて》を隠し、なんともお答えのできかねる様子なので、帝は、また、

「どうしたものか、そなたがなにを思っているとも見当がつかぬ。先に私が三位《さんみ》を授けたことの喜びなども、きっと思い知っておいでであろうと思っていたに、我が申すことをな

にもお聞き入れなき様子なのは、そういう冷淡な心癖《こころぐせ》なのであろうな」

と、そのように仰せになって、

「などてかくはひあひがたき紫を
　心に深く思ひそめけむ

　あの椿の灰を以てもなかなか染め合いにくい紫、
　そのように逢いにくいそなたを、どうして私は心に深く思い初めてしまったのだろうな

私たちの仲は、ついに濃くなることはできずじまいなのであろうか」

帝は、出仕に当たって、玉鬘の尚侍に三位を授けた。その位階《いかい》に許された浅紫の衣の色のように浅いゆかりではなく、もっと濃い紫《ゆかり》になることは望めぬのかと、そう仰せになったのだが、そのお姿は、たいそう若々しく清らかな美しさで、見ているほうが恥ずかしくなるほどのすばらしさであった。

　玉鬘の尚侍は、帝だからとて、源氏とまるで違うというほどのことではあるまいと思い直して、ようように返事を差し上げる。この返事の内意は、今まで宮仕えの実績もないのに、今年の叙爵に当たっていきなり三位に特進したことを詠んでいるのであろう。

「いかならむ色とも知らぬ紫を
心してこそ人は染めけれ

どういう色なのかも知らず頂戴した紫の色でございましたが、
思えば、それを下さった方は、深いお心があって染められたのでございましたね

今からは、よくよくお心のほどを思い知ってお仕え申し上げることでございます」

と、玉鬘は、こんなふうに答えた。

帝は、にっこりと微笑むと、

「いや、その『今からは……』と言われるが、今から染めてくださっても、もはや甲斐《かい》のないことに違いない。然るべく私の思いを訴え聞かせる人があるなら、理非《りひ》のほどを聞きたいものだが……」

とて、ひどく恨みごとを仰せになる。その様子が、玉鬘にはまことに煩わしく、〈ずいぶん嫌なことばかり……〉と思われて、〈よし、これからは、もう決して好意のあるようなそぶりはすまい、ほんとうに男と女のなかというのは、面倒なものね〉と、そう心に決めて、しごく生真面目な風情で畏《かしこ》まっているので、帝も、それ以上は、思いに任せての色

めいたことも、もはや口に出すことができなくなった。そうして、〈いずれ、そのうちに、内裏の空気にも馴れることであろう〉と思っておいでなのであった。

帝、玉鬘の里帰りを残念がる

髭黒の右大将は、玉鬘のもとへ帝がお渡りになったということを聞いては、もう気が気でなく、早く戻ってくるようにと、しきりに急《せ》き立てる。また玉鬘自身も、このままでは、あってはいけないことが起こるかもしれないと、我と我が身が情なく思われて、宮中にのんびりしていることもできぬ。けれども、ことがことだけに、また源氏の申し付けもあることゆえ、すぐに退出してしまうこともなりがたい。そこで、父内大臣などが、あれこれと巧みに根回しをし、適当な理由をこじつけなどして、やっと下がって良いとの聴許《ちようきよ》をとりつけた。

「それならば、やむを得ぬ。これに懲りて二度と出仕させぬなどという人があってはたいへんだから……。まことにとても辛いことだね。私のほうが他の誰よりも早く、そなたを思い初《そ》めたのだが、結果的には、こうして人の後塵《こうじん》を拝《はい》することになって、その男のご機嫌を取り結ぶことになろうとは……。やれやれ、昔のなにがしやら申す男の例なども引き合いに出したい心地がする」

帝は、こんなことを仰せになって、昔 平 定文《たいらのさだふむ》が大納言国経《くにつね》の家の女房と深く契《ちぎ》りながら、藤原時平《ときひら》に横取りされてしまった一件などを仄《ほの》めかしつつ、恨みのほどを口にされる。心の底から残念至極に思っておられるのである。

今こうして、間近に玉鬘を見てみれば、評判のほどよりもはるかに勝る美しさ……、これで最初からそんなおつもりもなく、たまさかに目にされたのだとしても、おそらくはそのままにはしておかれないほどの魅力がある。まして、帝としてはいち早く入内《じゆだい》を望んだのだから、それがこのような結果になったこと、いくら嘆いても嘆ききれぬ思いがある。

とはいえ、このような色めいたことを口にすることが、ほんの浅々《あさあさ》しい心から言うのだと誤解され疎《うと》まれては心外ゆえ、いかにも深々《ふかぶか》とした心がけを以て将来を約されなどする。

そんな帝の様子を拝するにつけても、玉鬘は、ただひたすらに恐懼《きようく》しつつ、その国経家の女房の思いが分かるような気がするのであった。

かの定文の思い人は、時平に横取りされて男の子を生んだ。その子が五つほどになった時に、たまたま時平邸でその子を見かけた定文は、子の腕に「昔せし我がかね事の悲しきは如何《いか》にちぎりし名残《なごり》なるらん（むかし私はそなたと将来を約束したことだったが、こんなことになって、今なお悲しくてしかたがない。それはあの頃どんなふうに契った名残なのであろうぞ……もうあの契りはすっかり忘れてしまったのか、私はこんなに悲しいのに）」と書きつけて、「そなたの母に見せよ」と言いやったとか。その時に女が返した歌に「うつつにて誰契りけん定めなき夢地《ゆめぢ》に迷《まど》ふ我は我かは（現実の世で、わたくしはいったい誰と契ったのでございましたろうか。いまこうして夢路《ゆめじ》にくれ惑うている我が身はほんとうの我が身なのでしょうか、なにもかも現実とは思われませぬ）」とあったのを、玉鬘は思い出して、〈私だって、「我は我かは……」と思うものを……〉と苦悩するのであった。

そんな玉鬘の思いをよそに、退出のための輦車《てぐるま》が寄せられ、源氏方、内大臣方、そして夫の大将方、それぞれの邸から随従してきている玉鬘付きの者どもが、今や遅しと案じ顔で待ち、また大将自身もうるさいほどに輦車のあたりを右往左往《うろうろ》して退出を急《せ》かせる。

が、それでも帝は、玉鬘の側を離れることができない。

「いかに近衛の大将とは申せ、このように厳しく近い衛りをするとは見苦しかろうというものだ」

帝はこう言って憎らしがられる。

九重《ここのへ》に霞《かすみ》隔《へだ》てば梅《むめ》の花

ただかばかりも匂《にほ》ひ来《こ》じとや

私の住むこの内裏へ、なにやら厚い霞が隔てている。
さては、梅の花の色を見られぬことはもとより、
これっぽっちの香（か）ばかりも匂い来ることがないように……かばかりも参り来ることがないように、と隔てるのであろうか

こんな歌を、帝は玉鬘に詠み贈る。

いや、どうということもない歌だが、この程度の歌でも、美しいお上《かみ》のお姿やご様子を拝する場で聞いたならば、さぞ趣深く感じられたことであろう。

それから、帝は、

「『野をなつかしみ』……この野のなつかしさに、ぜひそこで共に一夜を明かしたいものだが、しかし、そこで夜を明かすのをいやがる人もあるようだ。その人の気持ちもまた、我が身を抓《つね》ってみれば分かるから、それも気の毒に思われるし。……これより、どのよう

に消息を通わせたらよかろうな」
帝は、「春の野に菫《すみれ》摘みにと来《こ》しわれぞ野をなつかしみ一夜寝《ひとよね》にける（春の野に菫をつみにとやってきた私だったが、この野に心惹かれて、ついつい一夜をここに明かしてしまったことだ）」という古い歌を引き事にして、またこんなふうにも仰せになりながら、たいへんに心を痛めておられる。玉鬘は、そのありさまを見るにつけても、恐れ多いことだと思い、すぐに歌をお返しする。

かばかりは風にもつてよ花の枝《え》に
立ち並ぶべきにほひなくとも

香ばかりは風にも言づててください、美しい花の枝のような方々に肩を並べるほどの色香は私にはございませぬけれど、せめてかばかりのお便りだけは。

さすがにまったく心離れた風情でもなく、こんな歌を返したのを、しみじみと感じられて、帝は、後ろを振り返り振り返りしながら、戻っていかれた。

髭黒、玉鬘を自邸に退出させる

本来ならば、玉鬘は里の内大臣邸へ戻るところであったけれど、髭黒の大将は、今宵このままますぐに自分の邸へ引き取ってしまおうと、かねて計画していた。といって、前もってそのように申し入れたところで、そうやすやすと源氏や内大臣が許すはずもないので、このことは当日になるまで、大将の胸にひたと秘めておき、

「どうも急にひどく悪い風邪を引きまして、たいそう気分が悪うございますので、きょうは心安い自分の邸へ戻って休もうと思っておりますほどに、その間、ずっと離れておりましては、なんとしても不安心でございますからして……」

などと、波風のたたぬような口実を言いこしらえて、ただちに自邸へ引き取ってしまった。

父内大臣は、あまりにもにわかのことで、〈こんなやりかたは、いささか格式に外れたことではあるまいか〉とは思ったけれど、これればかりのことを、無理やりに文句をいって妨げるというのも、大将が気を悪くするにちがいないと思うゆえ、

「まず、ともかくもなさったらよい。もとより源氏の大臣におあずけしたきり、我が心のままにもならぬお方ゆえな」

と、そのように答えて、事実上これを黙認したのであった。

六条院の源氏のほうでは、あまりにも突然のことで不本意に思ったけれど、とやかく言うにも及ばない。

玉鬘は、「須磨の海士《あま》の塩焼く煙《けぶり》風をいたみ思はぬ方にたなびきにけり（須磨の海士が塩を焼いている煙が風のひどさに吹き惑わされて思わぬ方角にたなびいている……そのように、あなたも思わぬお人になびいてしまわれた）」という古歌さながらに、思いもかけぬ男の手に落ちてしまったことを呆れた思いでいるのだが、髭黒の大将のほうでは、かの『伊勢物語』の昔男が、二条の后《きさき》を盗み出したという故事などを思い寄せて、〈ああいうことをしたなら、きっとこんな思いがしたのであろうなあ、ふっふっふ〉と、嬉しがり、やれやれこれで一安心と思っている。

ところが、帝が局《つぼね》に立ち入られていたのを髭黒がひどく妬《や》き立てたという事実が、玉鬘にはなんとしても気に入らず、凡愚《ぼんぐ》な男だという気がして、心打ち解けるどころか、ますます機嫌が悪い。

また、式部卿の宮の人々も、いつぞや大将が詫びを言いに来た時、あのように厳しいことを言いはしたものの、その後はたいそうくよくよと思い悩んでいた。が、覆水盆《ふくすいぼん》に返らず、あれ以来大将からの消息は絶えたままであった。

大将は、こうして、思い描いていたことが叶った嬉しさに、日々明けても暮れても、なにもかもそっちのけで、玉鬘の世話に力を尽くすばかりであった。

二月、源氏、玉鬘と歌を贈答す

二月《きさらぎ》になった。

〈しかし、それにしても大将め、鉄面皮《てつめんぴ》なことをしでかしたものだ。まさか、これほど思い切ったやりかたをするとは思いもかけず、うかうかしてまんまとしてやられた……〉とて、源氏としては、悔しさも悔し、人聞きの悪さも悪し、なにもかも心にかからぬ折とてもなく、あの玉鬘の面影ばかり、恋しく思い出しているのであった。

〈……玉鬘があの大将のものになったについては、前世からの因縁ということも、なるほど疎《おろそ》かにはできぬものだが、それにしても、わが心のうかつさ加減よな。こんなことだから、誰のせいでもなくこういう物思いに心を苦しめる結果となるのだ〉と、思うにつけて、寝ても覚めても玉鬘の面影が脳裏に浮かんでくるのであった。

髭黒の大将は、実直そのものの朴念仁《ぼくねんじん》ゆえ、面白みのある朗らかなことなど、毛の先ほどもない。玉鬘は、そういう人といっしょに過ごしているわけだから、源氏としては、折々につけて、なにかたわいもない戯《ざ》れごとの文でも書き遣《や》りたくは思うけれど、それもいささか気が引けて、似合わしからぬことのように思うゆえ、ひたすら我慢している。

春雨が降って、いかにものんびりとした頃、源氏は、どうしても思い出さずにはいられない。

〈……かつて玉鬘が六条の院にいた時分には、こうした折々は、雨中のつれづれを紛らす格好の場所として、あの姫のところへ渡っていって、なにやかやと語らいあったことだったなぁ〉などと、なんとしても恋しくなって、とうとう文を書いて贈った。まさか表立っては遣《つか》わされないので、ずっと玉鬘に付き添っている右近《うこん》のもとへ、こっそりと持って行かせた。が、それにつけても、こんどは右近がどう思うかと案じられもするゆえ、そうそう具体的に詳しいことを書き連ねるわけにもいかず、ただ、みずからの気持ちを仄めかして、よろしく推量してほしいというような書き振りであった。

「かきたれてのどけきころの春雨《はるさめ》に
　ふるさと人をいかに偲《しの》ぶや

　こうしととと降り続いてのどかな季節の春雨に、
　そなたは古里の人を、どのように偲んでいるであろうか

この長雨のつれづれにつけても、ただ恨めしく思い出されることばかり多いことでございますが、それもこれも、どうしたら申し上げることができるでしょうか」

など、ほんのりと書いてあった。

右近は、大将が居ない折を見計らって、そっとこの文を女君に披露すると、玉鬘は、わっと泣いて、みずからの心のなかにも、時間が経つにつれて、ますます源氏の面影がなつかしく思い出されてくる。けれども、実の親でもなく、恋人でもない源氏に向かっては、まっすぐに「恋しい、なんとかしてお目にかかりたい」などとは、いかにしても言うこと

のできぬ間柄ゆえ、〈……ほんとうに、……どうしたらお目にかかることができるのでしょうか〉と、しみじみ思われるのであった。
かつて六条院で、源氏がときどき持て余すような色めいた振舞いに及んだことを、その時は嫌らしいと疎ましく思ったけれど、そういう事実は右近にも知らせなかった。それゆえ、これればかりは、誰にも相談できず、ただ自分一人の胸のうちに悶々と悩んでいたのだったが、じつは右近も、そういうことがあることをうすうす気付いてはいた。しかし、それでも、源氏が女君にそういう振舞いをするのはどういうつもりであったのだろうかと、そこは未だに得心《とくしん》がいかないところなのであった。
返事を書くのも気恥ずかしく思ったけれど、まさかそのままにはできぬし、と思って玉鬘は返事を書いた。
「ながめする軒のしづくに袖ぬれて
うたかた人を偲ばざらめや
長雨（ながめ）のそぼふる軒の雫《しずく》、その雫と物思（ながめ）の涙とに、わたくしの袖は濡れております。それなのに、水面《みなも》にうかぶ水泡（うたかた）ではありませぬが、どうして仮初（う

たかた）にも、かの人を偲ばずにいられましょうか
お目もじせぬこと久しくなりますこのごろ、仰せのとおり、まことにつれづれもひとしおまさることでございます。あなかしこ」

と、玉鬘は、敢えてうやうやしい筆致《ひっち》で書いたのであった。

源氏の痛哭

源氏は、この返事の文を引き広げて読むほどに、まるで軒の雨垂《あまだ》れが玉と落ちるにも似た涙をぽろぽろと流した。そんなところを人に見られでもすれば、いかにもまずかろうと、源氏はつとめて平気を装っていたが、恋しい思いは胸に溢《あふ》れんばかりで、その昔、朧《おぼろ》月夜《づきよ》の尚侍《ないしのかみ》を、その姉弘徽殿大后《こきでんのおおきさき》がひしと囲い込んで逢わせぬようにした、あの折の悲しい恋しい気持ちなども思い出される。

が、それははるか昔の思い出、これは目前に迫った現実だからであろうか、世にたぐいなく哀しい思いに痛哭《つうこく》する源氏であった。

〈ああ、色好みの人間は、こんなにも心の安まらぬものであったか。今となっては、もはや、これ以上何につけて我と我が心を乱そうとするのだろう……こんなことは、もう身に添わぬ恋の糸口であろうに……〉と、源氏は、みずからの心の熱を冷まそうとして、しかし冷まし切れぬ苦しみに、手許に和琴《わごん》を引き寄せて爪弾《つまび》きなどする。すると、やはりあの玉鬘がしみじみと心に沁みるような音で和琴を弾いた爪音が彷彿《ほうふつ》と思い出されて、たまらない思いがするのであった。

源氏は、東琴《あずまごと》の調子ですがかき奏法に弾きすさびながら、鄙《ひな》びた歌を口ずさむ。

鴛《を》鴦《し》、鷹《たか》鷴《べ》、鴨《かも》さへ来居《ゐ》る　蕃良《はら》の池の　や
玉藻《たまも》はま根《ね》な刈《か》りそ　や
生《お》ひも継《つ》ぐがに　や　生ひも継ぐがに

オシドリ、タカベ、カモさえ来ている、この蕃良の池の　やあ
美しい水草を、その美しい根を刈ってはなりませぬぞ　やあ
その根が生え継いで　やあ、生え継いでいくほどになあ

……あの美しい玉藻を……玉鬘を、他の男に刈らせてはなるまいぞ……そんなふうにも

聞こえるなつかしい民謡を、源氏は歌いすさんでいる。こんなところを、その恋しい人に見せたなら、さぞその胸に沁みて心を動かされるであろうなと思われるような、源氏の姿であった。

帝の思い

帝もまた、ちらりとご覧になった玉鬘の容貌や女らしい風情を忘れることができず、「立ちて思ひ居《ゐ》てもぞ思ふ紅《くれなゐ》の赤裳《あかも》垂《た》れ引き去《い》にし姿を（立っていてもお前のことを思い、座っていてもお前のことを思う。あの紅の裳裾《もすそ》を長く引いて立ち去っていった、あの姿を）」というあまり感心しない旧弊な歌を、まるで口癖のように唱え唱えしながら、ぼおっと物を思っておられる。

お手紙は、こっそりと忍んで玉鬘のもとへ遣わされる。

帝からの懸想の文を受け取るたびに、玉鬘は、我が身のさだめのつたなさが身に沁み、こんな気慰《きなぐさ》みに過ぎないような文の贈答なども、どこか心に添わぬ思いがして、はかばかしい返事も差し上げない。それでいて、やっぱり源氏のあのたぐいなく行き届く心配りの、なにつけ心に沁みたことばかりが、今も忘れられないのであった。

三月、源氏なおも玉鬘を思って文を送る

三月《やよい》になって、六条院の庭の、藤、山吹など、華やかに咲き満ちた夕暮れ、西の空ばかりがほんのりと暮れ残っている景色を眺めながら、源氏の胸中には、〈こういうときここに玉鬘がいてくれたら、いかに見る甲斐のあることだろう……〉と、あの美しい容姿ばかりが思い出されて、たまらず東南《たつみ》の御殿の春爛漫の庭をうち捨てて、玉鬘の住んでいた東北《うしとら》の御殿のほうへやってきては、庭を眺めている。

淡竹《はちく》の生け垣に、わざとらしからず山吹が咲きかかっている、その色合いの美しさ、なんともいえぬ。その山吹の色を眺めながら、源氏は独り言のように古歌を口ずさんでいる。

「思ふとも恋ふとも言はじくちなしの色に衣を染めてこそ着め（どんなにあなたを思っても恋うても、それを口に出しては言いますまい、口無しの色……黄色……に衣を染めて着ることにして）」と歌ってから、また、

「思はずに井手《ゐで》の中道隔つとも
　言はでぞ恋ふる山吹の花

　思いがけず、あの山吹の名所井手の里へ通う道を隔てられようとも……

　そのようにかの人に逢うことを隔てられようとも、クチナシ色の山吹のように、なにも言わずにじっと恋していることにしよう、山吹の花のように美しい人を

あの『顔に見えつつ』の歌のごとくに……」


　源氏は、「夕されば野辺《のべ》に鳴くてふ顔鳥《かほどり》の顔に見えつつ忘られなくに（夕方になると野辺に鳴くという顔鳥……カッコウ……ではないけれど、そなたの面影が浮かんで、とても忘れることができないぞ）」という古歌の心になぞらえて、山吹の花のように美しかった玉鬘への恋慕を、その諦められぬ思いを、口にしてみる。が、そんなことをしてみても、その思いを聞いてほしい玉鬘はもうここにはいないのだし、なんの甲斐もないことであった。

　こうして、さすがにもう玉鬘は自分のもとから離れていってしまったのだという茫然たる思いを、源氏は、このとき初めて持った。

　思えば、まことに不審に堪えぬ源氏の戯《たわむ》れ心であったこと……。

ちょうど水鳥《かり》の卵がたくさんにあったのを見て、源氏は、紙に包んだり色をつけたり、せいぜい蜜柑《みかん》や橘《たちばな》の実に見えるように細工を施すと、あまり大げさでないようにして玉鬘に贈った。その贈り物に手紙を添えたのだが、万一髭黒の大将の目に付いてもいけないと思って、ごく素っ気ない調子で、こう書きつけてあった。

「安否も気遣わしいまま、月日も重なってまいりましたのを、私はまことに思いの外なあしらいなることと、恨めしく存じおります。が、それも、そなたの御心ひとつから出たことではないように伺っておりますので、さては、よほどの機会でなくては御対面申すことも難しかろうと残念に思っております」

などと、いかにも親めいた書きようで、なお、

「おなじ巣にかへりしかひの見えぬかな
　いかなる人か手ににぎるらむ

　私と同じ巣に孵《かえ》った卵（かい）のようなそなたながら、せっかくこうして私がお世話をしてきたその甲斐（かい）もなく、いったいどんな人が手に握っているのであろうなあ

なぜにまた、そのように厳重に囲い立てている必要がありましょうや。まことに面白か

らぬ思いにて」

と、こんなことが書いてあった。これを大将も見て、からからと笑い、

「いや、女と申すものはな、実の親里へだって、そうそうたやすく出向いて会ったりするものではない。やはり、それなりのきちんとした機会がなくては、そういうことはなさるべきではありませんな。ましてや、実の親でもないこの大臣《おとど》などが、なんだってまた、なにかにつけて、そういう恨み言など言ってよこすのであろうかな」と、呟《つぶや》いている。その様子も、なんだか憎たらしい、と玉鬘は思う。

「お返事など、わたくしにはとても致しかねます」

玉鬘は、そう言って、書きにくく思っているので、髭黒が、

「よろしい、それでは私が……」

としゃしゃりでて返答するなど、まことに見ていられぬ思いがする。

「巣隠れて数にもあらぬかりの子を
いづかたにかは取り返すべき

巣に隠れてしまって物の数にも入らぬほどの水鳥（かり）の卵（こ）のように、

まるで人数にも入れておられないようなかりそめのお子を……
いまさらどこへお取り返しになるのでございましょうか

どうやらご不興《ふきょう》の趣《おもむき》を拝し恐縮いたしまして、かかる歌など差し出しますは、まことに物好きなることにて……」

髭黒からの返事には、そんなことが書いてあった。

源氏は、これを一読し、

「この大将が、このようなたわいもない歌など詠んだのも、前代未聞のことよな。まことにめずらしい……」

と、苦笑する。その心中には、髭黒がこのように玉鬘を独り占めにしているなど、まったく気にくわぬと思っているのであった。

真木柱の姫君のその後

離別したもとの北の方は、月日の隔たりゆくほどに、呆れるほどひどい仕打ちだと怨《えん》じながら、ますます抑鬱《よくうつ》が進み、今ではもう惚《ほう》け切って正気を失ってしまっている。

しかし、その日々の生活の資《たすけ》は相変わらず大将のほうから送られて来ていて、どんなことでも心細やかな配慮が行き届いている。また、二人の男の子たちは、大将の邸で以前に変わらず傅育《ふいく》しているのであったから、もとの北の方としても、きっぱりと大将と縁を切ってしまうというわけにもいかない。結局、折々の手配やらなにやら、暮らし向きのことを大将に頼っていることは以前と何もかわっていないのであった。

ただ、姫君真木柱に会いたいと、大将は堪えがたく恋しがったけれど、もとの北の方は決してこれを許さない。

姫君は、まだ幼い心のうちに、式部卿の宮家では誰もがみな、父大将のことを、許すことなく恨み誹《そし》り、ますます会わせないように隔てるので、ただもう心細く悲しい思いで暮らしていた。しかし、弟君たちは、しょっちゅう宮家にやってきて、なにかにつけて、尚侍《かむ》の君《きみ》玉鬘の様子なども、自然に話題にのぼせたりする。

「僕たちのことも、ずいぶんかわいがって優しく接してくださいます」

「それに、明け暮れ、すてきに面白いことばかりなさっておいでですよ」

など、弟たちが口々に言うのを聞いて、真木柱は羨《うらや》ましくてならない。そうして、自分ばかりが女に生まれたために、この弟たちのように気安く振舞うことができないことを嘆くのであった。

かにかくに、男女にかかわらず、どういうものか身の回りの人の誰もに物思いをさせてしまう尚侍の君玉鬘の存在であった。

十一月、玉鬘、男の子を産む

その年の十一月《しもつき》に、しかし、玉鬘はたいそうかわいらしい赤ちゃんを抱く身となった。大将も、これには、思いのままのめでたさだと思って、その子を大切にすることは、また限りがなかった。

そのあたりのことは、ここにくだくだと書かずとも、皆様ご想像のとおりである。

父内大臣も、これがまさにこうあってしかるべき姫の宿縁なのだと思っていた。

そもそもこの玉鬘は、内大臣が格別にかわいがっている弘徽殿女御などに勝るとも劣らぬ美しさであった。子息頭中将なども、この尚侍の君玉鬘のことを、今では心から親しく思う姉として仲良くしていた、……とはいうものの、それでもやはりかつての恋慕の片鱗《へんりん》はまだ名残を留《とど》めていて、折々には色めいた気配なども織り交ぜる。そうして、〈おなじお子を生みなさるなら、宮仕えに参られて、お上の皇子《みこ》を儲《もう》けられたらよかったものを〉と思う。

今玉鬘が生んだ若君が、たいそうかわいらしいのにつけても、

「今まで、陛下には皇子たちがおいでになりませぬ。そのことをお上はいつも嘆いておいでなのを拝見いたしますについても、もしこのお子がその皇子であったなら、どれほど面目を施したことでしょうか」

などとあまりなることを思い、また口にする。尚侍としての公務は、まずまず滞りなく在宅で執行していたが、参内するということについては、このままの状態で沙汰やみとなるように見える。

いや、それはそうあってしかるべきことである。

近江の君、その後のあきれた懸想沙汰

そうそう、そういえば、話はすこし戻るけれど……例の内大臣の落とし胤のお騒がせ

娘、かの尚侍を所望したという近江の君は、こうしたやからに通有《つうゆう》の癖《へき》として、変に色気づき、あちこちの男と浮き名を流そうというような心まで身に添うてきて、内大臣は、まったく手を焼いていた。

この調子ではいずれとんでもない軽率なことをしでかすであろうと思って、弘徽殿女御も、なにかと胸をつぶすことのみ多い。そこで内大臣は、

「もうこれ以上出仕することはまかりならん」

と制したにもかかわらず、そんなことはいっこう知らん顔をして、近江の君は、女御の側《そば》へしゃしゃり出てくる。

あれは、なんの折であったか……、殿上人が数多く……それも、ことのほか風雅の誉れ高い人たちばかりが女御の御殿に参って、管弦の遊びなどをして、くつろいだ調子で拍子を打ちなどしている時だった。

秋の夕べの、しかもなみなみならず風情豊かな折であったが、源氏の子息宰相の中将も、御簾近くまで寄り来て、いつものまじめな中将にも似ず、色めいた戯《ざ》れ言《ごと》などを女房たちと交わしたりしている。それを女房たちは珍しがって、

「やっぱり、そこらの人たちとは違うわ」

などと口々に誉めなどしていると、この近江の君が、あたりの女房衆を押し分けるようにして差し出て来て、最前列にどっかと座ってしまった。

「あれあれいけませせぬ、なにをなさいますぞ」

と、奥のほうへ引きずり入れようとするけれど、近江はきっとなって睨《にら》みつけ、梃子《てこ》でも動かぬという面構《つらがま》えなので、みな困り果ててしまい、

「また軽はずみなことを口にされるのではあるまいか」

と目引《めひ》き袖引《そでひ》きする。

すると近江の君は、この天下に稀《まれ》なる真面目男の宰相の中将を見つけ、

「あ、このお方、これこれ」

などと、大いに気に入ったていで、大声こそ出さぬが、しきりと騒ぎ立てる、その囁《ささや》き声が誰の耳にもはっきりと聞こえてくる。これにはお側の女房衆、まことに苦々《にがにが》しいことと思って困惑しきっていると、こんどはばかにはきはきとした声で、

「おきつ舟よるべ波路《なみぢ》にただよはば
棹《さを》さし寄らむ泊り教《をし》へよ

沖の小舟が、寄る辺《よるべ》もなく、波（なみ）の上に漂っているのだったら、
ぜひわたくしが棹さし寄せてまいりましょうほどに、泊る港を教えてくださいませな

あの『棚無《たなな》し小舟《をぶね》漕ぎ返り』でもあるまいし、まだ同じ人を恋い慕っているんですか。まあ、なんて往生際《おうじょうぎわ》の悪い」

「堀江《ほりえ》漕ぐ棚なし小舟漕ぎ返り同じ人にや恋ひわたりなむ（あの難波の堀江を漕ぐ小さな舟が行き返りまた行き返りするように、私は同じ人に恋慕しつづけることになるのでしょうか）」という古歌を引き合いに出して、いまだに雲居《くもい》の雁《かり》に思いを寄せている中将に、とんでもなく無礼なことを言う近江の君の口さがなさ、そんなことを言われた中将は、まことに困惑し不審に堪えぬ思いがするのであった。

〈さても、この女御のお側には、こんなとんでもないことを申す者がおるなど、噂にも聞かなかったが……〉と、つくづく思い巡らしてみた結果、はたと膝を打った。

〈あ、そうか、例の近江とやらだな、こいつは〉

そう思うと、中将は可笑しくてならず、

よるべなみ風の騒がす舟人《ふなびと》も

思はぬかたに磯《いそ》づたひせず
どんなに寄る辺なく漂って、風に翻弄《ほんろう》されているような舟人でも、
まるで思ってもいない磯あたりにうろうろしたりはしませんぞ
と、まるでそっけない歌を返したとか……。

梅枝《うめがえ》

源氏三十九歳

薫物《たきもの》合わせの用意

明石の姫君も十一歳の春を迎えて、まもなく御裳着《おんもぎ》の儀を迎える。源氏は、その準備についてもまた、至らぬ隈《くま》無く心を配ること並々ならぬものがある。

東宮《とうぐう》もまた、十三歳のこととて、同じ年の二月《きさらぎ》に御元服の儀が執り行なわれるはずであるから、すぐに姫君の東宮入内《じゅだい》がそれに続くのでもあろうか。

そういう心せわしい正月も晦《みそか》になり、公式の行事などもおおかた済んで公私共にやや心静かな頃とて、源氏は、入内の準備に薫物《たきもの》を調合することにした。

大宰《だざい》の大弐《だいに》が献上した香木どもを検分してみると、むろん良い品ではあるけれど、それでもなお昔の香木にはいくらか劣っているのではなかろうかと思って、源氏は、二条の邸《やしき》の倉を開けさせ、唐土《もろこし》から舶来の香木をあれこれ取り出しては、六条院のほうへ運ばせる。

「錦《にしき》にしても、綾《あや》にしても、やはり古いものほど心惹《ひ》かれ、また緻密《ちみつ》にできているな」

源氏はそんな思いを洩《も》らしながら、身の回りの調度の覆《おお》い、敷物、茵《しとね》（座布団にする敷物）などの縁、さまざまのものに、亡き桐壺院のご治世の初め頃、高麗人が献上した綾《あや》や緋金錦《ひごんき》（金糸を織り込んだ緋色《ひいろ》の錦）などなどを選んでは、これはあれに、それはこちらにと、それぞれの用途に仕立てさせる。いずれも昔の舶来物は、今の品物とは出来がまったく違うのであった。そうして、大宰の大弐から献上の綾《あや》や羅《うすもの》などは、女房たちに下げ渡してしまう。

また香木のあれこれは、昔の物と今の物とを適宜取り合わせて、方々の女君たちに配るようにと、しかるべく手配をさせる。その上で、各女君たちに、

「香は、各自二種ずつご調合くださいますように」

と源氏は依頼したのであった。

また御裳着の儀の参列者に配る引き出物、また上達部《かんだちめ》の人々への祝儀の品々など、いずれも世に並びない見事さで調えさせる。それについては、六条院の内々で仕立てるばかりでなく、外部にも発注するなど、おさおさ怠りなく用意しているのに加えて、それぞれの御方の許《もと》では、源氏の依頼に応《こた》えてとりどりに香木を選び調え、いずれも鉄臼《かなうす》でゴロゴロと突き挽《ひ》いている音が耳にかしましい、そういう折ふしのことである。

源氏は、寝殿に独り、紫上とも女房衆とも離れてひっそりと、二つの秘法の香を合わせている。この二つは、承和《じようわ》の頃に仁明《にんみよう》天皇が男子に伝えるのを禁制とした秘法なのだが、さてどういうわけで耳にしたのであろうか……、ともあれ源氏は、じっくりと注意深く、それらの香を調合している。

いっぽう、紫上は、東の対《たい》に母屋《もや》と廂《ひさし》の仕切りを取り払った放出《はなちいで》を設け、そこに帳台《ちようだい》を置き、屛風《びようぶ》や几帳《きちよう》でせいぜい外から見えないようにこしらえたなかで、八条式部卿《はちじようのしきぶきよう》秘伝の調香処方を試みている。源氏と紫上は、互いに一歩も引かない心がけでその調香の腕を競い合って、処方はいずれもたいそう厳重に秘している。そこで、

「匂《にお》いの深さ、浅さ、どちらが勝るか勝敗を定めよう」

と源氏は提案するのだった。まことに人の親とも思えない競争心である。

源氏方も紫上方も、秘密保持のために、あえて助力の女房たちの数も最小限に絞っている。

姫の入内に持たせるお道具類はみな、どれもこれもいかにも趣味の良い物ばかり数多く揃《そろ》え、なかにも香壺《こうご》を収めるいくつもの箱の細工、壺《つぼ》の形、香炉の意匠、どれをとっても

目新しい姿に作りなして、花々と美しく、また一つ一つが独特の佇《たたず》まいを具《そな》えている。これらの香壺には、まだ何も入っていないが、これから各夫人がたが心を込めて調合した薫香あれこれのなかから、とくに優れた出来のものを、源氏みずからがよくよく嗅《か》ぎくらべて選び入れようと思っているようであった。

紅梅の盛り、兵部卿の宮来たる。前斎院よりの薫物《たきもの》到来

二月《きさらぎ》の十日。雨が少し降って、御前《おまえ》近い庭の紅梅が盛りに咲き、その色も香りも比類なき頃、ちょうど兵部卿の宮がやってきた。これは、入内の準備が、いよいよ今日明日の間に迫ってきたゆえ、さぞ忙しいことであろうと、わざわざ見舞いに訪れたというわけであった。この宮と源氏とは、昔からとりわけ親密な仲であったから、この際、このことはどうする、あのことはこうしようか、などなど腹蔵《ふくぞう》なく相談しながら、庭の紅梅を賞《め》でていたところへ、前斎院《ぜんさいいん》(朝顔の斎院)からといって、もう花の散りかかった梅の枝につけた手紙を持って使いの者が至る。

宮は、源氏とこの朝顔の斎院との沙汰《さた》については、すでに耳にしていたので、

「おやおや、これはお安くないことですね。どんなお手紙を、女のほうからよこしたものでありましょうか……」

と、いかにも面白半分に思っているらしい表情で言う。さすがに源氏は微笑んで、

「いやいや、御推量のようなことではありませぬ。最近、わたくしのほうから、たいそう厚かましいことをお願いしておいたものですから、実直に急ぎお応えくださったものでしょう」

そう言って、源氏は、その文をさっと隠してしまった。

見れば、沈香《じんこう》でこしらえた箱に、瑠璃《ガラス》細工の容器を二つ入れて、そのいずれにも大きく丸めた薫香が収めてある。そのうち、紺色の瑠璃器には五葉の松の飾り紐《ひも》がつけてある。これは「黒方《くろぼう》」という薫香を収めてあるのであろうか。また、白い瑠璃器には、白い梅の飾り紐をつけてある。これは「梅花《ばいか》」の香を収めてあるらしい。いずれも結び合わせた糸の姿も柔らかく女性的で、すんなりと拵《こしら》えてあった。

「素敵な作りようだね、これは」

といって、兵部卿の宮は目を留《と》めた。

花の香《か》は散りにし枝にとまらねど
うつらむ袖《そで》に浅くしまめや

梅の花の香は、もう散ってしまった枝には残るわけもございませんが、
やがてその香の移る袖にはどうして浅く染《し》み込むなんてことがありましょう。
……わたくしはもう散ってしまった花ですが、
これから入内の姫君の袖には色濃く染みて香ることでございましょう

と、こんな歌が、しかも淡々《あわあわ》とした薄墨《うすずみ》で書いて付けてあるのに、宮は気付き、わざとらしく大仰な節回しで朗々とこれを朗詠する。

源氏の子息宰相《さいしよう》の中将は、この香を持参した使いの者を探し引き止めて、たっぷりと褒美の酒肴《しゅこう》を振舞い、さんざんに酔わせる。その上に、引き出物として、紅梅襲《こうばいがさね》(表紅、裏紫)の唐《から》渡りの織物の細長《ほそなが》を添えた女装束《しょうぞく》一式を被《かず》け与える。

源氏からの返歌も、同じ紅梅襲の紙に書いて、御前の紅梅の花を折らせ、その枝に付けて返した。このやりとりを目にして、宮は、

「なんと書いてあるのか、気になる文だね。さても、いったいどんな隠し事があって、こ

こまで深く秘められるのであろうかな」

と恨めしげに言い、その中身を是が非にも読みたがるのであった。

「いや、なにもございませんよ。さように、後ろ暗いことがあるようなおっしゃりようは、いささか迷惑にて……」

源氏は、澄ましてそう答え、返事の文を書くのに硯《すずり》を使ったついでに、返し歌を書きつけたのは、

花の枝《え》にいとど心をしむるかな

人のとがめむ香をばつつめど

いや、わたくしは、その紅梅の花の枝にこそ、たいそうしみじみと心惹かれます。もしや人が聞き咎《とが》めはしないかと、せいぜい秘めている香ですが……

とでも書いてあったのであろうか。源氏は誰にも見せぬように隠していたので、はっきりとは分からないのだけれど……。

不満顔の兵部卿の宮に、源氏は、真面目くさって言う。

「いえ、真面目に申し上げますと、かような薫物の沙汰など、まことに物好きのようでご

ざいますが、この姫はわたくしにとりましては、ほんとうにかけがえのないただ一人の娘でございますから、このくらい致しますのも、親としては当たり前の営みであろうかと存じての上のことでございます。もとよりわたくしごとき者の娘ゆえ、見目《みめ》のほうはとてもお目にかけるほどの者でもございませんから、裳着《もぎ》の腰結《こしゆ》い役には、縁の遠い方にお願いするのも憚《はばか》られますゆえ、中宮さま（秋好む中宮）をこの里邸《さとやしき》のほうまでお下がりいただいてお願いしようかと考えております。中宮さまとはなにかとお親しくさせていただいておりますが、なにぶん、こちらが気の引けるようなお心深いところがおありの宮さまゆえ、こたびの支度万端、とても通り一遍の致し方にてはお目にかけるのも恐懼《きょうく》すべきところにて、それでこのようにせいぜい心を入れて用意をいたしておりますようなわけで……」

宮はそれを聞いて、

「なるほど、これから先のことを思いますと、中宮の幸運にあやかるということもありますからね」

と、この薫香合わせのことを判定してみせた。

薫物《たきもの》合わせの日

このついでに、各御殿の御方々の調合した薫香それぞれについて、どちらへも使者を差し向け、

「折よく、この夕暮れは雨後の湿りがよい具合ゆえ、皆さまの調合された香を試みたいと思います」

と知らせを回したので、どの御方からも、それぞれに趣向を凝らした薫香が届けられてくる。

「これらの薫香のいずれをよしとするか、お聞き分けくださいますように」

源氏は兵部卿の宮にそう申し入れ、なお言葉を継いだ。

「れいの『誰にかみせむ』と愚考いたしますにつき……」

宮は、それを聞いて心中にあの名高い古歌「君ならで誰にか見せむ梅の花色をも香をも知る人ぞ知る（あなた以外の、いったい誰にこの梅の花をお見せしましょうや。この花の色も香も、ほんとうに知る人にしか分からないのですから）」を思い浮かべて頷《うなず》きながら香炉を召し寄せて

は、一つ一つ焚《た》かせて、香りを試みはじめた。

「いやいや、私などはその『知る人』のうちにも入りますまいけれど」

宮はそんなふうに謙遜してみせるが、しかし、この筆舌に尽くしがたい芳香のなかに、どの成分が入りすぎているとか、あるいはいくらか足りないとか、そういう微妙な調合の不具合を聞き分けて、強いてそれぞれの優劣を判定していくのであった。

さるなかに、源氏がみずから調合した承和の秘香「黒方」と「侍従《じじゅう》」が、今やその判定の場に持ち出される番になった。薫香は湿りを得て深く香るゆえ、かの承和の秘香が右近《うこん》衛府《えふ》の詰所の軒下を流れる水のほとりに埋《うず》められていたという故知《こち》に倣って、源氏はこれを西の渡殿《わたどの》の下から流れ出ている遣水《やりみず》の辺に埋めておいたのを、惟光宰相《これみつさいしょう》の子息兵衛《ひょうえ》の尉《ぞう》が掘り出して持ってきた。これを源氏の子息宰相の中将が取り次いで兵部卿の宮に差し上げる。宮は、

「これはまた、たいそう苦しい判者を任されたものでございますな。こう立て続けに焚かれては煙くてかなわぬが……」

など愚痴を言って困却《こんきゃく》の体《てい》である。こうした薫香は、元来同じ調合処方を以て各方面に拡散し広がっていくべきはずのものだが、実際には、こういう折に人々がその心ごころに

工夫を巡らして調合するので、香に深浅が出来てしまう。そこをよく聞き分けてみれば、おのずからたいそう興味深いことがたくさんある。

こんな次第だから、なかなか優劣などは付け難いところであったけれど、そのなかでも、朝顔の前斎院調香の「黒方」は、心憎いまでに落ち着いた香りがあって、格別の風格を持《じ》している。また「侍従」については、源氏の大臣《おとど》調香のそれが、やはりすぐれて上品で心惹かれる香だと、そういう判定を宮は下した。また、紫上の調合した薫香は三種類あったが、そのなかで、「梅花」は、華やかで、いかにも花やいだ新しさがあって、どこかふっと浮き立ってくるような工夫がしてあり、類例のない香りが加わっていた。

「いま時分の春風に紛れて香らせるとしたら、この梅花香に勝るものはあるまい」

と宮はこれを称賛する。

また夏の御殿の花散里の御方は、あちこちの女君がたがこのように思い思いの工夫を凝らして競合しようとしているなかに、自分のようなものがあれこれと数多くの薫香を差し出すまでもなかろうと、あたかも香炉の煙までも消え入ってしまいそうな遠慮深い心がけを以て、ただ夏に縁《ゆかり》の「荷葉《かよう》」一種だけを調香して差し出したのであった。この「荷葉」は、ほかの薫香とは格別、しめやかに沈んだような香りがして、聞けば胸にしみじみとした親しみが感じられる。

冬の御殿の明石の御方は、今は春、この季節に相応《ふさわ》しい薫香が定まっているなかに、冬の柄《がら》の薫物を出したりするのはいかにも影の薄い感じがしてつまらないと思って、薫衣香《くのえこう》のなかでも前の朱雀院《すざくいん》（宇多天皇《うだ》）が調合された処方を写し、また調香の名手として鳴った源公忠《きんただ》が、特別に選んで処方した「百歩の方《ひゃくぶほう》」――あの百歩の彼方《かなた》までも馥郁《ふくいく》と香ったという調香方――に思いが至りなどして、これまた世にも珍しいほどの艶麗《えんれい》な香りを取り集めて差し出した。これにはさすがに宮も、その明石の御方の研究熱心なところが素晴らしいと誉《ほ》めるので、結局、どの御殿の御方も、みなひとかどの功あるものという判定となった。

源氏は、これを聞いて、

「そうみんなを誉めるのは、ずるいのではありませぬか」

と判定に文句をつけた。

折しも月がさし上ってきた。酒が出て、昔の思い出話などに花が咲く。おぼろに霞んだ月の光は心憎いばかりのところへ、さっき降った雨の名残の風が少し吹いて、そこに庭の紅梅の香が懐かしく匂ってくる。外からは梅の香、内からはくさぐさの薫香の匂い、……まことに人々の心に沁《し》み入るような春の夜の風情であった。

六条院に設けられた蔵人所《くろうどどころ》のほうでは、明日の御裳着の儀に際して奏せられる管弦の楽の予行演習のために、和琴《わごん》や箏《そう》やに絃《いと》を張り琴柱《ことじ》を立てなどして用意が進められている。そこへ、演奏に当たる殿上人《てんじょうびと》が数多くやってきて、風雅な笛の音《ね》なども聞こえてくる。

内大臣の子息頭中将、またその弟弁《べん》の少将なども、ちらりと見参《げんざん》の由を記帳して退出しようとするところを引き止めると、琴《こと》などを持ってこさせる。

兵部卿の宮の前には琵琶《びわ》、源氏には箏《そう》の琴《こと》、頭中将は和琴《わごん》、まずは弦楽器を華やかに掻《か》き立てる、その音の素晴らしさ……。そこへ源氏の子息宰相の中将が、横笛《よこぶえ》を吹き合わせる。季節柄のほのぼのとした調子で、天雲《あまくも》なびく空の上まで響き通るばかり嚠喨《りゅうりょう》と吹き鳴らす。弁の少将は、笏《しゃく》を打ち合わせて拍子を取りながら、歌を歌い始めた。

　梅《むめ》が枝《え》に　来ゐる鶯《うぐひす》　や　春かけて　はれ
　春かけて　鳴けどもいまだ　や　雪は降りつつ
　あはれ　そこよしや　雪は降りつつ

梅の枝に来ている鶯よ、冬から春にかけて　ハーレ
冬から春にかけて　鳴くけれども、いまだ雪が降っているよ
ああ、ソコヨシヤ、雪が降っているよ

催馬楽《さいばら》『梅枝』を朗々と歌い渡っているのは、またたいそう面白い。

この弁の少将は、昔、まだ元服以前の童形《とうぎょう》であった時分に、源氏の二条の邸で催された韻塞《いんふたぎ》の折、催馬楽の『高砂』を美しい声で歌ったその人である。少将の歌う声に添えて、宮も源氏も、興に乗って声を合わせて歌う。予行演習ゆえ、肩肘《かたひじ》張ったものではないが、これはこれで趣《おもむき》深い夜の管弦であった。

やがて、兵部卿の宮は源氏に献杯しつつ、歌って曰《いわ》く、

「鶯の声《こゑ》にやいとどあくがれむ
心しめつる花のあたりに
この鶯の声には、わが魂も身を離れて浮きゆくかと思われる
心を奪われたこの花の香り、梅花香の香りのあたりへふわふわと……
……千年でも万年でも漂っていたい思いがします」

さすがに宮は、「いつまでか野辺《のべ》に心のあくがれむ花し散らずは千代《ちよ》も経《へ》ぬべし（いったいいつまでこの野辺に、私の心はさまよっているのであろう、いや、もしこの花が散らずにずっとあったなら、千年だって万年だってずっとここに……）」という古歌の心を仄《ほの》めかせて歌い上げる。

杯を受けた源氏は、

色も香もうつるばかりにこの春は
花咲く宿をかれずもあらなむ

この花の色、この花の香、そして薫香の香り、みな御身に染み移るほど、
この春は、花咲くわが家を、離れずにいていただきたいものです

と歌いながら、次に杯を頭中将に巡らした。すると、中将はまた、宰相の中将に杯を巡らしつつ、

鶯のねぐらの枝もなびくまで
なほ吹きとほせ夜半《よは》の笛竹《ふえたけ》

鶯が塒《ねぐら》にしている梅の枝も吹きたわむほどに、
吹いて吹いて、夜通し吹き通してください、その見事な笛の音を

と歌う。これを受けて、つぎに宰相の中将は、

「心ありて風の避《よ》くめる花の木に
とりあへぬまで吹きや寄るべき

せっかく風流心のある風までが、花を散らさぬようにと避けて吹いているように見えるこの梅の木に、鶯（とり）もその枝にいることができぬほど、不用意（とりあえぬまで）に吹き寄っていってよいものでありましょうや

枝もたわむほど吹けとは、なんと無情な仰せやら」

と戯《たわむ》れ詠んだので、これには皆声を上げて笑った。

弁の少将が、

霞だに月と花とをへだてずは
ねぐらの鳥もほころびなまし

こうして夜の明けがたにもなれば、もし霞《かすみ》が月と花とを隔てたりしなければ、花の枝を塒にしている鶯《とり》も、夜が明けたことを覚って口元を綻《ほころ》ばせて鳴き出すのでしょうにね

と詠んだころには、ほんとうに夜が明けてきたので、宮は帰ってゆく。

源氏は、宮への引き出物として、自分用に作らせた直衣《のうし》一式に、自身まだ手も触れていない薫香二壺を添えて、宮の車まで運ばせて贈る。これを見て、宮は、

花の香をえならぬ袖にうつしもて
ことあやまりと妹《いも》やとがめむ

この素晴らしい花の香りを、この得《え》も言われぬお装束の袖に移して帰りなどいたしますと、どこかの御方とあやまちごとでもしでかしたかと、妻が咎めましょうなあ

など、戯《たわむ》れ歌う。源氏は、さすがに、

「これはまた、ずいぶんと屈託《くつたく》なさった仰せようで、はっはっは」

と大笑いするのであった。そうして、いよいよ牛車《ぎつしや》に牛を繋《つな》ぎ付ける頃に、源氏は、追って詠みかけた。

「めづらしと故里人も待ちぞ見む
花の錦を着てかへる君

なんの、珍しいことだと、故里の御方も待ちうけてご覧になりましょうぞ。
この花の香りのする錦を来て故里へ錦を飾られる君を

さぞ珍しいご外泊と思《おぼ》し召《め》されることでございましょうな」

源氏は「富貴にして故郷に帰らざるは、繍《にしき》を衣《き》て夜《よる》行くが如し（出世して富貴となっても故郷に帰らないのは、恰かも錦を着ているのに真っ暗な夜道を行くように張り合いのないものだ）」という漢文《からぶみ》を下心に含みながら、こんな歌を詠んだのである。

じつは独身で、自邸にも妻のいない寂しい境涯の兵部卿の宮は、こんなやりとりをするにつけてもたいそうひどく辛がりなどするのである。

それより以下の君たちにも、ぜんたい大仰になりすぎぬように留意しつつ、源氏は、細長やら、小袿やらの女装束を被《かず》け与えるのであった。

明石の姫君、御裳着の儀

かくて、秋好む中宮の住む南西《ひつじさる》の御殿に、明石の姫君は、戌《いぬ》の時（午後八時ころ）に渡ってきた。

日ごろ中宮の住まいとしている西面《にしおもて》に放出《はなちいで》を設けて、そこに、御髪上《みぐしあ》げの儀式に奉仕する内侍《ないし》などもやってくる。

紫上も、この機会に中宮と対面することになった。

中宮方、紫上方、双方の女房たちが、こうして西面あたりの一所《ひとところ》に集まって押し合いへし合いしているので、全体では何人いるのか数えきれぬばかりである。

子《ね》の時（真夜中）に、姫君に御裳《も》を着けた。折しも油火はほんのりとした明るさであったが、姫君の風姿はたいそう素晴らしい、と中宮は見ている。

源氏が言う。

「中宮さまには、この姫を、まさかお見捨てになるようなことはありますまいと、それを頼みといたしまして、かかる裳も着けぬ無礼《むらい》なる姿を、進んでお目にかける次第でございます。腰結いのお役を中宮さまにお願いするなど、まったく前例もなきことゆえ、こたびのことが後の世の例ともなろうかと、まことに小心なる親心にて、恐れ多いことと内々《うちうち》に存じおりますのですが……」

「これがどういうことなのかも、ろくろく弁《わきま》えてもおりませぬものを、そのように、後の世の前例になるなどと大げさなことにお取りなしになりますのは、却《かえ》って気の置かれることにて……」

中宮は、何でもないことのように言う、その様子を見れば、たいそう若々しくにこやかであった。源氏も、かねての念願どおりにすばらしい姿の姫君や御方々が、いまこうして一堂に会しているのを思えば、ここ六条の院に栄えている人間関係が、いかにもすばらしいものに思われる。

姫君にとって一世の盛儀の場だというのに、母明石の御方は娘の晴れ姿を目にすることもできないのを、たいそうひどく悲しんでいた、そのことが心苦しくて、源氏は、いっそこの場に御方を参席させようかと思わぬでもなかった。しかし、仮にもそんなことをすれば、人の口に戸も立てられず、源氏の姫君の母はこんな下様《しもざま》な女であったかと、そう評判が立つのは避けられぬゆえ、結局そこを慮《おもんぱか》って呼ばぬままになった。

こうしたやんごとないお家の儀式ともなれば、あたりまえの時でさえ、なにかとやかましい決まりがあるものだが、ましてや、こたびは源氏がよほど心を込めて用意させたことゆえ、そのやかましいことは一通りでない。それを、私どものような者が、ほんの聞きかじりで片端ばかりを、いい加減に描写しようなどということも、却って宜《よろ》しからぬことと思うので、もはやこれ以上ここには書かぬ。

東宮ご元服の儀

それからまた、東宮のご元服の儀は、二月の二十日過ぎの頃に挙行された。

東宮は、たいそう大人びていたので、元服ともなれば、然るべき身分の人々も、それぞれの娘たちを、その添い寝の妻として差し上げようと心がけて競い合うものだが、こたびは源氏が、ほかならぬ明石の姫君を東宮に入内させようと思い立ったことが、並大抵の気負いではないので、そんなところへ中途半端に自分らの娘などを差し上げたところで、かえって辛い交わりをさせるだけのことだと観念して、みな遠慮してしまった。左大臣なども、そんな具合に娘の入内を思いとどまってしまったということが源氏の耳に入った。

「かようなことは、まことに遺憾千万であろうぞ。こうした宮仕えのありようは、多くの姫君の入内を得て、みなみな立派な方々のなかで多少の優劣を以て競いあうというのが本来というものだ。そんな狭量《きょうりょう》な了見《りょうけん》で、多くの優れた姫君がたの入内の道が閉ざされ、みな深窓《しんそう》に引き籠《こ》められたままとなれば、世の中になんの張り合いがあるものか」

源氏は、そう言って、あえて姫君の入内を延期してしまった。

これには、明石の姫君のあとにと思って遠慮していた人々が、源氏の意向はこんなことだとあちこちで聞いて、くだんの左大臣も、三の君を、まずは参内させることになった。

これは麗景殿《れいけいでん》に局《つぼね》を拝領したよし。

明石の姫君の入内四月に決定

明石の姫君は、昔、源氏が宿直所《とのいどころ》として使っていた淑景舎《しげいさ》……つまりは源氏の母の住んでいた桐壺《きりつぼ》を賜って、これを改め調えて住むことに定められた。ところが、参内が延期になっていたのを、東宮はたいそう待ち遠しく思っておいでであったので、四月《うづき》に入内ということが本決まりとなった。

入内に際しては、お道具類も、もともとあったものの上に、なお素晴らしく調えて、源氏自身、その意匠の設計図やら絵柄やらを親しく検分して、いずれも斯道《しどう》の名人上手と言われるような職人たちを召し集めては、巧緻《こうち》に磨きあげて調製させるのであった。

そうやって、本箱に入れて持たせるための草子も、そのまま書《しょ》の手本にでもなるような、立派な筆跡のものを選ばせる。それらのなかには、古代の無双の達人で、後の世までもその名を残したほどの名筆家たちの筆にかかるものも、たいそうたくさんに見える。

仮名書きの論

源氏は、そういう素晴らしい名筆の草子を見ながら言う。

「なにごとも、今は昔に比べてはずいぶんと劣るさまで、すべて浅はかになっていくのはまことに世も末ということだが、ただ仮名書きのものばかりは、今の世になるにつれて、際限なき発達を遂げたものと見える。いにしえの仮名文字は、規矩準縄《きくじゅんじょう》には書かれているが、自由闊達《じゆうかったつ》な運び豊かにというわけにはいかぬ。結果的に、どれも同じようで個性が見られない。思えば、とくに妙を得て趣《おもむき》豊かな手は、こうして末の世になってから、書くようになった人々が出てきたものだ。昔、私が女の手跡を一心に習っていた時分には、非の打ち所のない手本をたくさん集めたなかにも、今の中宮の母君六条御息所《みやすんどころ》が、なにごころもなくさらさらと走り書きした一行の、まことに無造作な手跡を得て、まったくこれこそは比類なき妙筆《みょうひつ》と思ったものであったな……。それで、この手に心惹かれて、私はあるまじき浮き名まで流す結果になってしまったのだ。御息所は、そのことを後々まで後悔して深く思い悩んでおられたが、いや、私自身は、御息所が思っておられたほどにひどい男ではなかったのだ……。今、こうして中宮の後見人としてお世話をしているところを見れば、あの方はほんとうに心の深いお方であったゆえ、きっと草葉の蔭で私を見直して下さっていることであろう。その娘御である中宮の手は、たしかに心細《こころこま》やかで趣があるけれど、母君に比べては、やや才気において後《おく》れたところがあるかな」

と、こんなことを、源氏は紫上の耳元に囁《ささや》いては、なおも言葉を継いだ。

「亡き藤壺《ふじつぼ》の入道の宮の御手は、それはもうしっくりと深みがあって、品格豊かなところが見えたが、ただ、どこか弱いところがあって、華やかさは少なかった。それにあの尚侍《ないしのかみ》（朧月夜《おぼろづきよ》）、あの方こそは、当代切っての上手ではいらっしゃるけれど、あまりに戯れの気が過ぎて癖が出てきてしまっている。そうは申しながら、あの君と前斎院（朝顔の君）、それからそなたこそがなにしろ当今の仮名の名手と申すべきであろうな」

こんな風に、紫上を源氏は褒めた。

「そのようにご立派な方々の中に数えられましては面映《おもはゆ》い気がいたします」

「いやなに、そのように謙遜しすぎてはなるまい。そなたの字は、ふんわりとした親しみやすさがなにしろ格別よいのだからね。もっとも、男の手では、漢字などを稽古《けいこ》しすぎると、どうしても仮名のほうはぎくしゃくしたものが混じってくるようだ」

源氏はそんなことを言い言い、中身は白紙のままの草子を何冊も作り加えて、それに表紙やら綴《と》じ紐《ひも》やら、いずれもたいそう手の込んだ姿に装訂《そうてい》させなどするのであった。

「そうそう、兵部卿の宮や、左衛門《さえもん》の督《かみ》などにも一筆書いてもらうことにしよう。また私自身も上下二帖の一組くらいは書くことにしようよ。あの方々がどんなに自信満々でおいでであろうとも、私とて同じくらいに書けぬこともあるまい」

そんなことを言って、源氏は自分で自分を褒めるのであった。

源氏、種々の草子を誂える

墨、筆、いずれも並びなく上質のものを揃えて、またいつものように、各御殿の女君たちに格別なる依頼状を源氏は送る。しかし、これはさすがに源氏のお目がねに叶《かな》うようなものは難しいと思って辞退する御方もある。そういう御方に、源氏はまた押し返し大まじめに再度の依頼状を送るのであった。

高麗《こま》渡りだけれど、日本の薄様紙《うすようがみ》に似た風合《ふうあ》いの料紙《りようし》の、ぐっとおしゃれな感じのする冊子を手に取って、源氏は、

「どれひとつ、この草子は、あの洒落好みの若い者たちに書かせてみるか」

といって、宰相の中将や、式部卿の宮の子息兵衛《ひようえ》の督《かみ》、また内大臣家の頭中将などに、

「この草子に、葦手《あしで》の形でも、あるいは歌絵《うたえ》にてもよし、思い思いに書いてみよ」

と注文をつける。源氏は、葦手とて、水辺《みずべ》の葦の絵に字を書き紛《まぎ》らした趣向でもよし、または歌絵とて、名高い歌に因《ちな》む図柄を下絵に描いてその歌を書いてみてもよし、とやや風変わりな筆意《ひつい》を提案してみた。

すると若い人々は、みな思い思いに腕を振るって競いあうようであった。

源氏自身の書

そうしておいて、源氏自身は、また寝殿のほうに一人離れてひっそりと書いている。折しも、花の盛りも過ぎ、浅緑《あさみどり》の空の色もうらうらとした日に、あれかこれかと、古い名歌などを思い起こしつつ、心ゆくまで、万葉仮名のも、ふつうの仮名の手も、また女筆ふうのも、自由自在にすばらしく書き尽くす。

あたりに人気《ひとけ》も少なく、ただ女房が二、三人ばかり、これらの者たちに墨など磨《す》らせては、由緒正しい古歌の集などを繰り広げて、

「この歌はどうだろうな、これかな、いやこちらか……」

などと歌を選び出すについて、おさおさ不足なく受け答えることのできるほどの教養ある女房だけを側に控えさせているのであった。

御簾《みす》はすべて巻き上げさせ、脇息《きょうそく》の上に草子をざっと置き、源氏自身は、廂の間の端近《はしぢか》なところにくつろいで、ただ筆の尻を銜《くわ》えては、じっと思い巡らしている様子などは、ま

ことに眺めても眺めても見飽きないほど美しい。

真っ白な紙や、また赤い紙など、上に書いた文字が目に立ちやすいような料紙のところに来ると、源氏は、筆を取り直し、ぐっと心を込めて書く、その様子もまた、こうした風趣を理解するほどの人であるならば、なんとまた素晴らしいと賛嘆《さんたん》したくなるほどのありさまであった。

そこへ兵部卿の宮がやって来る

「兵部卿の宮さま、お渡りでございます」

そう女房が知らせる。

源氏は、ハッと驚いて、うちくつろいだ袿《うちき》姿から、改めて直衣《のうし》を着込み、御座《おまし》をもう一つ用意させて、そのまま宮の入来《じゅらい》を待ち受ける。

この兵部卿の宮という人もたいそうすっきりと美しげな人で、階《きざはし》をいかにも姿よく昇ってくるところなど、中から女房たちが覗《のぞ》いて見ている。

やがて宮が席につくと、畏《かしこ》まって粛々と挨拶《あいさつ》を交わしあっている、その風情もまた、たいそう清らかに美しい。

「こうしてなすこともなくつれづれと籠っておりますのも、なにやら苦しい思いがいたします今日このごろののどかさでございますが、ちょうど折よくお出でくださいました」

源氏はそんなふうに宮の入来を歓迎する。

宮は、じつは、源氏が先日染筆《せんぴつ》を依頼した草子が出来たので、それを従者に持たせてやってきたのであった。

さっそく源氏は、その場で、これをくつろげて見る。

手はすぐれて達筆というのでもない。が、あれこれ趣向を構えるというのでなく、いささかの才気にまかせて、ただひとえにすらりと垢抜《あかぬ》けのした風情を心がけたとおぼしい筆意で書き通してある。歌もまた、ことさらに特色のある古歌ばかりを選んで、いずれも一首を三行に分かち書いて、漢字も書き交ぜて、文字数も少なく、なかなか好ましい感じに書いてある。

源氏は、これを見て、いささかびっくりした。

「ここまで見事に書かれるとは思うてもおりませんでしたな。これでは、わたくしなど、もはや筆を投げ捨てたくなると申すもの」

こういって、源氏は悔しがって見せる。すると宮は、

「みなご立派な方々ばかりにご依頼なさったなかに、私も立ち交じって臆面《おくめん》もなく筆を染めようというのですから、まずそれほどひどいこともありますまいと存じます」

と、戯れ交じりに受け答える。

かれこれの草子の評価

源氏が書いた草子のあれこれ、いずれも隠すべきものではないので、ここで取り出して宮に披露すると、互いに互いの作品を見比べている。

たとえば唐渡りの紙で、細かに縮みの入った料紙に万葉の草仮名を書いてあるのがある。これなども、宮は見て、たいそう優れた書き振りだと感心したのだが、いやいや、高麗《こ》渡りの紙の肌理《きめ》の細かな、しかもしんなりと親しみ深い紙質でありながら、色はさほど華やかというのでもなく、しかしどこか清雅な風情の草子に、おっとりとした女筆風の字で、乱れたところもなく整った形に心をこめて書いてあるのなど、これはもうたとえようもなく見事なものであった。

兵部卿の宮は、この見事な筆に、つい感涙を催し、その涙が水茎《みずぐき》の麗《うるわ》しい跡に流れ添う心地さえして、見飽くということは世に絶えてあるまいと思えるくらいなのに、更にまた、わが国に産する紙屋紙《こうやがみ》の色紙の、色合い華やかなところへ、闊達《かったつ》自在に崩した万葉仮名の歌を、それも筆の勢いに任せて散らし書きにしたのなど、まさに見所《みどころ》限りなしというものであった。融通無碍《ゆうずうむげ》に書き流した手には、無限の表情があって、もっともっと、いつまでも見ていたいと思わせてくれる。

これには宮も、ほかの人の書いた草子など、もはや一瞥《いちべつ》する気も起こらなくなった。

左衛門の督は、わざとらしくこれ見よがしな筆法ばかりを好んで書いてきたが、よく見れば筆の基本に適《かな》っていないところがあって垢抜けせず、それなのに変に作りすぎ凝りすぎの風情が見られる。歌もわざわざ風変わりな歌をこれ見よがしに選んで書いてある。

かくのごとく、あれこれの草子を宮に披露するなかに、しかし、源氏は、女君たちから寄せられた草子は、ろくろく取り出して見せようともしない。朝顔の前斎院のなどは、まして決して取り出しはせぬ。

さて、葦手の草子は……と目を移してみれば、これはそれぞれの筆者が心ごころに工夫をしてあって、いずれもなんとなく面白くはあった。

宰相の中将のは、水の勢いも豊かに書きつくり、そこへそそけたような葦の生えっぷりなど見事に描いてあるのは、難波の浦の風情もかくやと思われる。水と葦とが、あちらこちら入り交じって、たいそう澄んだ水の感じが出ている。そこへまた、ひときわ華やいだ風《ふう》に趣を変えて、文字の形といい、またその文字を隠している石などの佇まいといい、ずいぶんと趣味豊かに書いてある丁《ちょう》もあるようであった。

これを見て、宮は、

「なるほど、大したものだね。こういうのは、書くのにずいぶんと手間暇《てまひま》がかかろうね」

と面白がって称賛する。兵部卿の宮という人は、なにごとにも洒落好みで、風流めいたことを好む親王《みこ》ゆえ、こんなものをたいそう賞翫《しょうがん》するのであった。

兵部卿の宮、源氏に仮名書きの名品を贈る

今日はまた、筆法の趣をめぐって、源氏と宮は甲論乙駁《こうろんおつばく》、日がな風雅の談論に過ごしている。源氏が色々の紙を破り継いだ料紙の本を選び出して披露すると、宮は、子息の侍《じ》

従《じゅう》をわざわざ自邸まで遣わして所蔵する仮名書きの手本の名品を取ってこさせる。

その一つは、嵯峨《さが》天皇が、いにしえの『万葉集』のなかの名歌を選び書かせた四巻の書であった。それからもう一つは、醍醐《だいご》天皇が『古今和歌集』を自ら親しく筆を執ってお書きになった巻物で、このほうは、唐渡りの浅い縹色《はなだいろ》の紙を貼《は》り継いで料紙とし、同じく浅い縹色に濃い同色の文様を織り出した錦の表紙を付して、巻軸《かんじく》はやはり縹色の玉《ぎょく》を以て飾り、表紙を留める紐には段だら縞《じま》に編んだ平紐《ひらひも》を配するなど、どこまでも洒落た装訂に造り、なお巻端《かんたん》よりくつろげて見てゆくと、一巻ごとにみな筆法を変えて、それはもう書法の技の限りを尽くした名品であった。

源氏は、灯明台の火を低くして、これらをじっくりと見る。

「うーむ、まことに尽きせぬ美しさよなあ。近ごろの人は、こういう名物に比すれば、ただ小手先で片端ばかりをちょいちょいと格好つける程度に過ぎぬな」

そういって源氏は、いにしえの名品を賞翫する。

これを聞いて、宮は、二つの名物を、ともにこたびの姫君入内のお道具のうちに留めてくれるようにといって贈呈《ぞうてい》してしまった。

「仮に女の子を持っていたとしても、こういう物の価値を知って賞翫することのできぬ人には伝えたくないもの……、ましてや、私にはこれを持たせてやるべき娘もおりませぬゆえ、いずれは、このままわが手許で朽ちてしまうばかりですから……」

源氏は、姫君への素晴らしい贈り物への返礼として、宮の子息侍従にと言って、唐渡りの手本帖《てほんちよう》などの、しかもすこぶる風格ある書風のそれを、沈香《じんこう》で作った箱に入れ、さらには素晴らしい高麗《こま》の笛を一管《いつかん》添えて贈呈したのであった。

源氏の誂えた書画の名品

また源氏は、この頃には、ただ仮名の批評にばかり打ち込んで、世の中に名筆家と目されるような人があれば、身分の上中下にかかわらず、それぞれにふさわしい詩歌などを考え計らって、一人一人尋ね出しては書かせたものであった。

しかしながら、この姫君の入内のお道具の本箱には、そのようにして収集した草子のなかでも身分の品下《しなくだ》る筆者の手になるものは一冊も入れず、念入りに筆者どもの人品家柄などを審《つまび》らかにした上で、しかるべき身分の人だけを選んで、草子も巻物も、みな書かせて用意させたのであった。

こうして取り集めた姫君のお道具類は、いずれも宝物《たからもの》というべく、ただわが国ばかりでなく外国の朝廷《みかど》にだってめったと揃うことのない品々であったから、そのなかには、この書のお手本の数々を、なんとかして見てみたいものだと心を動かす貴公子たちが、世に数多くいたというほどであった。

また絵巻物などを調製させたなかに、例の須磨《すま》で源氏が自ら書きつづった日記の絵巻物があった。これなどは、子々孫々までも持ち伝えさせたいと思ったのではあったが、もう少し肝心の姫君が世間の分別が付くようになってから差しつかわそうと思い返して、こたびはついに取り出して披露するに及ばなかった。

内大臣の雲居の雁についての思い

内大臣は、この姫君入内の準備のことを、他家《たけ》の事柄として聞いていたのではあったが、やはりどうにもこうにも気にかかって、また自分のところにこれに匹敵する姫を持っていないことがいかにも寂しいことのように思ってもいた。

あの雲居の雁のありさまは、いまや娘盛りに美しく整い、このままにしておくのはもったいないほどにかわいらしげなのであった。それが、宰相の中将との仲を裂かれて以来は、ただもうぼんやりと鬱《ふさ》いでいて、親の身として見れば大きな嘆きの種ともなっていた。しかし、それなのに、当の宰相の中将の様子は、以前とおなじように平気な顔つきをしている。そんな中将に、内大臣家のほうから弱気になってすり寄って行くというのも、世間の笑い草になりかねぬところだし……内大臣の悩みは尽きせぬ。

〈それにつけても、あの中将が熱心に思いを寄せていた時分にすんなりと靡《なび》いていたなら、今ごろはどんなに気楽であったろうか……〉と、内大臣は人知れず思い嘆いて、こうなったことがすべてあちらの中将の咎だとも思えなくなっていた。

内大臣が、こうしていくらか心折れているらしい様子を、宰相の中将は人づてに聞いたけれど、あの頃の自分に辛く当たった内大臣の心がけを今でも恨めしく思っているゆえ、やはり知らぬ顔で平静を装っている。それでも、他の女に心を移そうか、などと中将は思いもしないのであった。

古歌に「ありぬやとこころみがてらあひ見ねばたはぶれにくきまでぞ恋しき（このまま逢《あ》わずにいられるだろうかと試みるつもりで逢い見ずにいる。そうしたら、もうこんな戯れどころではないくらい恋しくてしかたないぞ）」とあるように、中将は、自分の心から思い切って逢わずにいるのだが、そうすると、もうどうにも逢いたくてしかたがないという折ばかり多いのであった。

しかし、中将は意地ずくで逢わずにいる。あの雲居の雁との別れの日に、乳母《めのと》が「たかが六位ふぜい」と浅緑《あさみどり》の袖《そで》色の自分のことを言い謗《そし》ったことを忘れていないのだ。それなら、浅緑でなくて紫の袖の中納言《ちゅうなごん》の位に昇進してから堂々と逢ってやりたい、そう深く心に決めているのでもあったろう。

源氏、子息中将を諭す

父源氏は、この子息中将のことを、〈どういうわけで、こうふわふわと身も固めずにいるのであろうかな……〉と案じて、

「かの姫君のことなどきっぱりと諦《あきら》めたらどうだ。右大臣も、また中務《なかづかさ》の宮なども、内々にどうかと打診させておいでのようだし……いずれでも宜しいから、このあたりで決めるがよいぞ」

など諭すけれど、中将はなにも答えようとしない。ただただ、畏まって黙然《もくねん》と控えてい

るばかりであった。

「こうした方面のことは、いや私自身も、若かったころには、父帝《ちちみかど》のありがたきご教諭《きょうゆ》にも従おうとは思わなかったことゆえ、いまそなたにこんなことを言うのも口幅《くちはば》ったい思いがするけれど、しかしな、今になってよくよく思い当たるのだ。……あのときの父帝のお教えこそ永遠不朽の明知《めいち》であった、とな。そなたのように、いまだ定まる縁《えにし》もたず、一人つくねんと過ごしておれば、世の人は、なにかあの中将にはとんだ高望みでもあるのではないかと、痛くもない腹を探られるというものぞ。そのうちに、ついつまらぬ縁に引かれて、取るに足りないような女とぐずぐず一緒になってしまうなどは、まことに尻すぼみの人生ともなり、人聞きもよろしからぬことだ。といって、そなたが身《み》に不相応な高望みなどしてみても、そんなことはどうしたって叶うわけもない。しょせん人の運命などは限りのあるものだが、だからといって、自棄《じき》の心を起こしてめっぽう無闇《むやみ》な色好みの沙汰など起こしてはならぬぞ、いいな。……私などは、幼少の時分から、宮中に人となって、自分の身ながら自分の自由にはならぬ、まことに窮屈な生い立ちであった。それゆえ、少々のことでも過ちをしでかせば、たちまちに軽々しい行ないだという誹《そし》りを受けることをいつも念頭に置いて、慎みに慎んで暮らしてきたにもかかわらず、それでもなお色好みだのなんだのと、咎《とが》めを負うて、世の非難を浴びてきたものだった。そなたは、私とは違って、今はまだ位も低く、とくに重々しい立場というわけでもない。だからといって、うかうかと心を許して、好き勝手なふるまいなどするでないぞ。心にいつしか傲《おご》るところができてくると、とかく放縦《ほうしょう》に流れて、女のことで賢き人でもしくじりをしでかすということ、昔も今も実例がある。そこを放縦にならぬようにぐっと思い鎮めてくれるのが妻というものなのだ。だから、いつまでも身を固めずにいて、やがてあってはならぬような恋に心乱《こころみだ》し、相手の人にも悪い評判を立て、自らもまた恨みを負う、などということになれば、未来永劫《えいごう》成仏の妨げともなるのだぞ。……いっしょに暮らしてみたところが、これはしくじったと思いながら、なんとか暮らしを共にしている妻が、それでもどうしても好きになれぬ、なんとしても我慢ができぬというようなところがあったとしてもな、それでもなお思い直すという広い心を持つように心がけよ。あるいは、一生懸命に婿として世話をしてくれる女の親の気持ちに免じて堪忍してやらなくてはならぬこともあろう。……また、親はすでに亡く、暮らしぶりが十全《じゅうぜん》でない女だったとしても、もしその人の人柄に見過ごしにはできぬようないじらしいところがあるならば、その美点をもっぱらの取り柄《とえ》として世話をしてやったらよい。……いずれにせよ、結婚ということは、自分のため、あるいは相手の女のためにも、どこまでも善《よ》かれと思う心がけを深く持たねばならぬぞ、よいな」

公務などもなく、のんびりと暇にしている折など、源氏はこんなふうに、男女の関係についての心遣いをもっぱら中将に教訓して聞かせるのであった。

内大臣と雲居の雁の苦悩

こうした父の教訓に接するにつけても、宰相の中将は、かりそめにも雲居の雁以外の女に心を寄せたりなどするのは、まことに罪深いことだが、それももっぱら責めはみずからが負わなければいけないことなのだと、深く心に期するところがある。

雲居の雁のほうでも、平生《へいぜい》にも増して父内大臣が苦悩したため息ばかりついている様子を見れば、こうして身の振り方の定まらぬ我が身を恥じ、なんと心憂き身の上であろうと思い沈んでいるのだが、それでも表面的にはおっとり平気らしい顔をして過ごしている。それでいて、やはり心中には物思いに屈託《くったく》する日々であった。

中将からの文は、思いが溢《あふ》れて堪《こら》え切れなくなる折々、じんと心に沁みるような文面で書き送ってくる。

そういう文に接するとき、雲居の雁の胸裏《きょうり》には、あの「いつはりと思ふものから今さらに誰《た》がまことをか我は頼まむ（どうせ偽りに決まっていると思いはするものの、それでも今さらあなた以外の誰の真心を私は頼りにしたらいいのでしょう）」という古歌が去来して、わが心もこの歌の心に同じだと思うこともあるのだが……これが、もっと恋の場数を踏んだ人であるなら、どんな文面であれ男の心を疑ってかかるのであったろうけれど、……純真な雲居の雁は、ただしんみりと心に沁みて見ることのみ多かった。

「中務《なかづかさ》の宮さまが、源氏さまに、中将さまの御縁談につき、内々御意を伺っておいでだそうでございますよ。それで、源氏さまも宮さまも、宮さまの姫君でお話を決めようかとお考えあそばしているとやら聞いておりますが……」

女房が、そんな噂《うわさ》を耳打ちするにつけても、父内大臣は、ますます胸の塞《ふさ》がる思いがすることであったろう。

そこで内大臣は、雲居の雁に密《ひそ》かに語りかけた。

「……とまあ、こういう話を聞いたよ。あの中将という人は、なんと情《なさけ》知らずのお心であろうな。いつぞや源氏の大臣が、なんとか二人のことを許してやろうと取り持つようなことを言われたときに、私が強情を張って許さなかったものだから、当てつけのように、他のところへ話を持っていかれるのであろうな。といって、今さらに弱気を出して、源氏の大臣のいうところに靡《なび》いて見せたとしても、それはそれでとんだ笑い物になるばかり……」

そんなことをいいながら、内大臣は、目にいっぱい涙を浮かべている。

雲居の雁は、たいそう恥ずかしいのだけれど、いつの間にか涙がこぼれて、きまりのわるさにふと顔を背けた。そのけなげな、労《いたわ》ってやりたいようなかわいらしさは限りがなかった。

〈さても、どうしたものであろう。やはり、わがほうから進み出て、源氏の意向を聞いてみるのがよかろうか……〉などと、内大臣は思い乱れながら立ち去っていった。

後に残された雲居の雁は、父の話の余韻を引きずりながら、そのまま端近《はしぢか》なところにいて、ぼんやりと考えごとをしている。

〈……どうしてなんだろう。我ながらわけがわからない……こんなことで涙が出るなんて、心弱く流れ出た涙だこと。……それにしても、父上はどう思っておいでなのでしょう……〉とて、ああでもないか、こうでもないかと思い続けているところに、中将からの文が届けられた。心中の屈託はそれとして、しかし、やはりその文を読まずにはいられないのであった。

心細やかに書き綴ったあとに、

　つれなさは憂き世の常になりゆくを
　忘れぬ人や人にことなる

あなたの知らん顔は、この辛い世、二人の間で普通のことのようになってゆきますが、
でも、その知らん顔するあなたを決して忘れない私という人間は、
世のなかに普通の人間ではないのでしょうか

と、そんな歌が添えてあった。

〈なんでしょう、これほどいろいろと書いてあるというのに、中務の宮家との縁談のことやらなにやら、肝心のことは何一つ仄めかしても書いていないなんて、この冷淡さは……〉と雲居の雁は思い悩み続ける。そこで、

限りとて忘れがたきを忘るるも
こや世になびく心なるらむ

忘れ難いと仰せの人を、もうこれっきりとさっぱり忘れてしまうというのも、これは世間の風向きに靡こうかという、ごく普通のお心でございましょうね

と、こんな歌を返して一矢を報いたつもりでいる。

まさか雲居の雁がこんなことを思っているとは夢にも思わない中将は、〈こりゃ、いったいなにを言ってるんだろうなぁ〉と、不審に堪《た》えぬまま、返し文《ぶみ》を下に置くこともせず、首を傾《かし》げて眺め入っているのであった。

藤裏葉
<ruby>藤<rt>ふじ</rt></ruby>の<ruby>裏葉<rt>うらば</rt></ruby>

源氏三十九歳

中将と雲居の雁、内大臣、それぞれの懊悩

明石の姫君の入内準備《じゅだい》の間も、源氏の子息宰相《さいしょう》の中将はついつい物思いに耽《ふけ》りがちで、なんだか心にぽっかりと穴のあいたような心地がしているが、そんな状態でいることは、中将自身にも納得のいかぬところがある。

〈……考えてみれば、我ながら執念ぶかい気がする。これほどまでに、どうしてもどうしても逢《あ》いたいなら、二人の恋を隔てているあの関所の番人のような内大臣も、このごろは『宵々ごとにうちも寝ななむ』じゃないけれど、だいぶ考えが軟化してきていると言うから……いっそ無理にでも忍んでいこうか、……いやいやそれはまずい。ここまで無理をして我慢をして来たんだから、どうせなら、人聞きの悪いことにならぬように、どこまでも我慢し通して、しゃんとしていなくてはならぬ〉とて、考えは堂々巡りをするばかり、その脳裏には、かの「人知れぬわが通ひ路《ぢ》の関守《せきもり》は宵々ごとにうちも寝ななむ（人知れず忍び忍びに恋しい人のところへ通っていく私の、その恋路《こいじ》の邪魔立てをする関守役人のような人たちが、毎晩毎晩、ぐっすりと寝ていてほしいものだが）」という古歌が、ふと思い浮かんだりもし

ているのであった。

一方の女君、雲居の雁のほうでも、父大臣《ちちおとど》が、宰相の中将には中務《なかづかさ》の宮家との縁談があるようなことを、ちらりと漏らしていたことを思って、

〈……もしそんなことが本当だったらどうしよう、……そしたら、もう私のことなんか、跡形もなく忘れられてしまうに決まってる……〉と、ただただ嘆かわしい思いに沈んでいる。

思えば、二人は、それぞれにそっぽを向き合いながら、それでも内心には恋しくてしかたないという、どうも理解に苦しむような様相の、しかしなお止《や》みがたい相思相愛の仲なのではあった。

内大臣も、以前は、あれほどまで強気らしく振舞っていたけれど、いざ事がこうなってみると、いかにも状況が思うに任せないのに案じわずらっている。

〈しかし、あの中務の宮が、いよいよ正式に宰相の中将を婿にすると決めてしまったとしたら、そうなってから、うちの姫に改めて婿探しをするなんてことは、その婿に擬《ぎ》せられる人の身になってみれば、あまり心地の良いものではあるまいしな。……我がほうも、源

氏に袖《そで》にされて慌てて他の男に擦り寄っていったなどと、とかく物笑いにもなろうし、いずれにしても軽々しい評判を立てられたりすることが避けられまい。……どんなにひた隠しにしようとしても、一家の内で、不用意にこういう好き好きしいことが出来《しゅったい》したという過《あやま》ちも、もはや世間に漏れ聞こえてしまっているかもしれぬ。……まずここはなんとしてもうまく取り繕《つくろ》って、結局のところ、こちらから折れて出るに如《し》くはあるまいな……〉

と、内大臣は、結句《けっく》、そういう考えに逢着《ほうちゃく》するのであった。

三月、大宮三回忌の法要

〈それにしても、だしぬけにこちらから切り出すというのも、さていかがなものであろうな。……と言って、なにか大げさに正面切って提案する、などというのも、やはり世間の人が、さぞ笑い物にするに違いない。では、いったいどんな機会に、さりげない調子で言い出したらいいのだろうか……〉

内大臣と宰相の中将は、今までの行きがかり上、表面は平気らしく装っていても、内実は互いに恨みの解けてない仲であってみれば、内大臣としてはなかなかこれという妙案を思いつかない。

そうこうするうちに、三月二十日《やよいはつか》となった。

ちょうど大宮の三回忌に当たって、内大臣は、深草《ふかくさ》の極楽寺《ごくらくじ》に詣《もう》でた。子息たちを引き連れ、威風堂々とやってきて、上達部《かんだちめ》なども数多く参列している。

それがなかに、宰相の中将も顔を見せたが、その風采《ふうさい》はなかなかどうして、誰にもおさおさ劣るものではない。まことに厳《おごそ》かな出で立ちで、容貌《ようぼう》なども、十八歳となった今、ちょうど若い盛りとも申すべく、なにもかも足らぬ所のない見事な男っぷりであった。

かねて内大臣のことは、中将のほうでも、ひどい人だと思い込んでいるゆえ、こういう機会に顔を合わせるのも気づまりで、前もってたいそう心用意をし、すっと取り澄ましていた。

これには、内大臣も、いつにも増して目を留めずにはおられない。

読経の高僧へのお布施など、六条院からも届けられてくる。宰相の中将としては、自分を子供の頃から愛育してくれた祖母の法事でもあり、人一倍心を込めてなにからなにまで面倒を引き受けては、しみじみとした思いで奉仕しているのであった。

夕方頃になると、みな帰ってしまって、折柄の桜花は散り乱れ、霞《かすみ》がぼうと立ち込めている。

　この景色に、内大臣は、つい昔のことを思い出して、さりげなく美しい声で、なにやら静かに口ずさんでいる。宰相の中将も、あまりにしっとりとした夕方の景色に表情もしんみりとして、端近なところに座っている。

「雨が降りそうな」

　と、人々が騒いでも、中将はなおそこを動かず、じっと物思いに耽っているのであった。

　内大臣は、そんな中将の姿を目にして、〈もしや大宮の縁で、雲居の雁のことを思いやっておるのではあるまいか〉と思いつくや、なにやら胸をときめかせながら、中将の袖を引き寄せて囁《ささや》きかけた。

「どうして、これほどにまで許しなく思われるのか。今日のご法事の縁をお考えくださるなら、どうか私の罪を許してくだされよ。もはや、私も頽齢《たいれい》にて、余命などいくばくもなくなりゆく身ゆえ、なおも私を恨んで切り捨てるようなお気持ちのほどは、私としてお恨み申さなくては……」

　こんなことを言われて、中将は畏《かしこ》まる。

「亡くなられた大宮さまからも、なにとぞして内大臣さまにお頼みするよう、くれぐれも言い聞かされておりました。が、いつぞやのように、あまりに容赦のないご様子を拝しましては、どうしても気がねばかりいたしまして、ついつい今日に至ってしまいました」

折しも、心急ぎを促す雨が降り出して、みな散り散りに先を争って帰っていった。

後に残された宰相の中将は、〈さてな、どうしてまた今日に限って、内大臣は、あんなふうに例《れい》にもなく心を許すようなことを言ったのであろうか……〉と、日ごろから常々気掛かりに思っている内大臣のことゆえ、ほんのかりそめの一言ながら耳に留まって、ああでもあろうか、いやこうでもあろうかと、思い思いしつつ一夜を明かしてしまった。

内大臣邸の藤の花の宴にて

ここ何年と、雲居の雁のことでは心労を重ねてきたせいか、あの内大臣も、すっかり気が弱くなってしまっている。

〈なにかちょっとした機会に、そう大げさなことではなくて、しかし、それでも縁談のことを持ち出すのにいかにも似合わしい折というものはないものだろうか……〉と、内大臣は思い巡らしていた。

すると、四月《うづき》になって間もなく、内大臣邸の前庭《まえにわ》の藤《ふじ》の花がたいそう美しく咲き満ちて、それも世間にありふれた色でない。これほど見事な花の色を、なにもせずに見過ごしてしまうというのはいかにももったいないというので、皆で管弦の遊びなどして、暮れがたの、藤の色がいっそう深々と見えるようになった時分に、子息頭中将を文の使いとして、宰相の中将宛てに、内大臣から一通の消息を送った。

「いつぞやの花の蔭の対面には、まだ話し足りない思いがいたしましたゆえ、もしお暇《ひま》あらば、拙宅のほうへお立ち寄りなされませぬか」

文にはそうあった。そうしてまた、

わが宿の藤《ふぢ》の色濃きたそかれに
尋ねやは来ぬ春の名残を

わたくしの家の、藤の花の色のひとしお濃い黄昏《たそがれ》に、
なぜ尋ね求めてお出でになりませぬか、この春も暮れてまいりますその名残を……

という歌が、たいそう美しく咲き誇る藤の花の枝に付けてあった。どうやら、藤原家ゆ

かりの藤の花に事寄せて、雲居の雁に逢いに来いとの意を洩《も》らしているように読めた。

宰相の中将のほうでは、先日の様子からして、内大臣はきっとなにか言ってくるだろうと待ちもうけていたが、その間ずっと心がときめいていたところなのであった。

中将は恐縮しつつさっそくに歌を返した。

なかなかに折りやまどはむ藤の花
たそかれ時のたどたどしくは

却《かえ》ってどの枝を折ったものかと心惑いしてしまうのではありますまいか。せっかく美しく藤の花が咲き満ちておりましょうとも、かかる黄昏どきで、なにごともぼんやりとしか見えませせぬようでは……


中将は、こんな歌を返すことで、どんなに雲居の雁に逢いたくとも、肝心の父内大臣の心中がはっきりしないのでは、判断に苦しみます、ということを訴えたつもりなのである。……が、果たして、今そこまで訴えてもいいものかどうか、そこが中将にはにわかに判断しかねるのであった。

「どうも緊張してうまく歌が詠めなかった……。もし、こんなことを言っては変だと思ったら適宜手直しして伝えてくだされよ」

宰相の中将は、使者として来ていた親友の頭中将に、そう言い訳をした。

「ではいざ、私がお供をしてまいりますよ」

頭中将はにっこり微笑んでそう言う。どうぞ、大臣家の婿殿としてお迎えするについては、近衛府《このえふ》の役人のお役目がら、自《みずか》ら随身《ずいじん》に立ちましょう、と戯《たわむ》れて見せたのだ。さては、内大臣の心は、すっかり自分を許すというほうに傾いている……宰相の中将は、そう悟った。それなら、恋しい女のところへ通うのに、なにも野暮なお供など連れて行くには及ぶまい。

「いやいや、うっとうしい近衛府の随身など願い下げにしたいな」

そういって、二人の中将は笑み交わすと、頭中将はそのまま一人で帰らせた。

中将、父源氏に報告してから内大臣邸に赴く

宰相の中将は、父源氏の前に、「こんな文が内大臣から参りました」と言って披露する。

源氏はこれを一瞥《いちべつ》すると、

「ははあ、さては内大臣にも思う仔細があって、こんなふうにそなたを招くのであろうな。あちらから、そのように一歩を進めておいでになったとあれば、いつぞやの不愉快な行き違いについても、もう水に流して恨みを解いてもいいかもしれぬ」

と言う。その得意満面、してやったりと言わぬばかりの面持ちは、まことに以て面憎《つらにく》いばかりであった。

「いえ、必ずしもそうとばかりは……。ただ、あちらのお邸の対《たい》の前庭《まえにわ》の藤が、常の年よりも見事に咲いたと申しますし、目下政務などはあまり忙しくもない時節とあって、ひとつ管弦の遊びでもしようというだけのことかもしれません」

中将は慎重なことを言う。

「こうしてわざわざお使いを差し向けられたものを、まさか、そんなわけはあるまい。いいから、さっさと出向くがよい」

源氏は、そういって、中将が招きに応じて行くことを許すのであった。

中将は、これから参上する内大臣邸は、いったいどんなありさまであろうかと、下心には不安も感じるし、そわそわとしている。それをみて、源氏は、

「あいや、そのそなたの着ている、二藍《ふたあい》（藍と紅で二度染めにした色）の直衣《のうし》は、あまりに

色が濃すぎて軽輩《けいはい》めいて見えるぞ。いまだ参議に任ぜられていない時分や、あるいは取るに足りない身分の若者になら、その二藍も悪くなかろうが、そなたはもうれっきとした参議だ、それではまずいから、もっと威厳のある服装にしてゆくがいい」

源氏はそう言うと、自分が着るために調製させた縹《はなだ》色の直衣の素晴らしい仕立ての一着に、得も言われぬほど立派な袿《うちき》一式を、お供の者に持たせて自室に下《さが》る中将に下《くだ》し与えるのであった。

こうして、宰相の中将は、自分の部屋に一旦《いったん》戻ると、すっかりお召し替えをして、念入りに化粧をすると、黄昏《たそがれ》も過ぎ、先方がやきもきしているかというほどの頃になって、やっと出かけていった。

内大臣邸に着いた。

内大臣の子息たち、頭中将をはじめとして、七、八人うち連れて宰相の中将を迎え入れる。この家の子息がたは、みな素敵な容貌をしているのだが、宰相の中将はその中に置いてもなお一頭地を抜いて風采がすぐれ、すっきりと清らかな美しさでありながら、どこか親しみの感じられるところがあり、品格があって、対面するものが恥ずかしくなるほどであった。内大臣は、宰相の中将のために、御座《おまし》をよくよく整えなどする、その心用意はおさおさぬかりがない。

そして、内大臣自身は、きちんと冠など着《ちゃく》して威儀《いぎ》を正《ただ》し、これから対面の席へ出て行こうという時に、北の方や若い女房たちに向かって、こんなことを囁《ささや》いた。

「ちょっと覗《のぞ》いてみるといい。あれが源氏の中将だが、たいそう立派な人柄で、それも年とともにますます磨きがかかっていく。見よ、ああして挙措《きょそ》動止《どうし》、まことに物静かで、どっしりと重みがある。これはもうはっきりと、抜群に人間が出来ているところなど、むしろ父の源氏の大臣《おとど》よりもまさっているように見える。父君のほうは、ただただ、すっきりと美しくて愛敬《あいきょう》があって、見ているだけでつい頬《ほほ》が緩むような、それで世の憂さもわすれてしまうほどの美男だがな……。といって、政務のことなどを勘案すると、あの方は少しだらしないところもあり、ややきちんとしたところに欠ける憾《うら》みがあるが、まずそれも道理かも知れぬな、あの男ぶりでは。しかし、こちらの子息君《しそくぎみ》のほうは、学問の才もまさり、心の持ちようも男らしく、まっすぐな人柄で非の打ち所がないと、世間では評判になっているようだぞ」

などと言い置いて、内大臣は、おもむろに対面の座に出ていった。

変に真面目くさって格式ばったやりとりはほんの少しだけで、話題は、すぐに目前の藤の花の美しさに移っていった。

「春の花と申すものは、いずれの花も、とかく咲き出すごとに、あっと目を驚かさぬものもないけれど、ただあの桜などはいかにもせわしなく、人の思いも知らぬげに散ってしまうのが恨めしいな……と思っている頃、ちょうどこの藤の花が、ひとり立ち後れて咲き出して、『夏にこそ咲きかかりけれ』というもの……。そこが不思議なほどに心憎く、藤の花はじつに健気《けなげ》だという感じがしますなあ」

どうやら、内大臣は、「夏にこそ咲きかかりけれ藤の花松にとのみも思ひけるかな（思えば、春から夏につづけて咲きかかるのですね、この藤の花は。ただ松の木にばかり咲きかかる花なのかと思っていましたが）」という古歌の心を仄《ほの》めかすことで、藤原の家の花のような姫君が、頼りとしてよりかかるべきしっかりした夫を求めているということを、それとなく言うのであるらしかった。そしてさらにまた、こんなことも口にする。

「それに藤の花は、色もまた『なつかしき縁《ゆかり》』と致すべきものかと……」

なるほど、それは「紫の一本《ひともと》ゆゑに武蔵野《むさしの》の草はみながらあはれとぞ見る（あの美しい紫草が一本あるがゆえに、殺風景な武蔵野の草が、みな趣《おもむき》豊かに眺められることです)」という古歌をかすめなして、この姫こそは、紫の藤の家と、源氏の中将との心親しい縁《ゆかり》ともなすべきもの、とはっきりとは言わねど、やはり雲居の雁と宰相の中将のしっかりした縁《えん》を結びたいという思いを、それとなく告げているように聞こえた。

心に掛かっていたことを、こうして打明けた内大臣は、ほっとしたように微笑んでみせたが、その表情には深い思いがこもっていて、いかにも明るく曇りなく美しい顔になっている。

内大臣、雲居の雁と中将の縁を承認

上弦の月がさし出てきたけれど光はなお仄《ほの》かで、夕闇《ゆうやみ》に沈んだ花の色ははっきりとも見えない。それでも、心はもっぱら藤の花に寄せて愛《め》でながら、酒を飲み、管弦の合奏などに興じている。

内大臣は、すぐに酔ったふりをして、無理無体に宰相の中将にも酒を強いてやまぬ。中将は、そこはよく心して、せいぜい辞退につとめつつ閉口している。

「あなたは、こんな末法《まつぼう》の世にはもったいないほど、天下に名高い有識《ゆうしき》の士と見えますが、私のようなすっかり頽齢《たいれい》になってしまった人間を、さっぱりと見捨てられるのが辛うございますな。唐国《もろこし》の物の本にも、『家礼《けらい》』とかや申して、婿《むこ》がねが舅《しゅうと》に対して父子《ふし》の礼を尽くすということめしがございましたろうか……。さような聖賢の教えも、よくよくご存じと愚考いたしまするに、なんとまあ今まで、この老人の心を悩まし給うたものと、お恨みを申しますぞ」

こんな愚痴めいたことを言いながら、内大臣は、酔い泣きというのであろうか、涙にまぎらしつつ、巧みに雲居の雁とのことを許すぞと仄めかし聞かせるのであった。

「なにを仰せになることでございましょう。御父故致仕《おんちちこちじ》の大臣《おとど》、わが母上（葵上）、さてまた大宮さまなど、今は亡き方々のお身代わりとして、不肖の身ながらどこまでも内大臣さまにお仕えする心づもりでおりますものを、どのようにご覧になってさように仰せになられますのか……。それもこれも、みなわたくしの疎《おろそ》かなる心の怠《おこた》りのしからしむるところかと……」

こういって、中将は恐縮している。

折も良し、内大臣は、朗々と歌を詠吟しはじめた。

春日《はるび》さす藤の裏葉《うらば》のうらとけて
君し思はば我も頼まむ

春の日のうららと射す今、この藤の末葉《うらば》がほどけるように、心《うら》打ち解けて、
あなたが思ってくれるなら、私もあなたを頼りにいたしましょう

と、こんな古歌を嬉しげに歌う内大臣の面持ちには、雲居の雁を頼みましたぞ、という表情がありありと見て取れる。この様子を読み取って、子息頭中将は、藤の花の、色濃く、またことに長い一房を折って、「どうぞ我が家《いえ》の藤の花――姫君――をお受け取りください」とばかり、中将に差す杯に添えて差し出した。

中将は、その大きな花房をもてあましていると、内大臣が、

紫にかことはかけむ藤の花
まつより過ぎてうれたけれども

その紫の花房の藤――雲居の雁――のせいに致しておきましょう。
藤の花が頼りにしております松をば待つことばかり長くて、ついうかうかと、
こんなに末（うれ）の日になってしまったのは、うれたく（嘆かわしく）思いますけれど

宰相の中将は、杯を手に持ったまま立って、ほんのしるしばかりの報謝《ほうしゃ》の舞を舞って見せたそのさまは、またたいそう風情があった。

中将の歌。

いくかへり露けき春を過ぐし来て
花のひもとくをりにあふらむ

これでいったい何度、涙の露に濡れた春を過ごしてきたあとで、今こうして互いの恨みも解けて嬉しい花の折に逢うことでしょうか

歌いながら、宰相の中将は、頭中将に杯を献じた。

頭中将の歌。

たをやめの袖にまがへる藤の花
見る人からや色もまさらむ

やさしい乙女の袖かと見まがうばかりの、この藤の花は、見る人によって色もいっそう優《まさ》って見えることでございましょう。わが妹もまた……

こんなふうにして、次々と杯は巡っていった。が、いずれも酔余《すいよ》の座興《ざきよう》に詠まれた吟草《ぎんそう》ゆえ、たいしたものはなくて、これらの歌にまさるものは見当たらない。

中将、ついに雲居の雁に再会す

折から七日の夕月夜《ゆうづくよ》の光もほんのりと射して、池の面《おも》は鏡のように月影を映し、どこものどかに霞みわたっている。

まだ木々の梢《こずえ》は若葉のみして、いまだ繁《しげ》っていないのはいかにも物足りぬ思いがする頃であったが、ただ松ばかりはたっぷりと豊かな枝ぶりで横たわり、そのさほど高くもない枝にみっしりと這《は》いかかっている藤の花のさまは、世に比類なく美しい。

例の美声の主、弁《べん》の少将が、またぐっと心惹《こころひ》かれるような声音《こわね》で、催馬楽《さいばら》『葦垣《あしがき》』を歌う。

葦垣真垣《あしがきまがき》　真垣かきわけ　てふ越すと　負ひ越すと　誰《たれ》
てふ越すと　誰《たれ》か誰か　この事《こと》を　親にまうよこし申《まう》しし

とどろける　この家《いへ》　この家の　弟嫁《おとよめ》　親にまうよこしけらしも

葦の垣根を　小柴《こしば》の垣根をかき分けて　チョイと越すと　背負うて越すと　誰じゃ

チョイと越すと　いったい誰が誰が　このことを　親に告げてよこしたやら

家名の轟《とどろ》いている　この家の　この家の　弟の嫁が　親に告げてよこしたらしいな

おやおや、この家の姫を、どこぞの男が背負うて盗んで行くとやら……、やっと許しを出したばかりだというのに、弁がこんなくだけた歌を歌うのを聞いて、内大臣は、

「これはまた、ひどく妙な歌を歌ったものよ」

と戯《たわむ》れて笑うと、「とどろけるこの家」のところを、替え歌にして、「年経《としへ》にけるこの家の（ただ久しく続いているだけのわが家の）」と謙遜らしく歌い直したのは、これもまたまことに美声で面白い。

こんなふうに、ほどよく面白くくつろいだ管弦の遊びに、もうすっかり双方のわだかまりも消えたことであろう。

やっと夜も更けてゆくにつれて、宰相の中将は、ずいぶんと酔うて苦しいようなふりをして、

「いささか酒が過ぎました。どうも気分が悪くてこの座に堪《た》えませぬ。が、このままお暇《いとま》申すにも足下《あしもと》が覚束《おぼつか》ぬありさまでございます。もしや宿直所《とのいどころ》を拝借できませぬか」

と、こんなことを親友の頭中将に訴える。

これを聞いて内大臣は、

「これ朝臣《あそん》や、中将殿のお休み所を用意させよ。わしはもうすっかり酔っぱらってしもうて、なんとも無礼《ぶれい》なありさまになったほどに、もはや引っ込んで寝ることにいたそう」

と言い捨てて、さっさと寝所に入ってしまった。

頭中将は、

「これは、いわゆる『花の蔭に旅寝をしよう』という寸法だね。ははは、どうもつまらない案内役を仰せつかったものだなあ」

など、戯れて言うと、宰相の中将も言い返す。

「散りやすい花の蔭に旅寝とは、縁起でもない。あの藤の花の姫君は、私という志操堅固《しそうけんご》な松に拠《よ》って契《ちぎ》ろうというんだから、散りやすい花などということがあるものか。縁起でもない……」

こう言って、宰相は、早くその休み所へ案内せよと急《せ》かせるのであった。

頭中将としては、心中いささか〈小癪《こしやく》な〉と思わぬでもなかったが、宰相の人柄が文句の付けようもなく素晴らしいこととて、こういう結末になってほしいものだと、かねて思い寄せていたゆえ、なんの屈託もなく休み所へ友を案内していった。

二人は再会した。六年ぶりの逢瀬《おうせ》、男と女はそれぞれ十八歳と二十歳になっている。

男君は、〈これは夢ではなかろうか〉と思う。それにつけて、〈今はこうして浅葱《あさぎ》の袖を返上して、立派に父大臣にも認められたのだから、姫もさぞ自分を見直して、立派な男になったと思ってくれているであろうな〉とも思うのであった。

女は、こうして顔を合わせるのも、ただ恥ずかしいと思うばかりであったけれど、今はすっかり成熟して女らしくなったその姿は、男の目から見て、なにもかも満ち具《そな》わった美しさであった。

「あの『世のためしにもなりぬべきかな』ということになってもおかしくないほどの我が身だったけれど、私はそなた以外の女になど目もくれずに、一心にこの思いを守ってきた。だからこそ、こうして父大臣もお許しくださったのであろう。それなのに、そなたはなにか私が浮気をしているのを咎めでもするような歌をよこして、この胸の思いを分かってくださらないというのは、まことに心外なことに思うが……」

男君は、「恋《こひ》しきに死ぬるものとは聞かねども世のためしにもなりぬべきかな（恋しさ余って焦がれ死にしたなどということは、実際には聞かないけれど、私はほんとうに恋しさに死んでしまって、恋い死にの前例《ためし》にもなりそうなほど恋しいのです）」という古歌を仄めかして、恋しさに死にそうであった思いを打明ける。けれども、あの中務《なかづかさ》の宮家との縁談のことやらなにやら、噂《うわさ》を真に受けた雲居の雁は、せっかく中将が心を込めて書いてよこした文に冷淡な返事を送りつけたものだから、今さらながら、そのことを男は恨みわたるのであった。

「ところで、さきほど弁の少将が先立ちになって歌った、あの葦垣の歌ですが、あの歌の趣に耳をお留めくださいましたか。ひどいことを歌う人だな、ねえ。あれではまるで私がそなたを盗んでいくようではありませんか。私としては、『河口《かわぐち》の……』と歌い返してやりたいくらいでしたけれどね」

男君はそんなことを言い戯れる。

この催馬楽『河口』には、
河口《かはぐち》の　関の荒垣《あらがき》や　関の荒垣や　守《まも》れども　はれ

守れども　出でて我《われ》寝《ね》ぬや　出でて我寝ぬや　関の荒垣

伊勢の国の河口の関、その関の粗い垣根よ　関の粗い垣根よ　あの娘を親は守っているけれど、ハレ
親が守っているけれど　抜け出て俺は寝てしまったぞ　抜け出て俺は寝てしまったぞ
あんな関の粗い垣根なんか

と歌うのであったから、女は、なんてあられもないことを、と思って、

「浅き名を言ひ流しける河口は
いかが漏らしし関の荒垣

あのとき、軽率な女のように悪い評判を言い流した河口――あなたのお口――は、
その関の荒垣――目の粗い垣――とやらを、どんなふうに言い漏らされたのでしょうか
もう呆《あき》れました」

と、ふくれっ面をする様子は、ずいぶん子供っぽいところが見える。
中将はふふふっと笑って、

「もりにける岫田《くきだ》の関を河口の
浅きにのみはおほせざらなむ

あの岫田の関（河口の関の異称）さながらに、そなたの守りをしていた父大臣の口から漏りたることだったのに、
ただ河口の浅さ――私の口の軽さ――のせいにばかりしてほしくはないものですけれどね

ああ、こんなに長い年月のあいだ、いつだって辛《つら》い悩ましい思いに過ごしていたのですから、なにもかもすっかりぼんやりしてしまって……」

これも『河口』の言葉を引きごとにした歌を詠みつつ、酔いにかこつけて、いかにも苦しそうなふりをしながら……そのまま、夜の明けるのも知らぬ顔で……。

さて、間もなく夜が明けようという時分になっても起きてこない二人を、女房たちは起こしあぐねている。

内大臣はこれを見て、

「いかにも、してやったりというような朝寝ぶりじゃないか」

と口をとがらせる。

しかし、男にもさすがにその心得はある。すっかり朝になりきらぬうちに、中将は、そっと帰っていく。その寝乱れた中将の朝の顔など、女房たちにとっては、まことに見る甲《か》斐《い》あり、というものであった。

中将から後朝《きぬぎぬ》の文至る

後朝の文は、今までの文と同じように、こっそりと忍びやかに届けられた。けれども、女君は、こんなことがあった直後の朝のこととて、却《かえ》ってなかなか返事が書けずにいる。口さがない女房どもは、

「あれ、どうしてお書きにならないのかしらね」

など、目引き袖引きしている。

そこへ内大臣がやってきて、無遠慮に中将の文を読んでしまう……まことに閉口頓首《とんしゅ》というものである。文には、こうあった。

「夜前《やぜん》は、いつまでも他人行儀のままなるおあしらいにて、ますます私のつたない身の程

が思いやられたことでございました。その堪《こら》えきれぬ心の苦しさに、またこの身も消え入ってしまいそうに思われまして、

とがむなよ忍びにしぼる手もたゆみ
今日《けふ》あらはるる袖のしづくを

咎めないでください、こう忍び忍びに絞り続けて、すっかり手もだるくなってしまいましたから、今日は袖を絞ることもできず、涙の雫《しずく》がいっぱいになっているのが顕《あらわ》れてしまいましたことを」

などなど、まことにもうすっかり物馴《ものな》れた詠みぶりで書いてある。

内大臣は、これを一瞥《いちべつ》すると、にっこりと笑って、

「字は、すっかり見事に書かれるようになったものだな」

などと言う様子は、もはやあのぎくしゃくした頃の名残もない。

こうして父親がすぐそばにいたのでは、雲居の雁もなかなか返事を書きにくい。内大臣は、これを見て、

「なんだ、そうもじもじしているのも見苦しいぞ」

などと言いながら、それでも、姫がそのようにもじもじしているのも無理からぬことと

思って、その場を立ち去っていった。

後朝の文を持ってきた使いの者には、並々ならぬ褒美を与え、頭中将もまた、酒肴《しゅこう》を勧めなどして興あるさまに労をねぎらった。使いの者も今までは、内密の上にも内密のこととて、そっとひき隠しながら隠密裏に文の使いをしたものだったが、今朝は天下晴れての使いとて、面持ちなども一人前の男らしくふるまっているようであった。この者は、右近《うこん》衛府《えふ》の将監《ぞう》であって、宰相の中将が心安く親しく使っている男であった。

源氏、中将に教訓する

六条の院では、源氏も、昨夜の首尾を、かくかくしかじかと承知していた。

そこへ、宰相の中将が、いつもよりも晴れ晴れと元気そうな様子で帰ってきたので、源氏は、その顔をじっと見つめてから、

「今朝の気分はどうだな。もう文などは差し上げたのか。どんなに賢い人でも、女のことばかりは心乱れるというためしがいくらもあるものだがな、そなたは、あの姫との仲らいについては、見苦しくじたばたしたり、あるいは焦燥に駆られたりもせず、しっかりとし

た態度で過ごしたのは、少しばかり人よりも優れたところがあると思われる。内大臣の仕置きは、あのように頑《かたく》なであったに、にもかかわらず、今は跡形もなくぐずぐずになってしまったとはな……、いずれは世間の人々の口にものぼることがあるであろう。しかしな、だからといって、すっかり自惚《うぬぼ》れて偉そうにしたり、心傲《こころおご》りから、いい気になって好き心などを起こしてはならんぞ。あの内大臣という方は、表面的にはいかにもおっとりと、心の広いお人のように見えるが、どうしてどうして、実はその下心には、男らしくないねじけたところがあって、案外とつきあいにくいお人なのだからな」

など、例によって、教訓するのであった。

が、そう言いながらも、源氏は、こたびの縁組みは、家柄なども釣り合いよろしく、まことに似合いの間柄だと思っているのである。

こうして並んでいると、中将が子息だとはとうてい見えず、せいぜいすこし年長の兄上という感じで、まことに若々しい源氏の風姿であった。そうして、別々のところで見る分には、まるで同じ顔を写し取ったように瓜《うり》二つかと思うのだが、こうして目《ま》の当たりに二人が並んでいるのを見れば、それぞれに違った風情もあって、いずれも、ああすばらしいな、と見える。

源氏は、薄い直衣に、白い袿《うちき》の唐風《からふう》の織物で、文様がはっきりとまた艶《つや》やかに透《す》いて見えるのを着ている。この年齢になっても、なお限りなく貴《あて》やかで、またすっきりとした美しさに輝いている。宰相の中将のほうは、すこし濃い縹色の直衣に、丁子《ちょうじ》で焦げ茶色になるまで深くそめた袿、それに白い綾絹《あやぎぬ》のしなやかな単衣《ひとえ》を着ているのは、いかにもこうした晴れ晴れしい場合に相応しく優美な姿に見えた。

四月八日灌仏会の日

四月《うづき》八日。

灌仏会《かんぶつえ》のために、誕生仏《たんじょうぶつ》を寺から移し申して待つうち、誦経《ずきょう》の導師《どうし》が遅くやってきたので、日が暮れてから会式《えしき》が始まると、各御殿の御方々から、それぞれに童女《わらわ》を遣わして、お布施など、内裏のしきたりに倣《なら》いつつ思い思いに施す。また帝《みかど》の御前《おんまえ》で執行《しゅぎょう》する作法をそのままここに写して、家々からは公達《きんだち》なども参集してきたが、定法《じょうほう》どおり整然と進めればいい内裏とはことかわり、万事が洒落好みで独特の趣を加えずにはいない源氏の邸でやるとなると、みな自由さがある分、却って緊張を強いられるのであった。

宰相は、灌仏会の間じゅうそわそわしながら、あまり遅くならぬうちに、いつにもまして化粧も念入りにし、衣服も素敵にめかしこんで出かけていく。その姿をみると、それほど深い間柄というのでもないが、宰相が日ごろから情をかけているお付きの若い女房などは、やっぱりちょっと岡焼きをして恨めしく思ったりもするのであった。

もう長い年月、積もりに積もっていた思いも添うて、宰相の中将と雲居の雁の仲は、まさに願ったり叶《かな》ったりの夫婦仲と見えるから、『伊勢《いせ》物語』には「などてかくあふごかたみになりにけむ水漏らさじと結びしものを（どうしてまた担棒（あふご）と竹籠（かたみ）のように、逢（あ）ふ期（ご）も難（かた）み、というような関係になってしまったのだろう、かつて一滴も漏らさずぴたりと水を掬（むす）ぶほどに密接な仲を結んでいたものを）」などと歌ってあるけれど、こちらの二人の縁は、その「水一滴も漏らさぬ」ほどにぴったりと結ばれているのであった。

この家の主人の内大臣も、いざこの宰相の中将が婿として通って来るようになると、見れば見るほどにますます美しさが目に立ってくるので、いまではたいそうかわいいものに思って、それはそれは念入りに世話をするのであった。もっとも、こうなったについては、自分のほうから折れて出たというわけで「負けての悔しさ」のような思いはなお残っているのだが、なにぶんにも、この婿殿が非常に真面目な性格でもあり、雲居の雁と離れていた年月、他の女に心を移したりもせずに過ごしてきたことなど、世にも稀《まれ》なことと思うにつけても、今ではなんのわだかまりも残るまじく、すっかり心を許しているのである。

雲居の雁は、異母姉《いぼし》の弘徽殿女御に比べると一段と華やかで美しく、非の打ち所もないように見えるので、弘徽殿の母の北の方（かつての右大臣の四の君）や、そのお付きの女房たちなどは、やはり面白からぬ思いで言いそやすこともあったが、今や宰相の中将という理想的好伴侶《こうはんりょ》を得たからには、そんなことをさらさら気にするにも及ぶまい。

また、雲居の雁の実母の按察使《あぜち》の大納言の北の方なども、宮仕えこそできなかったけれど、これはこれで似合わしい結婚のめでたさに、嬉しいと思い思いして暮らしている。

御阿礼の神事見物と葵祭見物

かくて六条院にあっては、明石の姫君の入内準備が着々と進み、その日も四月《うづき》の二十日過ぎと定められる。

紫上は、賀茂《かも》神社の葵祭《あおいまつり》の前、四月中《なか》の午《うま》の日に行なわれる御阿礼《みあれ》の神事を見物に行こうというので、例によって各御殿の御方々を誘ってはみたけれど、誰も誰も、なまじに紫上の後についての見物などは面白からぬものに思うゆえ、行かずに六条院に留《とど》まっている。そこで、この御阿礼見物の一行はさまで大げさな行列にもならず、二十台ばかりの車に、前駆《さきが》けの者などもあまり仰山な人数は要らず、いかにも質素にして出かけたのが、却ってまた殊《こと》の外《ほか》なる趣を感じさせる。

それから三日の後、酉《とり》の日の葵祭当日には、暁の真っ暗な時分に賀茂神社に参詣《さんけい》して、その帰るさに、勅使《ちょくし》行列を見物するため設けられた桟敷《さじき》に、源氏と紫上は着座した。

この日には源氏、紫上、それに明石の姫君などのご料車、ならびにそれぞれのお付きの女房たちが車を連ねて行列してゆき、やがて、源氏と紫上の桟敷の前に、車をずらりと立て並べて見物をする。このありさまは、遠目からみても、あれこそ今を時めく源氏と紫上のご見物だと一目で分かるほど、それはそれは衆目《しゅうもく》を驚かす威勢であった。

源氏は、昔、かの秋好む中宮の御母君、六条御息所《みやすんどころ》が、この賀茂の葵祭の折に、葵上の一行に車を押しのけられて悶着《もんちゃく》になったことを思い出して、述懐《じゅっかい》する。

「時の権勢を笠《かさ》に着て、心傲《おご》りのあまりに、ああいうことを惹起《じやつき》したのは、まことに思いやりのないことであった。……が、あの御息所を頭からばかにしていた人——葵上——も、御息所の嘆きを身に受けるような形で亡くなってしまった……」

さすがに、葵上が御息所の生霊に祟《たた》られて死んだというあたりのことは、口を濁す源氏であった。

「あの人の残された一子中将は、こうして今は一介の臣下の身分となって、曲がりなりにも身を立てようかというところだのに、御息所の遺児中宮は、並ぶもののない御位《みくらい》に即《つ》かれたというのも、思えば、まことに感無量なる思いがする。すべて、定めなきことこそ、この世の定めと申すもの、なにごとも思うまま、生きている限りの現世《うつしよ》を過ごしたいのはもちろんだけれど、私が死んだあとに残ったそなたなどが、人生も末の頃になって、後ろ楯もないまま見る影もなく落ちぶれたりはせぬか、などということまでも、今は気にかかってならぬのでなあ……」

など、源氏は、しんみりとした口調で、紫上に語りかけるのであった。

やがて、上達部なども、この桟敷に姿を見せたので、源氏はふと席を立ってそちらのほうへ出ていった。

中将と藤典侍の密かな仲らい

賀茂の葵祭の勅使は近衛司《このえづかさ》から出るのが例であるが、今年は頭中将が勅使に立った。あの内大臣邸から出発するところから、上達部たちはみな見物して、そのあと、この桟敷まで顔を見せにきたというわけなのであった。

いっぽうまた、惟光《これみつ》の娘は、今典侍《ないしのすけ》を拝命して藤典侍《とうないしのすけ》と呼ばれているが、これも内侍《ないし》所からの使いに立った。

この藤典侍は内裏でも評判が良くて、お上《かみ》からも、また東宮、さらには六条院の源氏からも、こたびのお役への御祝儀が続々と届けられ、置き所に困るほど、そのご恩顧の厚いことはまことにすばらしい。

宰相の中将は、藤典侍の出発の際に、わざわざ手紙を届けさせた。

じつはこの典侍は、中将と内々裡《ないないり》に情《なさけ》を交《か》わすという間柄であったから、このほど中将が、内大臣家というような高貴のお家の婿殿に定まったということを、内心穏やかならぬ思いでいるのであった。

「何とかや今日のかざしよかつ見つつ
おぼめくまでもなりにけるかな

さて何といったかな、その今日の祭の挿頭《かざし》は。葵《あふひ》――逢《あ》ふ日《ひ》――と申したのであったかな、どうであったかな……、こうして目の当たりに見ていても、ぼんやりとしか思い出せぬくらいに逢ふ日が遠いことになってしまったものだ

まことに呆れるほどの無沙汰《ぶさた》にて」

中将の文には、こんなことが書いてあった。典侍は、こんな折を見過ごさずに文をくれたということだけは嬉しく思ったのであろうか、さてどう思ったのかよくも分からぬが、ちょうど車に乗る間際の騒がしい時分であったけれど、さっそくに返事をしたためる。

「かざしてもかつたどらるる草の名は
桂を折《を》りし人や知るらむ

こうして挿頭《かざ》していても、さてどうだったかなあと思い出しあぐねると仰せの草の名は、

やはりこの祭に縁《ゆかり》の桂《かつら》を挿頭《かざ》された——大学を出て進士《しんじ》及第なさった——あなたほどの方だったら、きっとご存じでしょう
博士《はかせ》ならぬ身にはよくも分かりませぬけれど」
典侍の返事には、こんなふうに書いてあった。密《ひそ》かに情を交わしていた中将が、昇進して手の届かない内大臣家の婿になってしまったから、それで逢えないのでしょう、私のせいではないわ、と典侍はそう言いたいのであったろう。とっさに作ったにしては、なかなか小癪《こしやく》な歌いぶりだと中将は思った。こんなこともあって、宰相の中将は、今もなお、この人を思い離れることなく、ひそかに忍び逢うことがあるらしいのであった。

明石姫君入内の付添《つきそい》に母明石の御方を起用

さて、姫君の入内の折には、その母親の北の方が付き添って行くのが前例となっていた。が、明石の姫君の入内に当たって源氏は考えた。

〈母が付き添うと申しても、紫上がそうそういつまでも付き添ってもいられぬわけだし、

そうだ、この際、あの明石の……実の母親を姫の後見役に付き添わせるのはどうだろうか〉と、そう思って紫上にも打明ける。

養母たる紫上も、〈ついには共に過ごすのが本来であるはずなのに、今までこんなに長いこと親子が別々に暮らしてきたということを、あの明石の御方も、内心は辛いと思い嘆かれてきたことであろう。また姫君のお気持ちにしても、成長して物心ついてきた今は、やはりだんだんと母親が恋しくなって、しみじみと思いやっているに違いない。されば、このままにして、姫君からも明石の御方からも、心置かれるようなことになっては、まことに面白からぬことではあるし……〉と、そう思うようになった。

「ちょうど良い機会ですから、この折に、明石の御方を付添《つきそい》にしてさしあげてくださいませ。大きくなったとはいっても、まだまだ頼りない年ごろで、内裏での暮らしは、なにかと案じられることですし、お付きの女房どもと申したところが、みな年若な者ばかりであまり頼りにもなりますまい。乳母《めのと》たちなどと申しても、目の及ぶ範囲にも、また心の行き届くことにも限りのあることですしね。といって、わたくし自身は、そうそういつもお側に付いているわけにもまいりませんから、心丈夫に過ごせるように、あの御方を……」

紫上は、そう意見を述べる。

源氏も、〈よくぞそこに気付かれたな〉と嬉しく思って、
「紫上もかくかくしかじかと、こう申しておるのでな」
と、明石の御方にもよくよく語らい聞かせる。

明石の御方として、こんなに嬉しいこともない。かねての念願が叶ったという心地がして、女房たちの装束も、そのほかのこまごまとした調度なども、紫上のほうで用意してくれるものにおさおさ劣らぬよう、立派に準備をするのであった。

明石の御方の母、尼君は、どうしてもあの姫君の立派になったところを見たいと、痛切に思っていた。

〈ああ、今一度、現世《このよ》でお目にかかりたい〉、その一徹《いってつ》なる執念で、定めなき命さえ永らえて老いを養っていたが、〈さてもさても、いったいどうしたら、お目にかかることができるのやら……〉と思っているのも、まことに悲しいことであった。

明石の姫君入内

入内のその夜は、紫上が付き添って参内することになっている。となれば、もし明石の

御方が付き添うとしても、姫と紫上の乗った輦車《てぐるま》の下に、徒立《かちだ》ちで歩いてお供をしていくということになる、それはいかにも体裁が悪いけれど、〈でも、そんなことはなんでもない。ただ、このように綺羅《きら》を尽くして入内していく姫君にとって、あんなのが実の母かと思われては、それこそ玉に瑕《きず》というもの。……私がこんなふうに生き長らえていることは、かえってひどく心苦しい……〉と、明石の御方は、自分のことよりも、まずは姫君のことばかりを思いやるのであった。

入内の儀礼は、人目を驚かせるような大げさなことはすまいと、源氏は遠慮がちに思うのであったけれど、それでも、源氏が差配することゆえ、自然、世間並みなどということがあるはずもない。

ともかく、姫君を、この上もなく大切に世話し育ててきて、紫上は、この姫君を心底《しんてい》から愛してかわいいと思うようになっている。それにつけても、このまま手許《てもと》に置いておきたい、誰にも譲りたくないとまで思うのだが、しかし、〈ああ、ほんとうにこの子が、私の実の子で、こんな晴れがましいことがあったらよかったのに〉と、紫上は、そう思い返す。

源氏の大臣も、宰相の中将も、ただこの一事——この姫が紫上の実の子でないということと――だけが、心中飽き足りぬことだと、そう思っているのであった。

宮中に三日間だけ付き添ったあと、紫上は、退出してきた。

紫上、明石の御方に対面

これに交代するために、明石の御方が参内した夜、紫上は、この御方に初めて対面した。

「このようにご成長になられたところをご覧になった今、わたくしは養いの母として、また、そなたは真《まこと》の母として、長い年月を共にしてきたことが思い知られます。されば立場こそ違え、姫には同じ母どうし、お互いによそよそしい心の隔てなど、もはや残っていないのではありませぬか」

紫上は、そんなふうに、親しみ深い口調で言い、しばし昔今《むかしいま》の物語をするのであった。

こんなことも、二人の御方の心の打ち解ける端緒《たんしょ》となったことであろう。

明石の御方がものを言うその様子などを目にするにつけ、紫上は、〈これならば、源氏さまが大切に思われるのも、無理はない〉と、瞠目《どうもく》する思いで納得する。また、明石の御方のほうでも、紫上の、いかにも高貴な、そして美しさも盛りの様子を見て、こちらはこちらで、〈すばらしいお方……〉と見た。そうして〈これほど数多い女君がたのなかにあって、源氏の君が格別にお心を懸けられ、誰も肩を並べることのできないお立場に定められているのも、なるほど、道理にちがいない〉と、思い知るのであった。

〈これほどの方と、いま私は対等な形でお話をさせていただいている、……こんなことがあるのは、よほど前世からの因縁が疎《おろそ》かでないにちがいない〉とは思うものの、いざ紫上が退出する時になれば、その威儀たるやまことに堂々たるもので、輦車座乗《てぐるまざじょう》を許され、まるで女御のありさまに異ならぬのを、我が身と比べてみれば、〈やっぱり、身分が違うんだわ〉と思い知らされる身の程であった。

明石の御方、姫君と再会

たいそうかわいらしく、まるでお人形のような姫君の様子を、明石の御方は、なにやら夢でも見ているように見つめている。すると、自然に涙が限りなくこぼれ落ちて、等しく涙と申しながら、古歌には「うれしきも憂きも心はひとつにて分れぬものは涙なりけり

〈嬉しいのも憂れわしいのも、結局心はひとつで、どれが嬉し涙どれが悲しい涙などと分けられるものではなかったことよ〉」と詠《なが》めてあるけれど、いやいや、姫君を手放したときのあの悲しい涙と、いまこの嬉し涙と、同じものだとも思えないほど、気持ちが違って感じられる。

ここ何年と、なにごとにつけても嘆き沈んで、さまざまに辛《つら》い身の上だと屈託し続けていた命も、今はもっと永らえていたいと思うほど、晴れ晴れとした思いがして、まことにあの祈誓をかけた住吉《すみよし》の明神さまの霊験《れいげん》のあらたかなりしことが痛切に思い知られた。

明石の御方は、姫君を心ゆくまで大事に大事にして、どこといって心配りの及ばぬところとてない聡明《そうめい》な人であったから、おおかたの人々の姫君への心寄せや評判もたいへんによろしい。そこへ飛び抜けて美しい容貌風姿の姫君であって、東宮も、まだ幼いお心に、まことに格別に思し召しなさるのであった。

もっとも、この姫君と競いあう女君がたに近侍《きんじ》の女房たちなどは、実の母君が、こんなふうに内裏にまで付き従っていることを、〈せっかくの姫君に、あのような下《しも》ざまの母君が付き添っているのは、とんだ玉に瑕《きず》だこと〉などと言いそやすこともないではないのだが、なんのなんの、それしきのことでこの姫君の輝きが失われるわけもなかった。

なにしろ、天下を一手に掌握する源氏の一人姫である。その厳然たる存在感は、誰も比肩し得る者なく、しかも、ご本人は、見ていて憎らしくなるばかり上品で優雅なお人柄ではあるし、加えて、教養高い明石の御方が、どんなちょっとした文事技芸についても、ぬかりなく助け教え、引き立てなどして、姫の周辺には、高雅で優艶な空気が横溢《おういつ》してもいる。かくては、われこそはと思っている殿上人《てんじょうびと》なども、比類無い風雅の腕の見せ所と思って先を争って集まってくる。そうして、姫をとりまく女房たちも、みなひとかどの容姿と才覚を競い、貴公子たちが馴染《なじ》みにして通って来るその女房たちの教養やたしなみというところにまで、明石の御方の目が光っていて、一分《いちぶ》の隙《すき》もない後宮のさまなのであった。

源氏、出家を想うが……

紫上もまた、しかるべき用事のあるときには参内する。すると、明石の御方と顔を合わせることになるのであったが、二人の間も、次第に良い感じに打ち解けるようになってきた。それでも、明石の御方は、身の程を弁《わきま》えて、差し出た馴れ馴れしい振舞いに及ぶことなど皆無で、同時に、人の侮《あなど》りを受けるような下世話《げせわ》なしこなしなど、毛の先ほどもないという、まことに不思議なまでに非の打ち所なき振舞いや人柄なのであった。

源氏も、この頃では、なぜか自分の命もこの先さして長からぬもののように、しきりと感じる。それゆえ、自分の目の黒いうちにと思っていた姫君の入内のことも、こうしてあるべき姿に為《な》し果てたし、また、むやみと意地を張り通したせいとはいいながら、なかなか身も固めず体裁のよろしくなかった子息宰相の中将も、今では何の心配もなくすっきりとした形に身を落ち着けることができたので、源氏は、やれやれと肩の荷をおろした思いがして、今こそ、かねて願い続けていた出家の宿志《しゅくし》を遂げようと思うようになった。

ただ、自分が世を捨ててしまうと、後に残った紫上の身の上ばかりが案じられるのではあったが、これも、今は養女分の秋好む中宮という立派な心の拠り所ができて一安心というところであった。また、くだんの明石の姫君とても、世間的には育ての母として知られている間柄だから、まずは親孝行第一に思ってくれるだろう。

〈……かれこれ思い合わせてみれば、自分が遁世《とんせい》して紫上のもとから去ったとしても、もうこういう人々に任せておけばいい〉と、源氏は自分に言い聞かせる。

また、あの夏の御殿の花散里《はなちるさと》にしても、折々につけて花々《はなばな》としたところを見せるということはなさそうだけれど、〈いや、あれにも、宰相の中将が養いの息子としてついているから、まあ大丈夫であろう〉と、皆とりどりに不安心な要素はなくなってきたな、と思うようになってゆく。

源氏、准太上天皇となる

明けて翌年は源氏も四十歳を迎える。その四十《しじゆう》の賀《が》のことを、朝廷《おおやけ》はじめ、天下あげての準備にとりかかる。

この秋、源氏は太上天皇《だいじようてんのう》に準じた位を得て、あらたに所定の封戸《ほうこ》も賜り、俸禄《ほうろく》なども豊かに追加されて、手厚い上にも手厚い処遇を与えられた。いや、それほどにせずとも、源氏の身の上には何一つ不足もなかったのだが、それでも、かの藤壺の中宮に准太上天皇《じゆんだいじようてんのう》位《い》を贈ったという稀《まれ》な前例を改めることなく、こたびは源氏に同じ位を贈り、院の事務を管掌《かんしよう》する吏人《りじん》たちまでも賜ったというのは、すべてこれ今上《きんじよう》陛下の、真《まこと》の父に対するありがたい思し召しであったに違いない。

こうして、いまや世にも絶《ぜつ》して厳然《げんぜん》たる存在となった源氏は、そうそう気軽に内裏へ参上することもできなくなってしまったが、そのことだけは、さすがに残念に思わずにはいられない。

これほどにしてもなお、帝は、これで充分だとも思し召さず、本心は源氏に皇位までも譲られたいご存念《ぞんねん》であったのだが、しかし、世の中のありさまをご覧になるにつけて、一度臣籍《しんせき》に降《くだ》った源氏に何の理由もなく譲位するということもなりがたく、ただそのことだけが、朝に夕に帝の心を苦しめているのであった。

内大臣は太政大臣に、宰相の中将は中納言に

かくして、内大臣は太政大臣に、また宰相の中将は中納言に、それぞれ昇進した。

新中納言は、このことのお礼を言上する慶 申《よろこびもうし》の儀礼のために、新太政大臣邸を出た。そのますます光を増したような容貌をはじめとして、態度、風采、挙措《きよそ》、なに一つとして具《そな》わらぬところもないのを見れば、主《あるじ》の新太政大臣も、〈おお、これで雲居の雁も、中途半端に宮仕えなどして、他の人に気圧《けお》されたりすることにならなくてよかった〉と、思うようになった。

雲居の雁付《づき》の大輔《たゆう》の乳母《めのと》が、かつて「たかが六位ふぜい」などと口走った宵のことを、新中納言は、なにかの折々ごとに思い出していたが、ある日、菊が露に当たってたいそう風情豊かに色を変じたのを贈って、そこに、

「浅緑《あさみどり》　若葉の菊を露にても
濃き紫の色とかけきや

あの六位の袍《ほう》のような浅緑色の若葉の頃の菊が、露に当たってこんな趣深い濃い紫の色に変わるだろうとは、そなた、露ほども心にかけることはなかったであろうな

あの辛《つら》かった時の一言、あれはほんとうに忘れ難いぞ」

とこう書いた文を付けて、しかし、はなやかに輝くばかりの微笑みを浮かべながら乳母に贈った。

乳母は、恥ずかしくもあり、困《こう》じ果ててもいるものの、中納言の姿を親しみ深く眺めている。そこで、

「二葉より名たたる園の菊なれば

浅き色わく露もなかりき

二葉のころから、人も知る名園に育てられた菊でございますゆえ、
そんな浅い色だなどと分け隔てして捨て置く露もございませんでしたものを

あんな無礼《ぶれい》なことを申し上げて、いかに心を痛められたことでございましょう」
と、すっかり馴れ馴れしい調子で辛がって見せた。

新中納言（夕霧）、三条殿に移る

かくて、新中納言は、役目柄事繁《ことしげ》くもなり、新太政大臣邸に住むのも手狭になってきたので、故大宮の遺邸三条殿に引き移った。

さすがに少し荒れてはいたけれど、そちこち美しく修理の上で、大宮の居室であったところを改装し、しつらいも新たにして住むことになった。幼いころから馴れ親しんだ邸ゆえ、昔のことがつい思い出されて懐かしくもあるし、まことに思いに叶った住まいとなった。

御前《おまえ》の植込みなど、あの頃にはまだ小さな木であったものが、今は亭々《ていてい》と枝を繁らせた大木となって豊かな木蔭を作り、かの「君が植ゑし一叢薄《ひとむらすすき》虫の音《ね》のしげき野べともなりにけるかな（かつてあなたが植えた一叢の薄も、今ではすっかり虫の鳴き声も繁き野原となってしまったことだなあ）」という古歌を彷彿《ほうふつ》とさせるほど、一面に薄がはびこり繁っている。そういうところはまた、刈り込んだりして手入れをさせる。

どんよりと滞《とどこお》っていた遣水《やりみず》も水草《みくさ》を掻《か》き取って清掃した結果、今は心のままに流れている。

だんだんと暮色の降《ふ》る趣深い夕《ゆう》つ方《かた》、中納言と雲居の雁は、二人並んでこの庭を眺め、あきれるばかりであった幼い二人の仲らいのことなど、追懐《ついかい》し語り合っていると、恋しいことばかりが多い。

しかし、あの頃、近侍の女房たちがどんなふうに思っていただろうかと、そこを思うとただ恥ずかしいばかりに女君は思い出すのであった。

この邸には、大宮在世の頃からここに仕えていて、いまもなおお暇《ひま》を取らずにそれぞれの曹司《ぞうし》に住んでいる古女房どもが幾人もいたが、この者たちも、二人の御前に参り集まっては、たいそう嬉しいことだと思い合っているのであった。

男君が、

なれこそは岩もるあるじ見し人の
ゆくへは知るや宿の真清水《ましみづ》

この岩間を漏(も)り来る清らかな清水よ、そなたこそはこの邸の守(も)りをして来たのだから、なあ、ここでかつて見た人が、今はどこへ行ってしまったのか知っているだろうか……
知っていたら教えておくれ

と詠嘆すると、女君が応える。

なき人のかげだに見えずつれなくて
心をやれる細水井《いさらゐ》の水

亡き人の面影さえ映さずに、知らぬ顔をして、
自分ばかり気持ちよさそうに流れている細《ささ》やかな清水《しみず》ね

こんなやりとりをしているところへ、新太政大臣が顔を見せた。ちょうど内裏から退出する道々、紅葉の色があまりに美しいのに興をそそられて、三条殿へ渡ってきたのであっ

た。

昔まだ、父故太政大臣も大宮も、皆ここで暮らしていた頃のありさまにも、おさおさ変わることなく、どこもここもしっくりと住みなしている様子が、しかしいかにも若やいで華やかなのを見るにつけても、新太政大臣は、胸のうちに込み上げるものがある。

新中納言も、改まった面持ちになり、顔をいくらか赤くして涙を拭いながら、しんみりとした面持《おもも》ちでいる。

若い二人は、まことに理想的にお似合いで、またいっそかわいらしいという感じさえする夫婦であったが、女のほうは、このくらいの美しさの人は他にもいないことはないだろうと思われる程度であるのに比して、男は、際限もなく清らかに美しいのであった。

隠れていた古女房どもも、いまは御前に居場所を得て、神代《かみよ》の昔かと思われるような古い古い思い出話を語り出す。

さきほど二人で贈酬《ぞうしゅう》した歌が、あたりの紙に手習いのように書き散らされているのを、新太政大臣は見つけて、読むにつれて、はらはらと涙を落とした。

「この真清水の心——亡き人をどんなふうに偲んでいるのか——ああほんとに知りたいも

のだが、老人はそういうことを申すのは忌むことゆえ、よそうかの」

新太政大臣は、そう言うと、一首の歌を詠んだ。

　そのかみの老木《おいき》はむべも朽《く》ちぬらむ
　植ゑし小松も苔生《こけお》ひにけり

その昔すでに老木であったものは、もう朽ちてしまったのもむべなるかな。
みればこうして苗木で植えた松が老木《おいき》となって苔むしているのだものなあ

男君に仕えている宰相の乳母は、かつてこの新太政大臣が、若君に辛く当たったことを忘れ難いゆえ、してやったりといわぬばかりの顔で、さっそく歌を返す。

　いづれをも蔭とぞ頼む二葉より
　根ざしかはせる松のすゑずゑ

若さま、姫さまのいずれをも、わたくしは頼りにする木蔭と思っております。あの二葉のころから、この邸にずっと根を差し交わして仲良く育たれた松の末々《すえずえ》なのですもの

これを口切りに、この邸に居着いていた老女房どもも、同工異曲なる歌ばかり、つぎつ

ぎに詠むのを、新中納言は、いかにも面白いと思って聞いている。しかし、女君のほうは、なぜかわけもなく赤面しながら、恥ずかしい聞き苦しいと思い思いして聞いているのであった。

六条院に行幸あり

神無月の二十日過ぎのころに、六条の院に行幸があった。

折しも紅葉の盛りで、興趣深い行幸であるはずのところ、朱雀《すざく》院の上皇にも帝からお誘いの文があって、上皇までも渡御《とぎょ》になったので、これは世にも珍しいことだと、世の中の人々もびっくりするのであった。主《あるじ》の六条院のほうでも、心を尽くして、目もくらむばかりの準備を怠らぬ。

巳《み》の時（午前十時ころ）に行幸があって、まず馬場《うまば》の御殿にお着きになり、左右の馬寮《めりょう》のお馬を馬場に牽《ひ》き並べ、左右近衛府《さゆうこのえふ》の将監《しょうげん》以下の者が、それぞれの馬の側に立ち添うている。ここまでの作法は、五月《さつき》の菖蒲（あやめ）の節句と文目（あやめ）の見分けもつかぬほど似通っている。

やがて未《ひつじ》の時（午後二時ころ）を過ぎるころ、帝ご一行は、東南《たつみ》の寝殿にお移りになる。お成りの道筋の反《そ》り橋、また渡殿《わたどの》には錦《にしき》の敷物を敷き、また外からあらわに見えてしまいそうなところには、絵を描いた幔幕《まんまく》を張るなどして、厳然たる佇《たたず》まいにしつらえてある。

東南《たつみ》の御殿の南庭《なんてい》の池には船を幾艘《いくそう》も浮かべ、御厨子所《みずしどころ》（調理所）の鵜匠《うじょう》の長《おさ》と、六条院に仕えている鵜匠とを召し並べて、鵜を池に下ろさせる。鵜どもは、さっそく小さな鮒《ふな》などを銜《くわ》えてみせた。これは、とくに鵜飼をご覧に入れるということでもなくて、帝が渡御になられる道々での余興のご見物なのであった。

築山《つきやま》の紅葉は、いずれの御殿にも美しく色づいていたが、なかでも秋好む中宮の西南《ひつじさる》の御殿のお庭のそれは、格別に見事であった。されば、東南の町と西南の町の間を隔てる渡殿の壁を毀《こぼ》ち、その中ほどに設けられた中門《ちゅうもん》を開いて、いずこからでも庭が見通せるようにしたので、帝は、行く行く、秋の霧さえ隔てることが叶わぬほどに、西南の町の紅葉を堪能される。

寝殿には、帝と朱雀院と、二つの御座《おまし》が設けられ、源氏の座は下座《しもざ》に用意したところが、帝からのお言葉として、同列に着座するようにとあって、そのように設け直した。かく、帝、朱雀院、源氏と、居並ばれたところは、まことにすばらしい景色であったけれど、帝は、ここまでなさってもなお、源氏を表向きには父としての礼を以て遇することができぬのを、遺憾なことに思し召しているのであった。

池の魚《うお》を、左近衛《さこんえ》の少将が命じて漁《すなど》らせて、手ずから奉呈《ほうてい》し、また蔵人所《くろうどどころ》の管掌《かんしょう》する鷹《たか》狩《がり》で、北野に狩して獲《え》たところの鳥一番《とりひとつがい》を、こちらは右近衛《うこんえ》の少将が奉呈する。両少将は、寝殿の東から御前に出て、南面の階《きざはし》の下《もと》に左右に分かれ、膝を突いて献上の由を奏上する。

新太政大臣は、帝の御意《ぎょい》を賜って、然るべく調理せしめた後、これを御膳《おもの》として奉った。

こうして、親王《みこ》たち、また上達部などの食事も、みな目新しい趣向を構えて、常の品々とは風情を変えて膳に供するのであった。

誰もが酔って、日も暮れるころ、楽所《がくそ》の楽人たちを召した。これは特段に規模の大きな楽を奏するということではなく、清雅《せいが》な風情をもっぱらとして奏楽し、殿上童《てんじょうわらわ》のなかから選ばれた者が舞をお目にかける。

朱雀院の紅葉《もみじ》の賀の折のことを、みな懐かしく思い出している。

『賀王恩《がおうおん》』という曲を奏するに当たっては、新太政大臣の子息で、まだ十歳ばかりの少年が出て、しきりと面白く舞った。帝は、たいそう喜ばれて、お召しになっていた御衣《おんぞ》を脱いで、この少年に賜った。

次には、新太政大臣が、庭に下りて舞踏する。

この邸《やしき》の主、源氏は、菊を折らせると、これもかの紅葉の賀の折節《おりふし》に、自ら『青海波《せいがいは》』を舞ったときのことを思い出し、一首の歌を詠んで、その菊の枝につけて新太政大臣に贈った。

色まさる籬《まがき》の菊もをりをりに
袖うちかけし秋を恋ふらし

露霜に当たって色のまさったこの垣根の菊も、かのなつかしい紅葉の賀宴の折りに、
菊を折り挿頭《かざ》しつつ、互いの袖をうち懸けうち懸け舞った、あの年の秋を、
きっと恋しく思っているにちがいない

新太政大臣も、〈……ああ、そうだった。あの折は、源氏の君と私と同じ舞を、二人並

び連れて舞ったものだったな、……いま私も太政大臣となって位人臣《くらいじんしん》を極めたとは言うものの、いやいや、やはり准太上天皇となられた源氏の君の御身分は、また格別のものだ〉と思い知るのであった。

あの時もそうであったように、また時雨《しぐれ》が涙を催すように降ってきたのは、時雨も降り時というものを心得ているようであった。

「紫の雲にまがへる菊の花
濁りなき世の星かとぞ見る

聖《ひじり》の世を知らせるという紫の雲と見紛《みまご》うばかりのこの菊の花を、
わたくしは、濁りなき聖代の星か、とそのように見ることでございます

あの『時こそありけれ』でございますな」

新太政大臣は、「久方《ひさかた》の雲の上にて見る菊は天《あま》つ星かとあやまたれける(この九重《ここのえ》の雲の上なる宮中で拝見いたします菊の花は、まるで空の星かと見誤るほどの美しさでございます)」という古歌を下心に、この歌を詠じ、准太上天皇とて雲の上人となった源氏はまるで濁世《じょくせ》の星だと、せいぜい持ち上げておき、なおまた、古歌に「秋をおきて時こそありけれ菊の花う

つろふからに色のまされば（秋をさしおいて、なおその後に色の盛りの時があったのでございますなあ。この菊の花は露霜に当たってからますます色がまさるのでございますれば）」とあるのを仄めかして、齢《よわい》四十の年を迎えようとしてますます色美しい源氏を褒め称《たた》える。

夕風が吹き、あたりに紅葉の色濃き、また薄き、とりどりに吹き散らしたのは、錦《にしき》を敷いた渡殿の上と見分けがつかぬほどの庭の面《おも》であったが、そこに容貌《かたち》も美しい童《わらわ》たちが登場して短い舞をすこしずつ舞っては、紅葉の枝蔭に帰っていく。この子らは、みな高貴の家柄の子息たちばかりで、それが片や、青く染めた白橡《しらつるばみ》（ごく薄い鈍色）の袍《ほう》に葡萄《えび》染めの下襲《したがさね》、またこなたは、赤く染めた白橡の袍に、蘇芳《すおう》色の下襲と、例の通りの装束を揃え、みな頭は鬟《みずら》に結ったところへ天冠《てんがん》を着けただけの姿で、左右二組に分かれ、青方は高《こ》麗楽《まがく》、赤方は唐楽《とうがく》に乗せて、とりどりの舞を舞うのであった。

この面白さ、日の暮れるのがまことに惜しげに思われる。

こたびは、楽所《がくそ》などをことさらに設けることはせず、殿上人ばかりで管弦を奏しては、書司《ふむのつかさ》（文房具などを管理する役所）から琴《こと》などを取り寄せる。

こうしてなにもかもがまさに佳境に入った時分に、帝がたの御前にそれぞれ琴が用意された。宮中秘蔵の和琴《わごん》の名器「宇陀《うだ》の法師《ほうし》」の昔に変わらぬ妙音《みょうおん》に、朱雀院は、〈ああ、この音、ずいぶん久しいことであった〉としみじみ耳を傾けられる。

秋をへて時雨ふりぬる里人も
かかる紅葉《もみぢ》のをりをこそ見ね

幾秋も幾秋も経て来て、この時雨降る里に、すっかり古（ふる）びてしまった里人の私だが、
これほど見事な紅葉のありさまは、今までまったく見たこともなかった

朱雀院はこんな歌を詠じられて、自らの御代《みよ》にはこれほどの紅葉の賀を持ち得なかったことを、いくらか恨めしく思っておいでのようであった。

そこで、帝が、

世の常の紅葉とや見るいにしへの
ためしにひける庭の錦を

世にありふれた紅葉とご覧になるのでしょうか。先の帝の御代《みよ》の例《ためし》を以て、

引き回らした錦のような紅葉でございますのに
と、とりなし顔に歌い返される。

その帝のご容貌は、年とともにいよいよますます美しく整い、まったく源氏と同一人のようにさえ見えるところへ、これも源氏に瓜二つの新中納言が控えている。こう見ると臣下の身ながら帝と異なる顔とも思えぬのは、瞠目《どうもく》すべきことであった。

貴《あて》やかにご立派な風姿は、身分なども考慮して見るせいか、帝が新中納言よりもいくらかまさっておいでのようであったが、しかし、血色もよくすっきりとしたところなどは、新中納言のほうがむしろまさって見える。

新中納言は笛の役を承る。これがまた、たいそう見事な演奏であった。

管弦の楽に和《わ》して声で楽《がく》の譜《ふ》を口で唱える殿上人たちのなかにも、階《きざはし》のあたりに控えた、弁の少将はやはりいちだんと声がすぐれていた。

こういうふうに両家揃って琴瑟相和《きんしつあいわ》するさまをみれば、たしかに、こうなるべき前世からの縁《えにし》に結ばれた間柄であったように見える。

【第五巻】　訳者のひとこと

原文に込められたものを……

林　望

「野分」の巻に、次のようなさりげない一文がある。

「南の御殿《おとど》には、御格子《みかうし》参りわたして、昨夜《よべ》見捨てがたかりし花どもの、行方も知らぬやうにてしをれ伏したるを見たまひけり」

これをいま、仮に、なにごころもなく訳してみる。

「南の御殿には、格子戸を上げ渡して、昨夜見捨てがたかった花々が、見る影もない姿で折れ伏しているのをご覧になっていた」

まず、これでもなんとなく意味は分かるから、それでいいといえばいいかもしれない。

しかし、この「南の御殿」とのみあるのは、一般の読者にとっては、今ひとつ「あれっ?」という「迷い」を感じさせる可能性があるかもしれない……と、私は思う。

それだけではない、つぎの「御格子参りわたして」とあるのは、実はそのしばらく前の場面で、「南の御殿に参りたまへれば、まだ御格子も参らず」とあって、わずかに空が白んできた時分の東南《たつみ》の御殿では、すべての格子戸(蔀戸《しとみど》)がきっちりと閉じられていて、その蔀戸の向こうでは源氏と紫上が、まだ閨《ねや》のうちにあって、なにやら睦言を交わしている。それを、そっと立ち聞きしている中将が描かれる。

そのあと、中将は源氏に命じられて西南《ひつじさる》の御殿、すなわち秋好む中宮の御座所《おましどころ》へ渡っていくのだが、そこでは、「東の対の南のそばに立ちて、御前のかたを見やりたまへば、御格子二間ばかり上げて……」というふうに描写があって、つまり、ずらりと並んだ蔀戸のなかの二枚だけが引き上げられていて、そのあたりに、若い女房どもがうち群れているのを目睹《もくと》しているところが描かれる。

さらにそのあと、中将は再び東南の御殿へ戻ってくるのだが、すると、冒頭の文章のような状態、すなわち蔀戸は、今はすっかり開け渡してあった。この蔀戸のありさまを何気なく書くことで、作者は、それだけ時間の経過があったことを巧みに表現しているのである。

さて、その次の「昨夜見捨てがたかりし花ども」とあるのは、これもこの巻の前のほうに、嵐に吹き上げられた御簾《みす》を紫上付きの女房たちが慌てて押さえるシーンがあり、そのときにっこりと笑った紫上の美しい面差しを中将はかいま見てしまう。そこに、こうある。

「花どもを心苦しがりて、え見捨てて入りたまはず」

紫上は、この風に花々が吹き折られてしまうことを案じ惜しんで、なかなか奥に入ってしまうことができず、いつまでも端近《はしぢか》なところにいたのであった。

冒頭の一文の「昨夜見捨てがたかりし花ども」というのは、その場面を受けて言っているのである。

とすると、この文章の終わりの「見たまひけり」は、くだんの花を惜しんでいた紫上が見ていた、ということなのかと思うと、そうではない。そのすぐ次に中将が中宮の御殿から戻ってきて、その返事を言上するところが描かれるから、この場面では、紫上と源氏と、うち揃《そろ》って見ていたのに違いない。ついさきほどまで、蔀戸を閉めたなかで、なにか睦まじげにじゃれ合っていた源氏と紫上が、今は蔀戸を開け放って、二人で御簾越しに外を見やっているのである。

私は、謹訳源氏の訳文を作るに当たっては、以上のような含意のすべてを、読者が、どこにも立ち迷うことなく想起できるようにと考えて現代語の表現に工夫を加えた。そこで、結局次のように訳したのである。

「東南《たつみ》の御殿では、今やすっかり蔀戸を上げて、源氏と紫上が、荒れに荒れてしまった庭《てい》上《しょう》を眺めていた。昨夜《よべ》、紫上が見捨てるに忍びない思いで、いつまでも惜しんでいた花々だったけれど、もはや見る影もなく折れ伏してしまっている」

最初の漠然とした口語訳でも、たしかに意味は通じるかもしれない。しかし、それでは、作者がこの文章に仕掛けておいた時間の経過や、昨夜の紫上の動作や心理への言及や、御簾越しに仲良く外を見やっている源氏と紫上の気配や、そういうあれこれがはっきりとは見えてこないのではあるまいか。それをはっきりと現代文に表現して、残りなくこの場面を味わい尽くせるように、私の思いはまさにそこのところにあるのである。

本書の主な登場人物関係図（蛍～藤裏葉）

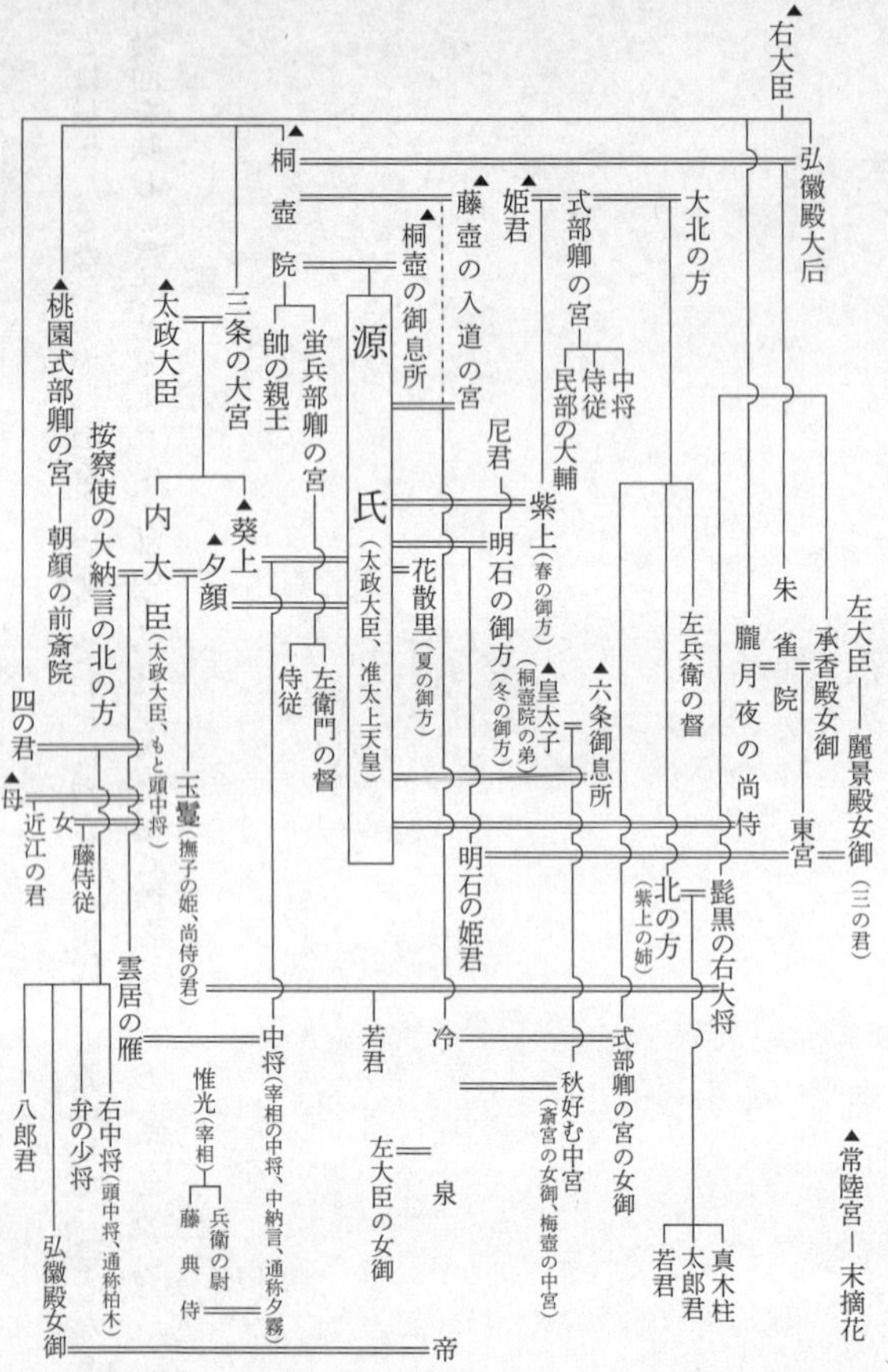

※▲は故人

六条院全体配置図

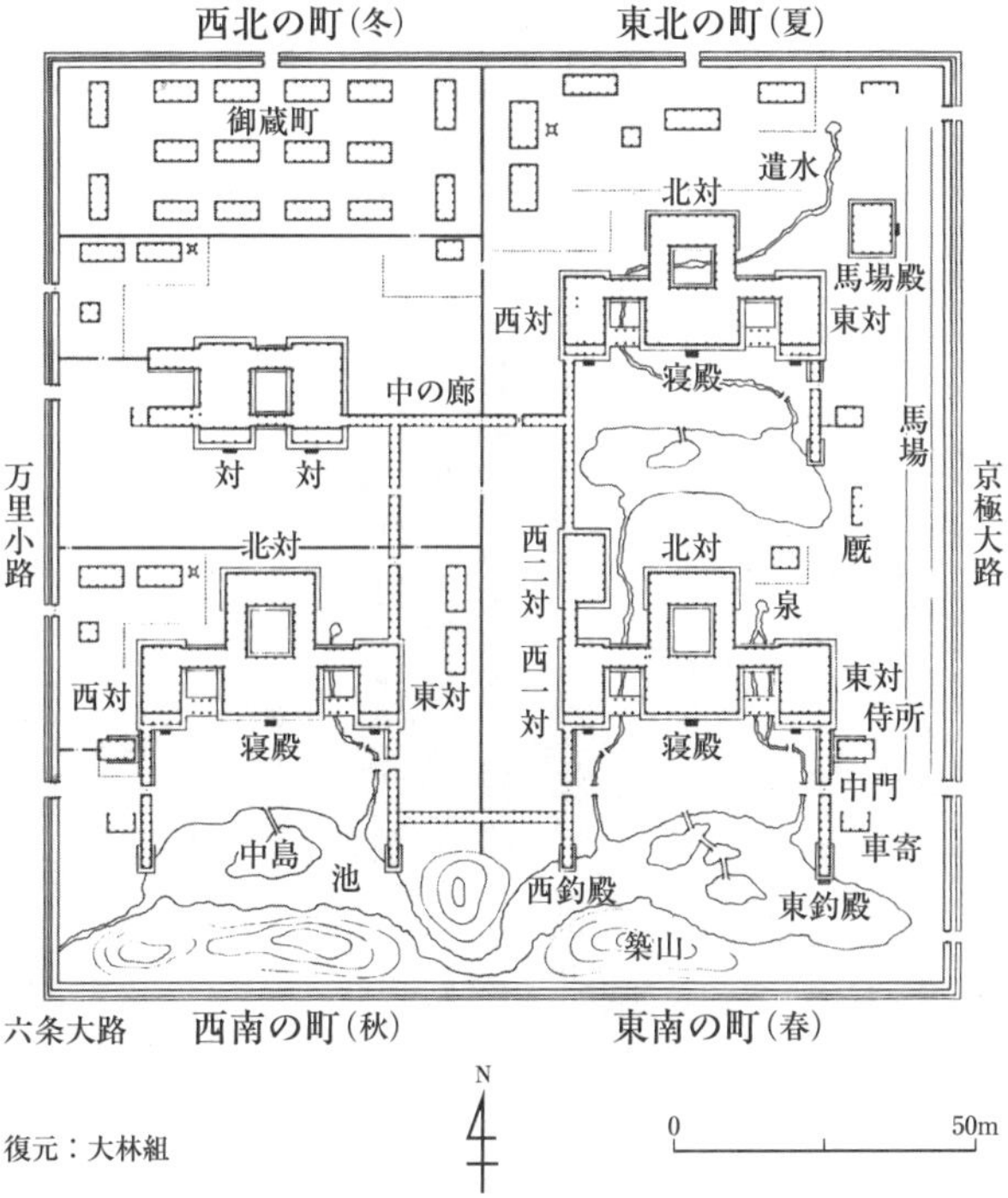

復元：大林組

単行本　平成二十三年二月　祥伝社刊『謹訳　源氏物語　五』に、
増補修訂をほどこし、書名に副題（改訂新修）をつけた。
なお、本書は、新潮日本古典集成『源氏物語』（新潮社）を
一応の底本としたが、諸本校合の上、適宜取捨校訂して解釈した。
「訳者のひとこと」初出　単行本付月報

祥伝社文庫

謹訳《きんやく》 源氏《げんじ》物語《ものがたり》 五《ご》

改訂新修

平成30年2月20日 初版第1刷発行
令和6年5月15日 第2刷発行

著者 林望《はやしのぞむ》

発行者 辻 浩明

発行所 祥伝社《しょうでんしゃ》
東京都千代田区神田神保町3-3 〒101-8701
電話 03(3265)2081(販売部)
電話 03(3265)2080(編集部)
電話 03(3265)3622(業務部)
www.shodensha.co.jp

印刷所 図書印刷
製本所 ナショナル製本

Printed in Japan ©2018, Nozomu Hayashi ISBN978-4-396-31728-7 C0193

林望『謹訳源氏物語　改訂新修』全十巻

【一巻】桐壺／帚木／空蟬／夕顔／若紫
【二巻】末摘花／紅葉賀／花宴／葵／賢木／花散里
【三巻】須磨／明石／澪標／蓬生／関屋／絵合／松風
【四巻】薄雲／朝顔／少女／玉鬘／初音／胡蝶
【五巻】蛍／常夏／篝火／野分／行幸／藤袴／真木柱／梅枝／藤裏葉
【六巻】若菜上／若菜下
【七巻】柏木／横笛／鈴虫／夕霧／御法／幻／雲隠
【八巻】匂兵部卿／紅梅／竹河／橋姫／椎本／総角
【九巻】早蕨／宿木／東屋
【十巻】浮舟／蜻蛉／手習／夢浮橋